이오덕의 글쓰기 교육 ①
글쓰기의 시작

이오덕의 글쓰기

이오덕의 글쓰기 교육 ❶

이오덕의 글쓰기

1판 1쇄 발행 2017년 5월 18일 | 1판 8쇄 발행 2023년 9월 13일

글쓴이 이오덕
펴낸이 조재은 | 펴낸곳 (주)양철북출판사
등록 제25100-2002-380호(2001년 11월 21일)
편집 이송희 이혜숙 김명옥 박선주
디자인 오필민 육수정 | 마케팅 조희정 | 관리 정영주
주소 서울시 영등포구 양산로 91 리드원센터 1303호
전화 02-335-6407 | 팩스 0505-335-6408
ISBN 978-89-6372-233-7 04810 | 값 16,000원

이오덕의
글쓰기

양철북

　아이들에게 글을 쓰게 하는 것은 아이들을 착하고 참되게,
곧 사람답게 기르는 가장 좋은 교육입니다. 그뿐 아니라 아이
들의 목숨을 지키는 귀한 수단이 되기도 하고, 다시 또 우리
온 겨레의 목숨이라 할 수 있는 우리 말을 지켜서 이어받아 가
지게 하는, 참으로 귀하고 값진 교육입니다.

　그런데 이렇듯 좋은 교육, 귀한 교육이 지금 우리 나라에서
는 아주 엉망으로 되어 있습니다. 아이들에게 저마다 삶을 바
로 보게 하여 그것을 소중히 여기면서 정직한 글을 쓰게 하지
않고, 삶을 덮어 두고 삶을 등지고 돌아앉아 거짓스런 말장난
을 하게 합니다. 그리고 어른들의 글을 흉내 내는 손재주를 문
예 교육이니 창작 교육이니 하는 이름으로 가르치고 있습니
다. 이래서 어른들은 교육을 잘했다는 것을 선전하는 수단으

로 아이들의 글을 이용하고 있습니다. 아이들을 지키고 아이들을 살려야 할 교육이 도리어 아이들을 병들게 하고 아이들을 잡는 교육으로 타락하게 되었다는 것은 참으로 통탄할 일입니다.

이 잘못된 교육의 흐름 속에서 아이들을 살리는 참된 글쓰기 교육을 어떻게 하면 해낼 수 있을까, 하는 힘든 문제를 선생님들과 부모님들 앞에서 풀어 보려고 한 글들을 모아 이 책으로 묶었습니다.

1장은 글쓰기 교육을 하기 위해 무엇보다도 먼저 생각해 보고 알아 두어야 할 내용을 다룬 글들을 모은 것이고, 2장에는 아이들에게 글쓰기를 가르치는 방법을 풀이한 글들을 모았습니다. 3장과 4장은 아이들 글을 읽으면서 여러 가지 교육의 문제를 생각해 본 글들을 모아 놓았고, 5장은 참된 글쓰기 교육의 길을 가로막는 잘못된 이론이나 지도 방법을 비판한 글들을 모았습니다.

교육을 팔고 아이들을 파는 장사꾼들이 무슨 말을 하든, 저는 저대로 이 길이 아이들을 살리는 단 하나의 길이라 믿고 걸어왔습니다. 아이들과 함께 살아가시는 선생님들과 부모님들뿐 아니라 글쓰기 교육의 본질이며 방법을 알고 싶어 하시는 모든 분들께 이 책을 드립니다. 부디 우리 아이들이 하고 싶은 말을 마음대로 글로 써서, 그 마음과 몸이 산과 들에 피어나는 꽃과 같이 눈부시게 피어나도록 해 주시기 바랍니다. 공해 없는 강산에 피어나는 그 꽃들을 앞으로 영영 볼 수 없다면, 도

대체 무엇을 기다려 우리가 살아갈 수 있겠습니까?
아이들만이 우리의 희망입니다.

1993년 5월 이오덕

2장 아이들 글쓰기 어떻게 가르칠까 ~~~~~ ••••• --

읽어 두기

1 이 책은 《글쓰기 어떻게 가르칠까》(보리)를 새로 고쳐 펴냈습니다. 다만, '아이들과 함께하는 문장 연구' '자기 말, 자기 이야기를 쓰지 못하게 하는 쓰기 교과서' '아이들을 믿지 못하면 교육이 안 된다'는 싣지 않았습니다.

2 맞춤법과 띄어쓰기는 지금 표기법을 따랐습니다. 다만, 이오덕 선생님이 지금 맞춤법과 달리 띄어 써야 옳다고 여긴 '우리 말' '우리 나라' 같은 말은 그 뜻에 따랐습니다. 또, 선생님이 우리 말 운동을 확실하게 하기 전에 쓴 글이라 절대로 써서는 안 되는 말로 분류한 '~등' '~적' 같은 말과, 지금은 잘 쓰지 않는 어려운 중국글자말이 나옵니다. 이것은 되도록 바꾸었습니다.

3 이 책에 나오는 아이들의 글과 글 쓴 날짜는 그동안 나온 책들마다 조금씩 다른 곳이 있어 이오덕 선생님의 기록과 모아 놓은 아이들 글을 보고 바로잡았습니다.

4 '국민학교'는 '초등학교'로 바꾸었으며, '경북 안동 임동동부초등학교 대곡분교장'은 '경북 안동 대곡분교'로, '강원 정선 여량초등학교 봉정분교장'은 '강원 정선 봉정분교'로 적었습니다.

1장

아이들을
살리는 글쓰기

아이들은 본래
글쓰기를 싫어하는가

지난번 여러 어머니들이 모인 어느 자리에서 아이들의 글쓰기 이야기가 나왔다. 그 좌담에 나온 어머니들은 모두 아이들이 글쓰기를 싫어한다는 것, 더구나 일기 쓰기를 싫어한다고 말했다. 아이들은 싫어하는데 학교에서는 쓰라고 하고, 선생님이 일기장 검사를 하니 안 쓸 수는 없고, 그럴수록 일기 쓰기를 지긋지긋하게 여긴다는 것이다.

"일주일에 한 번씩 일기장 내는 날이 있어요. 일기장을 학교에 내 놓고 집에 오면 그날만은 안 써도 되니 싱글벙글 좋아서 못 견딥니다."

한 어머니가 이렇게 말하니 모든 어머니들이 자기 집 아이도 그렇다면서, 어쩌면 아이들이 그렇게 똑같을까 하고 신기해하는 표정이었다.

나는 거기서 새삼 깨달았다. 오늘날 이런 형편에서 글쓰기로 삶을 가꾸어 가는 교육이 얼마나 힘든가를.

그다음, 다른 어떤 자리에서 그 좌담 얘기를 하여 아이들 교육 문제를 걱정했더니, ㄱ교수님이 내 걱정을 이해할 수 없다는 뜻을 이런 말로 했다.

"그 얘기는 좀 수긍이 안 되는데요. 아이들이란 본래 그런 것 아닙니까? 글을 쓴다는 것은 어른도 힘든데 아이들은 말할 것도 없지요. 우리가 일제강점기 때 공부한 걸 생각해 봐도 작문 시간만큼 싫은 시간이 없었지요. 일기를 날마다 쓰게 하는 거 얼마나 지긋지긋합니까? 아이들의 그런 태도는 정상입니다."

글쓰기를 싫어하는 아이들의 태도는 정상이다—나는 ㄱ교수님의 견해가 먼저 타당하다고 생각하면서, 한편 그런 말이 결론으로 되어서는 결코 안 된다 싶어 다음과 같이 말했다.

"일제강점기 때 작문 시간이 싫었던 것은 당연합니다. 짚신을 신고 지게를 지고 농사일을 하는 아이들이 학교에 가서 일본말로 글을 쓴다고 할 때 어떻게 자기의 생활 경험과 감정을 글로 쓸 수 있겠습니까? 결국 학교에서 쓰는 글은 일본말 교과서에 나오는 글을 흉내 내는 것밖에 안 되지요. 그런 작문 시간에 아이들이 어찌 글을 쓰고 싶어 하겠습니까. 아이들이 본디 그림을 그리기 싫어하는 것이 아니라 그리고 싶어 하는 것을 그리게 하지 않기 때문에 그림을 못 그리는 것같이, 글도 본래 쓰기 싫어하도록 되어 있는 것이 아니고, 쓰기 어렵도록, 쓰고 싶은 것(쓸 수 있는 것)을 쓰게 하지 않고 남의 말과 남의 얘기를 써서 흉내를 내도록 하니 싫어질 수밖에 없어요. 요즘도 옛날과 비슷합니다. 교실에서고 백일장 같은 데서고 아이들이 쓸 수 없는 제목을 내어 주거든요. 일기도 효도한 얘기, 착한 일 한 얘기를 쓰게 하니 글쓰기가 고통스럽지 않을 수 없습니다. 옛날이나 지금이나 아이들은 바른길을 가려고 하는데, 어른들이 그 길을 막고 있습니다."

어른들이 길을 막고 있다고 간단하게 말했지만, 생각하니 어른들의 무지와 횡포는 아이들이 바르게 자라나지 못하게 억누르는 온갖 교육과 문화의 조건으로 나타나고 있다. 여기서 아이들이 글쓰기를 싫어하는 까닭을 대강 정리해 본다.

첫째, 쓰기 힘든 글의 제목, 아이들의 삶과 마음의 세계를 아주 무시한, 어른 중심의 제목을 강요한다.

둘째, 어른들의 문학작품을 흉내 내도록 가르치고 있다.

셋째, 자기 자신의 얘기를 쓰게 하지 않고, 그런 글을 쓰면 도리어 좋지 않다고 비판한다. 그러니까 남 보기 좋은 것, 자랑거리가 될 만한 것을 찾아 쓰려 하고, 거짓을 꾸민다.

넷째, 어른들이 멋대로 고치고 다듬고, 흔히 대신 써 주기까지 하여 상 타고 이름 내는 데만 관심을 쏟는다.

다섯째, 무엇이든지 시키는 대로 따르기만 하게 하여 아이들을 틀에 박힌 생활에 익숙해지도록 만들어 버렸다. 그래서 자신이 주체가 되어 행동할 줄 모르고, 꼭두각시 생활에 길들어 그것으로 만족하고 있다. 이런 상태에서 벗어나 조그만 것이라도 자기 힘으로 창조하고 생각하도록 하는 글쓰기를 아이들이 싫어하는 것은 당연하다.

여섯째, 쉬운 것, 편리한 것만을 찾는 세상 흐름을 따라 공부도 힘든 공부를 싫어한다.

일곱째, 점수 따기에 도움이 별로 안 되어 글쓰기를 싫어한다.

여덟째, 텔레비전, 전자오락 따위가 아이들에게 '생각'을 싫어하게 만들고 있다.

아홉째, 아이들에게 살아 있는 말을 쓰도록 가르치지 않는다.

열째, 숙제, 시험공부, 학원 공부 따위로 글을 쓸 시간을 주지 않는다.

열한째, 논술 고사가 아이들의 글쓰기를 더 거북스럽게 하고 있다. 논술 고사 대비 글짓기는 삶에서 떠나 빈 말장난을 하는 장삿속 글짓기를 더욱 널리 퍼뜨리고 있다.

아이들을 바보로 만드는
'글짓기' 지도

●

●

    사람은 누구든지 어릴 때 부모나 부모를 대신하는 식구한테
서 말을 배운다. 두 살에서 여섯 살까지 겨우 몇 해 동안에 앞
으로 평생 쓰는 말의 대부분을 배우게 된다.

    학교에 들어가면 글자를 배우고 글을 읽게 된다. 우리 나라
의 아이들은 초등학교 1, 2학년에서 한글을 거의 다 익힌다.
한글을 익히는 방법은 닿소리와 홀소리를 먼저 익혀서 그것을
맞추어 읽는 것이 아니고, 소리마디로 된 글자와 낱말을 한 덩
어리로 보고 읽는 것이다. 마치 아기들이 어머니의 목소리만
듣고 말을 다 알아 버리듯이.

    글자를 익힌 다음에는 글을 쓰게 된다. 글쓰기는 문법을 배
워서 문법에 맞춰서 쓰는 것이 아니고, 이미 학교에도 들어가
기 전에 배운 말을 그대로 글로 옮겨 쓰는 것이다.

    이렇게 해서 아이들이 쓴 글을 우리는 재미있게 읽는다.

    다음은 1학년 아이가 쓴 글이다.

옆집 아이 전순양 서울 원당초 1학년

어제 나는 옆집에서 놀았다. 그때 놀다가 그만 옆집 아주머니가 시장에 가신다. 그런데 내 친구 옆집 애 동생이 따라가고 싶다고 떼를 부렸다.

그때 옆집 아주머니는 그냥 갔다. 그래서 우리 엄마가 빵을 사 줬다. 그랬더니 금방 그쳤다. 그래서 옆집 친구랑 개 새끼를 데리고 놀았다.

그런데 옆집 아주머니가 돌아오셨다. 그런데 옆집 동생이 문을 열어 주지 말랬다. 그런데 언니가 열어 줬다. 옆집 동생은 언니를 때렸다.

이 글은 "어제" 있었던 일을 썼다. 왜 어제 일을 썼을까? 아마 어제 옆집에서 놀았을 때 본 아이의 일이 잊히지 않았던 모양이다. 아니면 '옆집 아이'라는 제목으로 글을 써 보라고 선생님이 말씀하셨던 것인지도 모른다. 어쨌든 이 글에는 한 아이의 모습과 행동이 아주 잘 나타나 있다. 재미있는 한 편의 '동화'라는 생각도 든다. 어른들은 흔히 재미도 없는 이야기를 억지로 만들지만 아이들은 날마다 이렇게 재미있는 이야기 속에서 살아가는 것이 아닐까?

다음은 2학년이 쓴 글이다.

심부름 전성옥 대구 인지초 2학년

어머니가 오늘 심부름을 시켰다. 나는 심부름을 하였다.

어머니께서는, 손가락이 아프시다고 하면서 고무장갑을 사 오라
고 하셨다. 나는 장갑을 사러 가다가 넘어졌다. 무릎에선 피가
흐르고 있었다. 가게는 멀어서 가기가 싫었다.

가게에 다가서자 무엇을 사 오라고 했는지 알 수가 없었다. 그래
서 가게 옆에 앉아 생각을 해 보았다. 그러나 생각은 나지 않았
다.

가게를 쳐다보았다. 그때 어머니께서 손가락이 아프시다고 하시
던 게 생각났다. 가게를 쳐다보면서 빨간 장갑을 찾았다. 그래서
아주머니께 고무장갑을 달라고 하였다.

나는 돈을 많이 가져오지 않았는데 장갑은 비쌌다. 아주머니가
내 얼굴을 바라보면서, 싸게 해 줄 테니 가져가라고 하셨다.

나는 이제 마음이 놓였다. 그러고 나서 집으로 달려왔다.

이 글도 재미있는 이야기가 되어 있다. 아이들은 이렇게 '살
아 있는 동화'를 쓴다.

위의 두 편은 도시 아이들이 쓴 글이지만, 다음은 농촌 아이
가 쓴 글이다. 농촌의 아이들도 2학년만 되면 보고 듣고 한 일
은 이렇게 곧잘 쓴다.

참외   이인숙 경북 성주 대서초 2학년

나는 오다가 참외 따는 것을 보았습니다. 참외는 많았습니다. 많
이 따지 싶습니다.

우리는 어제 참외를 땄습니다. 우리는 어제 22박스를 땄습니다.

나는 박스에다 아버지 이름을 썼습니다. 나는 참 재미있었습니다. 나는 옥화동도 썼습니다.

이 글을 쓴 아이가 사는 곳은 참외 농사를 많이 짓는 농촌이다. 학교에 오다가 참외 따는 것을 보고, 어제 집에서 일한 것이 생각나서 그 이야기를 썼다. "나는 박스에다 아버지 이름을 썼습니다. 나는 참 재미있었습니다. 나는 옥화동도 썼습니다"고 했는데, 이런 말에는 일한 것을 자랑으로 여기는 마음이 나타나 있다. "많이 따지 싶습니다"고 한 말에는 참외를 많이 따게 된 데 대한 기대와 기쁨이 느껴진다.

다음은 시 한 편을 들어 본다. 산골에 사는 2학년 아이가 쓴 글이다.

봄 권상욱 경북 안동 대곡분교 2학년

봄아, 오너라.
봄이 되면 소 몰고 갈 테야.
아버지와 소 풀도 뜯으러 갈 테야
봄이 오면 진달래꽃과 할미꽃들
일 년 동안 못 보던 꽃들
어서 피어라, 보고 싶다.

산골의 겨울은 춥고 길다. 그 긴 겨울 동안 방안에 갇혀 있다가 이제 골짜기의 얼음이 조금씩 녹기 시작하면 아이들은 이렇게 봄을 기다린다. 봄이 오면 소를 몰고 골짜기로 올라가야지, 아버지하고 가서 소 풀도 뜯어야지, 그러면 진달래꽃과 할미꽃도 볼 수 있겠지. 꽃들아, 어서 피어라. 보고 싶다……. 자연 속에 살아가는 아이들의 기다림이 이런 시를 쓰게 했다.

아이들은 이렇게 해서 글을 쓴다. 아이들은 머리로 이야기를 꾸며 만드는 것이 아니라 자신의 삶을 그대로 쓰는 것이다. 책에 나오는 말을 문법에 맞게 맞추어서 글을 쓰는 것이 아니라 자기가 입으로 늘 하고 있는 말을 그대로 쓰는 것이다. 그래서 아이들의 글은 재미가 있고 감동을 준다.

만약 아이들에게 자기가 보고 듣고 한 일을 쓰게 하지 않고 책에 나온 어른들의 글을 따라 쓰게 하거나 책에 나온 낱말을 문법에 맞추어서 쓰게 하는 것을 글짓기 공부라 해서 시킬 때 아이들은 글을 못 쓰게 된다. 쓰더라도 아주 맛없는 글, 죽은 글밖에 못 쓴다. 왜 그런가 하면, 그런 방법은 외국어를 배워서 외국어로 글을 쓸 때나 하는 공부 방법이기 때문이다. 불행하게도 우리 나라에서는 지금까지 이런 잘못된 글짓기 교육을 하였다. 삶을 제쳐 버린 이런 외국어 공부 방법의 글짓기 교육은 아이들에게 자기의 삶에서 도피하게 하고, 삶이 없는 말장난 글을 쓰는 바보가 되게 하고, 우리의 모국어를 짓밟아 버리도록 했다.

지금까지 글짓기를 어떻게 가르쳤는가 살펴보기로 하자. 다음은 지난해까지 가르쳤던 교과서의 내용이다.

빈 곳에 알맞은 말을 넣어 봅시다. 《바른생활 2-1》

거북이는 (　　) 뻘뻘 흘렸습니다.

기어가는 거북이가 땀을 뻘뻘 (　　　)

　　이 연습 문제에서 (　　) 속에 써넣어야 할 말은 아주 정해져 있다. 이것은 글자 쓰기 공부밖에 안 된다. 무엇을 노려 이런 문제들을 내어 놓고 이런 공부를 시킬까? 여기 나온 글에서 마음대로 써넣도록 해야 할 자리는 "뻘뻘"이라는 말이 있는 자리다. 그런데 이 '뻘뻘'은 요지부동으로 되어 있다. 이래서 우리 나라 아이들은 '땀을 흘린다'라는 말 앞에는 반드시 '뻘뻘'을 쓴다. 유리창은 반드시 '드르륵' 열고, 시냇물은 '졸졸'로만 흐르게 되어 있다. 삶 속에서 배운 말을 자유롭게 쓸 줄 모르고, 교과서로 익힌 똑같은 말만 쓰는 것이다.

　　《국어 3-1》에는 '어깨동무'라는 글이 나온다. 그것을 공부한 다음에 나오는 글짓기 문제가 다음과 같다.

'어깨동무'를 읽고 다음 내용을 써 봅시다.

때.

곳.

나오는 사람.

벌어진 일.

결과.

이것은 읽은 내용을 정리해서 다시 쓰는 것이지 삶을 쓰는 글이 아니다. 이렇게 해 놓고 그다음에는 똑같은 차례로 자기의 경험을 쓰라는 문제를 내어 놓았다. 이것은 아이들의 삶과 말을 어떤 틀에 맞추어 쓰도록 하는 것이다. 이래서 우리 나라 아이들은 살아 있는 글을 쓰지 못하고, 모든 아이들의 글이 개성이 없고, 비슷하게 닮아 있다.

다시 한 곳만 더 보기로 한다. 《국어 3-2》에는 다음과 같은 글짓기 문제가 나온다.

1. 다음 글을 읽어 봅시다.
푸른 하늘에는 하얀 구름이 떠 있습니다. 가만히 생각해 보니 푸른 하늘은 넓은 목장 같고, 하얀 구름은 양 떼 같습니다. 구름을 움직이는 바람은 목동이고요.
구름이 움직이는 것을 보고 있으려니까, 목동이 양 떼를 몰고 산을 넘어갔다가 넘어왔다가 하는 것 같습니다.
2. 위의 글을 여러 번 읽어 봅시다. 이 글에 나타나 있는 생각을 충분히 알고 나서, 그 생각을 잘 정리하여 동시로 써 봅시다.
1) 먼저 이 생각을 간단한 글로 써 봅시다.
2) 다음에 따라 쓴 글을 다듬어 봅시다.
• 행과 연을 만든다.
• 같은 말을 반복한다.
• 글자의 수를 맞춘다.

이런 교과서로 공부를 한 아이들이 어떻게 시를 쓸 수 있겠는가? 이것은 시가 무엇인가, 시를 아이들이 어떻게 해서 쓰는가를 조금도 모르는 사람들이 만든 교재다. 이런 책으로 공부를 하니까 아이들은 구름이라는 '동시'를 흔히 쓰면서 양 떼니 목동이니 하고 거짓말을 늘어놓는 것이다. 행과 연을 만들게 하고, 같은 말을 되풀이하게 하고, 글자 수를 맞추고…… 이게 무슨 짓인가? 아이들을 영판 바보로 만들기 꼭 알맞은 짓을 그토록 오랫동안 교육이라고 했으니, 우리 아이들이 어떻게 글을 제대로 쓰겠는가? 놀라운 재주를 타고난 이 땅의 아이들은 이렇게 해서 모두 병신이 다 되었다.

한심스런 일은 여기에 그치지 않는다. 학교 밖에서 여기저기 벌이고 있는 글짓기 교실이니 강좌니 하는 따위가 또 거의 모두 이런 꼴이 되어 있다. 언뜻 보면 아주 '기술 지도'를 잘하는 것처럼 학부모들에게는 보인다. 그러나 불쌍한 아이들은 어디 가도 비참한 기계가 되는 훈련만 받는다.

올해부터 새로 배우게 되는 교과서는 어떻게 되어 있을까? 같은 사람들이 만들었으니 무엇이 달라지겠는가, 별로 기대가 안 간다.

아이들을 살리는
표현 교육

　지난달 하순, 서울의 어느 초등학교 5학년 아이가 열네댓 살
짜리 아이들에게 돈을 빼앗기고 협박을 당하여 자살한 일이
있었다.

　이 세상에 태어난 사람은 누구든지 한 번은 죽음이라는 문
을 지나 다시 저세상으로 가게 되어 있지만, 모처럼 태어난 세
상을 어느 정도의 목숨을 누리지 못하고 어린 나이로 죽는다
는 것은, 우리 산 사람으로 볼 때 참으로 가슴 아픈 일이다. 이
제 겨우 땅속에서 햇빛을 바라보고 올라오는 노오란 새싹이
무지한 발에 짓밟혀 자취도 없이 사라지다니!

　그런데 이번에도 이 아이의 죽음을 사회문제로 삼는 어른이
없었다. 적어도 내 눈에는 띄지 않았다. 온갖 장사꾼들의 광고
가 실리는 신문과 잡지가 있지만 그런 문제를 논의한 글은 보
지 못했다.

　그 죽은 아이는 돈을 빼앗긴 것이 원통해서 자살한 것이 아

니다. "너 이놈, 이걸 부모한테 말하면 죽인다!" 아침저녁 골목에서 만나야 하는 깡패 소년들에게 이런 협박을 받았으니, 그 답답하고 억울한 심정을 세상천지 아무 데도 호소할 길이 없는 그 아이는 죽을 수밖에 없었던 것이다.

자기표현이 얼마나 중요한가를 이 사실에서도 알 수 있다. 사람이 정상으로 표현하는 길이 완전히 막히게 되면 병들거나 미치거나 이성을 잃은 광포한 행동을 하거나 자살을 한다. 곧, 정상이 아닌 표현을 하게 된다. 미치고 자살하고 하는 것도 표현의 한 가지라 할 수 있다.

표현 교육의 중요함은 지금으로 봐서 아무리 강조해도 지나친 것이라 볼 수 없다. 말과 글로 하는 자기표현은 정서 도야니 심정 순화니 하는 따위의 정도가 아니라, 생명을 유지하고 키워 가는 데 절대로 필요한 것이다.

그런데 우리의 학교는 말하기고 그리기고 글쓰기고 물을 것 없이 모든 표현 교육이 참으로 수십 년 동안 버림받고 짓밟혀 왔고, 거짓된 것으로 병들어 버렸다. 아이들은 자기표현이 거의 완전할 정도로 꽉 둘러막힌 상태에서 정상이 아닌 표현을 하면서 자라 왔고, 자라나고 있다. 이런 교육 형편을 바로 보고, 진정으로 걱정하는 사람이 몇이나 될까?

지금, 대통령 후보 네 사람이 가는 곳마다 온갖 무지갯빛 꿈을 노동자들에게, 농민들에게, 도시의 소시민들에게 안겨 주고 있다. 그런데 어느 한 사람도 교육에 대해 시원스런 말을 하는 사람이 없다. 자치제니 교장임기제니 하는 것을 말하는 사람은 있다. 그러나 이 나라 모든 아이들의 목숨을 짓밟아 병들게 하는 온갖 잡동사니 지식 처넣기의 사람답지 못한 경쟁 교육을 바로잡겠다고 말하는 사람은 없다. 이것은 오늘날 어른들이 얼마나 아이들 잡는 살인 교육에 공범자로 깊이 관계하고 있는가를 말해 주는 것이다.

교육 운동을 하는 여러 교육자들의 단체에서도 이런 근원이 되는 문제의 절실함을 어느 정도 알고 있는지 모르겠다. 시험지옥에서 아이들을 살리자는 구호를 양념 정도로 내건다고 될 일이 아니다. 더구나 운동의 목표가 기껏해야 교장임기제니 수석교사제니 하는 데 있다면 "우리도 몇십 년 평교사로 고생했으니 수석 교사로 우대 좀 받고, 교장 노릇도 좀 바꿔 해 보자"는 것밖에 안 된다고 비판해도 할 말이 있겠는가 싶다.

민주주의가 언론의 자유로 태어나듯이, 아이들이 사람답게 자라나게 하고 앞날의 모든 가능성을 열어 주는 일—바로 아이들의 목숨이 피어나게 하는 일은 자유로운 표현을 가르치는 교육이다. 민주교육도 표현 교육에서 출발할 수밖에 없다. 아이들의 목숨을 풀어놓아 주는 교육부터 앞장서서 하자. 그리고 모든 교사들이 목숨 살리는 교육을 하는 운동을 펴 나가자. 목숨을 억누르는 야만인이 되느냐, 목숨을 지키고 키우는 영광스런 겨레의 교육자가 되느냐 하는 것은 모든 교육자들이 결정해야 할 엄숙한 과제다.

아이들에게
표현의 자유를 주자

표현이란 무엇인가?

사람이 숨을 쉬는 것은 코로 하지만 마음의 숨은 표현으로 쉰다. 더구나 아이들의 표현은 아이들의 생명을 이어 가고 생명을 키워 가는 귀중한 수단이 된다.

표현의 길이 막혔을 때 아이들은 병들거나 죽게 되고, 표현을 비뚤어진 모양으로 하게 하거나 거짓으로 하게 할 때 아이들의 생명은 시들어 버린다. (어린이의 생명을 이어 가게 하고 피어나게 하는 자기표현 문제를 더 자세히 알고 싶은 분은 저의 책《참교육으로 가는 길》89~107쪽, '생명 해방의 표현 교육'을 참고하시기 바람.)

아이들의 표현은 교육으로써 하게 한다.

온 나라의 아이들이 표현을 제대로 못 하는 교육을 하게 되면 그 나라는 숨이 막히고, 그 사회는 낭떠러지로 달려가는 꼴이 된다. 온 나라 아이들이 표현을 자유롭게 하는 교육을 했을 때 비로소 살아 숨 쉬는 나라가 되고, 앞날이 환히 트인다. 민주주의가 창조되고 사람답게 살 수 있는 길이 열린다.

우리 아이들은 표현의 자유가 있는가? 우리 아이들은 말을 자유롭게 할 수 있는가? 글을 자유롭게 쓰도록 하는 교육을 하고 있는가? 그럼으로 자기표현을 마음껏 할 수 있게 하는가?

어른들은 표현의 자유가 없지만 어린이들은 표현을 마음대로 하고 있다고 보는 사람이 많을 것이다. 어른들의 언론은 돈과 권력으로 병들거나 막히지만 아이들의 표현이야 돈이고 권력에 관계가 없으니 자유롭다고 생각하기 쉽다. 그러나 앞에서 말한 바와 같이 아이들의 표현은 교육으로 이루어진다. 그교육이란 것이 이런 자본의 세상에서는 하나의 상품이 되어 있고, 또한 교육이라는 것이 정치권력의 지시 명령으로 진행되고 있는 사실에 조금이라도 생각이 미친다면, 아이들의 표현이 자유롭지 못할 것이라는 짐작쯤은 그 실상을 보고 듣지 않아도 충분히 할 수 있을 것이다.

우리 아이들은 오래전부터 마음의 숨을 못 쉬고 있다. 어른들은 아이들의 숨구멍을 꽁꽁 틀어막는다. 정치가들, 행정관리들, 교육자들, 부모들, 종교인들, 학자들, 문인들, 신문 방송인들…… 모든 어른들이 아이들을 잡아 족치고, 아이들의 숨통을 막고, 아이들에게 거짓 몸짓을 하는 말 광대 노릇을 하게 하고 있다.

여기 아이들의 자기표현 가운데서 삶을 키워 가는 귀중한 교육의 수단이 되어 있는 글쓰기로 하는 표현이 과연 어떤 어른들 때문에 어떻게 그 길이 막히고 있는가를, 충분한 자료라고는 할 수 없지만 몇 편의 글을 가지고 생각해 보기로 한다.

아이들과 정치

다음 글은 1970년 경북 어느 산골의 분교장에서 공부하던 아이가 쓴 글이다. 이 글은 그때 아이들의 글을 모아 등사판 문집으로 나눠 주던 〈산마을〉에도 싣지 못했고, 22년 동안 가지고 있다가 지금 발표하게 되었다. 왜 그때 발표할 수 없었는가? 읽어 보면 누구든지 알게 될 것이다.

고속도로 김선모 경북 안동 대곡분교 3학년

아침을 먹고 위아재께서 고속도로 이야기를 하여 주셨다. 우리 나라 고속도로는 마구 미국 거라고 하셨다. 왜요? 하니 미국 돈을 갖다 썼기 때문이지 하신다. 그럼 그 돈을 어애 갚아요? 하니 나라를 팔아야지 하고 말하셨다. 팔려 가니껴, 하니 몰래, 하신다. 나는 팔려 가까 봐 겁이 났다. (1970. 7. 11.)

＊위아재: 외아재. 외아저씨. 위삼촌. 외삼촌.

＊마구: 모두. 죄다.   ＊어애: 어째. 어찌. 어떻게.

＊가니껴: 가는가요.   ＊몰래: 몰라.

그때 이 글을 아이들만 나눠 보는 문집에라도 실었더라면 틀림없이 문제가 되어, 정부에서 하는 일을 비판하는 눈으로 본 이 아이의 외삼촌(위아재)은 경찰이나 정보 당국에 불려 갔을 것이다. 아무것도 아닌 것이지만 그렇게 되게 되어 있는 것이 우리 나라의 정치요, 우리 나라의 교육이요, 아이들의 형편이다. 초등학교 2, 3학년 아이가 어른들이 하는 말을 들은 대로 글을 쓰지 못하고, 써도 발표할 수 없는 형편에서 어떻게 사회와 인간의 삶을 있는 그대로 정직하게 보고 살피는 교육을 하겠는가?

20년 전 깊은 산골짜기에 살고 있던 아이들도 이렇게 정치와 관계를 맺고 살고 있었는데, 오늘날의 아이들은 말할 나위가 없다. 요즘은 아무리 산골에 사는 아이들이라도 텔레비전으로 세상일을 바르게 보든 비뚤어지게 보든 모두 제 나름대로 보고 생각하고 있다. 더구나 큰 도시에서 살고 있는 아이들은 날마다 학교에 가고 오는 길에서 온갖 일들을 만난다. 그런데 참 신기하게도 아이들의 글에는 정치에 관련되는 이야기가 없다. 한때 그렇게 시위행진이 온 나라를 들끓게 하였을 때도 아이들의 글이 신문이나 잡지에 실리는 것을 보면 '봄비'요 '구름'이요 '소풍' 따위였다. 이것은 어찌 된 셈인가? 아이들은 '데모'고 '선거'고 그런 일에는 아주 관심이 없는 것인가?

아니다. 그런 것이 아니다. 자기표현의 길이 막혀 있는 것이다. 그런 이야기는 아무리 쓰고 싶어도 못 쓰고, 썼다고 하더라도 발표할 수가 없다. 정치권력은 이와 같이 모든 아이들이 자유롭게 글을 쓰는 권리를 빼앗아 버리고, 그 마음들을 어떤 우리 안에 가두어서 얼어붙게 하고 있다.

다음은 아주 드물게 볼 수 있는 '데모' 이야기를 쓴 글이다. 아마 이 작품은 근년에 데모를 다룬 이야기를 쓴 초등학생의 글로는 가장 정직하고 진지한 글이 아닌가 싶다.

데모와 최루탄 황지영 경남 거창 샛별초 6학년

오늘 대구에 가서 이빨 치료를 마치고 나서 75번 버스를 타고 갔다.

잘 가는데, 운전사 아저씨가 신경질을 내시면서 "그 위에 문 좀 닫으이소. 개새끼들 또 데모하는가배" 하셨다. 전경들이 총을 메고 왔다 갔다 하는 게 심상치 않더니, 계명대학교에서 데모를 했다.

코가 막혀서 냄새를 못 맡았지만, 조금 있으니까 코에서 자극적인 냄새가 나고 코가 마구 따가워 왔다. 최루탄 가스가 새어 들어온 것이다. 서부 정류장에 빨리 가려면 계대를 지나가야 하는데, 길이 막혀서 못 갔다.

나는 서 있는데, 앞에 앉아 계시는 어떤 아주머니께서 하시는 말씀이 "저런 미친놈들, 씨가 빠지도록 돈 벌어서 대학 보냈더니 데모나 하고, 어구 미친놈들" 하셨다.

텔레비전에서 나오는 전경들과 실제로 보는 전경들은 너무나도 달랐다. 무서웠고 으시시했다.

내가 본 바로는 방패가 전경들의 키보다 조금 작았고, 모자는 앞에 철조망 같은 게 있었다.

전경들이 줄 서서 대학생들을 잡고 있을 때, 그 뒤에는 돌멩이며 화염병, 유리창이 깨진 조각들, 너무나도 무서웠다.

아마도 데모의 내용은 전두환 씨와 이순자를 징역시키라는 내용

일 것이다. 정말 전두환 씨가 그럴 줄 몰랐는데, 좋은 경험을 했다. 최루탄 가스의 냄새는 맡아 본 사람만이 알 수 있다.

그 한국화약 회사의 사장은 못 믿을 인간이다. 사람 죽이고 돈 얻는 것을 사업으로 하다니, 못돼먹은 인간!

대학생 언니 오빠들이 무사해야 할 텐데 걱정이다.

(오늘 소매치기를 당했다. 얼마나 빠르던지, 지갑을 잃고 나서 둘러보니 없었다. 소매치기는 정말 빠르다. 참으로 어이가 없고, 되게 재수가 없다. 하지만 좋은 경험 많이 했다.)

이것은 어느 날의 일기로 적어 놓았던 글 같다. 어른들이야 무슨 말을 하든지 자기 생각을 든든하게 가지고 있는 아이가 쓴 글이다. 어쩌다가 학급 문집 같은 데서 데모 이야기를 쓴 글이 있구나 싶어 읽어 보면 거의 대부분 어른들이 데모하는 학생들을 나무라고 욕하는 말을 그대로 따라 써 놓은 글이 되어 있다. 아니면 기껏해야 학생도 나쁘고 최루탄을 쏘는 전경도 나쁘다는 식이다. 아이들 자신의 자기표현이 없는 것이다. 정치에 관련되는 문제에서 아무리 어리고 소박하더라도 자기 표현을 할 수 없는 상황은 어른들보다 아이들이 한결 더 엄격하다. 그 옛날에는 "임금님 벌거벗었네!" 하고 어린아이가 소리칠 수 있었는데, 지금은 그런 소리조차 낼 수 없는 것이 아이들 형편이다.

다음은 지난번 대통령 선거 때 나온 글이다.

대통령 후보　　김필선 경북 경산 부림초 6학년

요즈음 대통령 후보들이 돌아다니며 선전을 하고 있다. 공장이
나 농촌 어촌의 어느 마을에 가서 "내가 대통령이 되면 이 고장
잘 발전하게 밀어줄 테니까 나를 좀 찍어 주시오" 하고 말한다.
어디에 가는 곳마다 내가 대통령이 되면 어떻게 한다고 한다. 이
것까지는 좋은데, 만약에 나중에 자기가 대통령이 되면 약속한
것을 다 해 줘야 되는데 걱정이다. 자기가 약속했는 것을 못 들
어주게 되었을 때는 어떡하노. 다 못 들어주면 대통령 할라고 거
짓말로 돌아다니며 잘해 준다고 했나. 그 사람은 대통령이 되어
선 안 된다고 본다. 지금은 대통령 후보가 4명인데 그 사람들 모
두 다 어디 가면 잘해 준다고 약속을 한다고 한다. 꼭 우리 나라
가 자기 것 모양으로 멋대로 하는 것 같은 기분이 든다.

특히 ○○○, □□□ 이 두 사람이 공장에 가서, 내가 대통령이
되면 이 공장이 어쩌니 저쩌니 한다. 자기가 대통령이 될려고 선
전하는 것은 괜찮지만 너무 그카는 것 같다. 그리고 ○○○과 □
□□이는 △△△가 되면 독재가 된다고 하고, △△△는 ○○○
이나 □□□이가 되면 뭐 어떻게 된다고 한다. 이렇게 서로서로
를 헐뜯는다. 누구 말이 옳은지 모르겠다. 그래도 대통령 후보
중 ◇◇◇은 누구를 욕하지 않고 헐뜯지도 않는다.

난 88년에 올림픽을 여는데 올림픽 열기 전에 대통령을 뽑는 것
은 좀 나쁘다고 생각한다. 왜냐하면 일을 맡은 대표자들이, 대통
령이 바뀌면 바뀌므로 올림픽을 잘 치르지 못하지 싶기 때문이
다. 더구나 우리 나라는 북한 공산당과 맞서고 있기 때문에 대통

령을 잘 뽑아야 한다. 이번 대통령 선거 잘 보고 했으면 좋겠다.
(1987. 11. 24.)

아이들이 어른들의 선거를 보는 눈은 놀랄 만큼 밝고 정직할 터이지만, 그 아이들이 받는 가르침이란 것이 워낙 자유롭게 열려 있는 상태가 아니기에 어쩔 수 없이 제한된 의견을 가질 수밖에 없다. 그런데 이런 정도의 글조차 본 대로 들은 대로 쓰지 못하고 있다. 위의 글에서는 대통령 후보의 이름들을 숨겨 놓았다. 아마 이 아이는 바로 썼을 것인데, 어른들 사이에서 문제가 일어날 수 있을 것을 염려한 담임교사가 이렇게 이름을 지웠다고 본다.

아이들 글에 나타나는 학교 관리자들

교육이 상품으로 되고 정치권력을 유지하는 수단으로 되어 있으면, 그 상품의 포장을 검사하거나 권력을 대신 집행하는 사람은 교감과 교장이 된다. 거의 모든 학교에서 학급 문집의 원고를 교장 교감들이 검열하는 까닭이 이러하다. 그러니까 다음과 같은 글은 학교의 이름도, 쓴 아이의 이름도 밝힐 수가 없다.

"쓰레기 주워" 여학생 서울 초 6학년
성연이와 같이 오늘도 즐거운(?) 마음으로 등교를 했다.
막 6학년 1반을 지나가려는데 교감 선생님께서 우릴 부르셨다.

"야, 저기, 저것 좀 주워."

지금까지 교감 선생님한테 걸린 게 몇 번째인지. '싫어요, 선생님이 주우세요'라는 말이 목구멍까지 올라왔지만 죽을힘을 다해 참고 쓰레기를 주웠다.

그러고 나서 계속 속에 있는 말을 혼잣말로 중얼거렸다.

"뚱뚱해 가지고, 저는 안 주우면서 왜 나보고 주우래? 인간성은 되게 드러운데 어떻게 교감이 됐지?"

교감 선생님이 불렀다 하면 뒷말이 '쓰레기 주워'이다. 이러다가 교감 공포증에 걸리면 어떡해?

얼마쯤 감정을 과장한 말이 있기는 하지만, 그만큼 이 글은 짓눌리고 막혔던 아이의 마음이 터져 나온 글이 되어 있다. 이런 글을 읽고 교장 교감 선생님들은 자기반성의 귀한 자료로 여겨야 할 것이고, 그래서 이런 글을 쓴 아이들을 고맙게 생각해야 할 터인데, 도리어 이런 글을 쓴 아이와 이와 같이 표현을 자유롭게 하게 한 담임교사에게 날벼락이 내리게 되니, 이렇게 이름 없는 글로 발표할 수밖에 없다.

비록 자기가 쓴 글에 이름을 낼 수는 없었지만, 이렇게 발표된 글을 보고 이 아이는 울적했던 기분을 풀 수 있었을 것이다. 마음의 숨을 쉰다는 것이 바로 이것이다. 그러니까 이름을 밝힐 수 없는 글이라도 마음껏 자꾸 쓰게 해서 발표하는 것이 좋다. 그래야 아이들을 살리는 표현 교육이 된다. 밖으로 발표를 할 수 없다고 하더라도 쓰는 것만으로도 그 뜻이 있다. 그런 글을 읽어 주어서 가장 믿을 수 있는 담임교사에게는 발표한 것이 되니까. 한 편 더 들어 본다.

이상하다 김선희 남면초 6학년

오늘 아침은 추웠다.

당나무 모퉁이를 돌 때 학교에서 연기가 무럭무럭 나서 혹시나 교실에 난로를 피울까 하는 의문이 생겼다. 기대는 걸지 않았다. 왜냐하면 교무실에만 피우기 쉽기 때문이다. 혹시나 하는 기대감으로 교실에 들어서니 생각했던 대로 교실이 추웠다.

'저 난로는 뭐할라고 있나?'

이런 생각을 하니 우리 선생님이 우리를 위해 무엇이든지 다 해 줄 줄 알았는데 우리가 추워하는 것을 알기나 할까? 왜 몰라, 다 알지.

교무실에는 조금만 추워도 난로를 피우면서 우리는 왜 안 피울까? 의자에 앉기도 싫다. 미정이도 춥다고 했다. 1학년을 생각하면 걱정이 된다.

이 정도의 글도 담임교사는 발표를 하면서 좀 용기를 내었을 것 같다. 아니면 조금은 아이들을 생각하는 교장 선생을 만났거나. 대개의 교감 교장 선생들은 이런 글을 읽고 한결같이 지껄이는 말이 있다.

"왜 아이들에게 하필 이런 부정하는 생각을 쓰게 합니까. 사물을 긍정으로 보고 쓰게 하시오. 밝고 명랑한 생활을 그리게 하고, 꿈을 안겨 주어야지요."

장학 행정을 하던 사람들이 아이들의 글짓기 교육에서 지난 40년 동안 언제나 되풀이하던 말이 이것이다. 그래서 거의 모든 선생님들은 교장 선생님의 칭찬을 받는, 학교교육 자랑이나 하는 글을 아이들에게 쓰게 하는 것을 글짓기 지도의 전부라 생각한다. 아이들의 글짓기 작품이 학교로서는 교육의 성과를 선전하는 수단이 되고, 담임교사로서는 근무 성적의 점수를 따내는 수단이 되어 있기에 귀중하게 여겨진다.

다음은 어느 지방의 신문에 발표되었던 초등학교 5학년 아이가 썼다는 글이다. 학교 이름과 아이 이름이 자랑스럽게 적혀 있는 글이지만 여기서는 그 학교와 학생의 이름을 밝히지 않는다. 이런 글은 아이들의 글이 발표되는 신문이나 잡지, 더구나 학교신문 같은 데서는 얼마든지 볼 수 있는 글이라 굳이 학교와 아이의 이름을 더럽힌다고 보지는 않지만, 차마 여기서만은 이름을 적고 싶지 않다.

사랑이 넘치는 나의 학교 여학생 경기 초 5학년
사랑이 넘치는 나의 학교. 바라만 보아도 즐겁고 기쁘다. 요즘은 맑은 가을 하늘 아래 더욱 돋보이는 교정이 나의 마음을 흐뭇하게 해 준다.
우리 모두에게 언제나 사랑을 듬뿍 주시는 여러 선생님, 태양처럼 뜨겁게 정열을 다하고 종달새처럼 명랑하게 밝은 마음과 생각을 가지며 냇물처럼 꾸준히 새로움을 창조해 가는 우리들.

예쁘게 단장한 화단과 등나무 숲. 무엇 하나 부족함이 없다. 아침 명상의 시간을 통하여 새겨 보는 여러 가지 교훈은 우리들 가슴 가슴에 꿈과 슬기와 진실을 심어 주고 텔레비전을 통하여 듣고 보는 영어 방송은 바르고 정확한 미래의 외국어 학습을 준비하게 한다.

점심시간.

우리들의 건강과 영양을 위하여 짜여진 학교급식의 변화 있는 식단은 편식하는 버릇도 없애 주었고, 항상 맛있고 활동하기에 충분한 힘을 주어 다른 학교 아이들에게 실컷 자랑거리가 된다.

올가을 운동회는 더욱 인상적이었다. 5학년이 되어서 아래로 많은 동생들을 바라보며 하는 운동회여서 그랬나 보다. 연습 때는 조금 힘도 들었지만 여러 부모님들께 잘 보여 드리고 싶어서 열심히 했다. 집에서는 나 혼자여서 외롭지만 학교에 가면 나는 '언니다'라는 생각에 동생들을 사랑해 주고 싶은 그런 마음이 커진다.

항상 우리들의 건강하고 안전한 생활을 위해 보이지 않는 정열과 수고로움을 쏟으시는 교장 선생님과 교감 선생님, 한 가지의 지혜라도 더욱 쓸모 있게 하라고 가르치시는 여러 선생님들의 가르침을 잘 받아서 슬기로운 어린이가 되고 싶다.

관악산처럼 큰 마음과 청계산처럼 푸근한 마음으로 ○○초등학교를 빛내고 사랑하며 2000년대의 주인으로서 바르고 떳떳한 일꾼으로 자라라고 오늘도 학교는 나에게 가르쳐 준다. (1991.

이 글에는 단 한마디도 아이들의 살아 있는 말이 없다. 모조리 어른의 말이요, 어른의 생각이다. 이런 글을 어느 아이가 실제로 썼다면 얼마나 비참한 흉내 내기 훈련을 곡마단의 곡예 훈련처럼 받은 것일까? 그러나 나는 결코 이 글을 어느 아이가 썼다고 믿지 않는다. 어른이 대신 써서 이름만 아이 것으로 발표한 것이다.

아이들의 자기표현이 막히고 비뚤어지고 거짓되게 발표하는 꼴이 이와 같이 참담하다.

아이들 글에 나타나는 선생님들

아이들이 쓰는 글에는 정치 문제, 교육행정이나 학교교육의 질서 문제에 이어지는 이야기가 나올 수도 있지만, 그보다 더 많이 나타나야 하고 나타날 수 있는 것이 바로 담임선생에 관한 이야기다. 아이들은 부모 다음으로, 아니 부모 이상으로 날마다 오랜 시간을 쳐다보고 따르고 기대어야 하는 사람이 담임선생이기 때문이다.

그런데 담임선생에 대한 느낌과 생각을 정직하게 쓰기란 얼마나 어려운가? 아이들이 무슨 말을 해도, 어떤 비판을 해도 다 들어 주고 받아들이는 선생님이 이 나라에 과연 몇이나 될까? 그러니까 아이들의 자기표현은 담임선생 앞에서 가장 큰 벽에 부딪힌다. 그리고 대개의 아이들은 1, 2학년 때부터 '우리 선생님'의 은혜를 감사하는 훈련을 받는 형편이 되어 있다.

다음과 같은 글은 어떻게 해서 써졌을까?

우리 선생님 이정우 서울 이수초 5학년

내 생각으로는 우리 선생님께서 그다지 좋으신 분이 아니라고 생각한다. 처음 5학년에 올라와서 좋으신 분인 줄 알고 잘 따랐는데(내 생각으로는 잘 따른 것 같음) 지금 와서 보면 그다지 좋으신 분이 아니다.

글짓기나 독후감 기타 여러 가지를 쓸 때도 "몇 장 이상(거의 다 5~7장 이상으로 쓰게 함) 써라"라고 하신다. 그러면 나는 한 주제를 골랐다가도 '장수를 다 못 채우겠구나' 하는 생각이 앞선다. 그리고 한 주제를 골랐다가도 쓸 말이 없으면 같은 말을 여러 번 돌려 써서 더 머리만 아프다.

그리고 학년 초에 차별을 안 한다고 하셨는데 차별을 너무 하시는 것 같다. 공부 시간에 떠들 때도 공부를 잘하거나 반장, 부반장일 경우에는 넘어가고 못하는 아이일 때는 마구 구박을 주신다. 선생님께서는 그리고 공부 가르쳐 주시는 것도 약간 신경질적으로 가르쳐 주시며 "수준 이하야"라고 하시고, 오늘 산수경시대회 결과도 60점 이하는 앞에 나가 맞았다. 그러면서 선생님께서 "너희들 때문에 반 평균이 떨어져"라고 하신다. 집에 가서 부모님께도 꾸중을 받을 테고, 희망을 주어서 다음 시험에 잘 보게 해야 되는데 그 반대이다.

사람마다 장점과 단점이 있지만 우리 선생님은 다른 사람보다 몇 배 더한 것 같다. 선생님의 장점도 있을 테지만 내년에 우리 선생님이 걸릴 애들이 불쌍할 뿐이다. (1991.)

　이 글을 쓴 아이의 담임선생님이 우리 글쓰기회(한국글쓰기교육연구회) 회원이 아닌 것만은 분명하다. 우리 글쓰기회 회원에는 이 글에 써 있는 것과 같이 글짓기나 독후감 기타 여러 가지를 쓸 때도 "몇 장 이상(거의 다 5~7장 이상으로 쓰게 함) 써라" 하는 선생님이 있을 수 없을 테니까. 이 글에서 담임선생을 비판한 이 아이의 생각은 모두 옳지만, 이 글은 담임선생에게 써낸 글이 아니고 담임선생을 통해 발표한 글이 아니다. 담임선생께 보이지 않았기에 발표가 될 수 있었다고 본다. 그 어떤 길로 하여 이 글이 쓰여 나왔는지 알 수 없지만, 이런 글은 얻어 읽기가 아주 힘들게 되어 있다. 이 나라의 거의 모든 아이들이 학교에서 당하고 있는 고통에 관한 이야기고, 그래서 가장 많이 써져서 선생님들에게는 교육을 반성하는 자료가 되고 아이들에게는 꽉 막혔던 자기표현의 길을 뚫어 주는 글, 이런 글을 도리어 쓸 수가 없고 쓴다고 해도 그 누구에게도 보여 줄 사람이 없는 상황, 이것이 우리 교육과 아이들의 현실이다.

피아노 선생님　정은혜 초 6학년

나는 피아노 선생님이 너무나도 좋다. 나는 원래 피아노 치기를 아주 싫어하여서 3군데나 다니다가 다 끊었는데, 친구 이은정 어머니가 아주 좋은 피아노 선생님을 소개해 주어서 지금 그 피아노 선생님한테 배우고 있다. 피아노 선생님 이름은 오경희이

신데, 음악 전공으로 대학을 나오셔서 지금 동생과 나 그리고 여러 아이들이 오경희 선생님에게 배우고 있다. 오경희 선생님은 화내시는 일이 거의 없다시피 해서 아이들이 거의 다 선생님을 존경하며 따르고 있다. 그래서 피아노에 관심이 완전히 없었던 내가 많은 관심을 쏟게 되었다. 그리고 오경희 선생님은 아이들한테 협박을 안 하셨다. 그 협박이란 아이들이 피아노 연습을 못해 피아노를 잘못 치게 될 경우 하루 종일 여기서 피아노 연습만 하라느니, 어디를 놀러 가지 못하게 할 거라느니 여러 가지 협박을 늘어놓는 것이다. 그래서 내가 피아노 학원을 끊었던 이유가 선생님들의 협박 때문이었다. 또 오경희 선생님은 이제 401호로 이사 가시는데, 짐들을 챙기시다가 내가 필요한 물건이나 선생님이 작아서 못 입는 옷은 나를 주셨다. 나는 이렇게 상냥하고 친절하고 혼내시지 않는 선생님이 참 좋다.

아이들의 자유로운 표현을 봉쇄하면서 아이들을 괴롭히는 사람은 학교의 담임선생뿐 아니라 학원 선생님이 또 있다. 위의 글은 아이들을 "협박"하는 피아노 선생님을 비판하고 있다. 그러나 그 선생님의 이름은 쓰지 않았고, 훌륭한 선생님(이분의 이름은 썼다) 이야기를 하면서 협박하는 선생님은 간접으로 말해 놓았다. 물론 이 글에서는 훌륭한 피아노 선생님 이야기를 쓰는 것이 중심 내용으로 되어 있다.

아이들을 비판하는 부모들

어른들의 마음 이은희 경북 경산 부림초 5학년

오늘은 죽을 뻔한 날이다. 아침에 시험치로 좀 늦게 학교에 갔
는데 엄마는 괜히 화를 내셨다. 난 그 이유를 잘 몰라서 겁이 났
다. 피아노 학원 갔다가 집에 왔는데 엄마는 냉정하게 대했다.
손발 다 씻고 방에 들어와 보니 엄마가 "숙제 있니? 국어책 좀
소리 내어 읽어라. 또 한문도 써라. 그리고 매일 10시 30분에 자
도록 하며, 늦게 집에 돌아오지 말아라. 대홍이랑 놀면 매 맞을
것이고, 내일 몇 시에 올 건지 종이에 적고, 선생님께 물어볼 테
니 빨리 오너라" 이런 말씀을 하셨다. 내가 입을 삐죽 내면서 산
수책을 보았더니 "소리 내어 읽어라"라는 소리가 들리자 속으로
'눈으로 읽은 것도 읽은 것 아니냐?' 이런 생각을 했더니 엄만
소리 내서 안 읽었다고 뺨을 때리며 골프채로 때렸다. 울음을 참
다못해 "나가면 될 것이다"고 하면서 밖에 나가서 맨발로 200m
정도 뛰었다. 수위 아저씨도 나서다가 내가 뿌리쳐서 잡지 못했
다. 계속 달리다가 7층까지 와서 여러 가지 생각을 하였다. '창
문에서 뛰어서 죽을까. 굶어 죽을까?'라고 하면서 '비참하게 죽
을 수는 없지. 통에 있다가 서서히 죽자'라고 했다. 그러나 하필
이면 통에 들어가서 좀 있다가 엄마가 와서 기어코 집에 끌고 갔
다. 나도 "엄마 자식 아니다"고 말했지만 헛수고였다. 또 내가
"나쁜 일을 많이 했으니까 그냥 두라"고 했고 "깨달았다"고 했
으나, 엄마가 "깨달았으면 됐다"고 하면서 다정하게 대해 주셨
다. 그러나 집에 들어와서 또 냉정하게 대해 주는 게 아닌가? 난
'엄만 여전하구나' 하면서 생각했다. 나는 도저히 엄마의 마음을

모르겠다.

거의 모든 아이들에게 어머니는 이 세상에서 단 하나 기댈 언덕이요, 구원의 손길이다. 학교에서 선생님한테 억울하게 꾸중을 들었을 때, 아이들은 어머니가 위로해 주기를 바란다. 동무들에게 따돌림을 받았을 때도 아이들은 어머니만은 저를 다정하게 맞아 줄 것이라 믿는다. 골목에서 깡패 같은 큰 아이한테 얻어맞았을 때 어머니를 붙잡고 싶어 하는 것은 말할 나위가 없다. 그 연약한 아이들을 이 세상에서 마지막까지 지켜 줄 단 하나 방패요, 성이 바로 어머니다. 그런 어머니가 아이를 지켜 주기는커녕 도리어 그 아이를 못 견디게 괴롭히고 해치려고 한다면 아이는 어찌 되겠는가?

여기 들어 놓은 글은 문장이 좀 서툴고, 어떤 대문에서 겪었던 일을 더 자세히 썼더라면 하는 아쉬움이 있다. 그러나 이 글에서는 문장이 이러니저러니 하고 말할 것이 못 된다. 글이 보여 주는 한 아이의 사정이 읽는 사람의 가슴을 짓누른다. 서툰 문장이 도리어 그 진실을 더 잘 보여 준다는 느낌마저 든다. 이 글에 나오는 어머니는 무지하고 난폭하기 말할 수가 없다. 아이를 지키는 어머니가 되어 있기는커녕, 밖에서 다른 어른들한테 당한 화풀이를 자기 아이한테 하는 것이 아닌가 하는 의심까지 든다. 그렇다면 오히려 다행이겠지. 어쩌다가 있는 일일 테니까. 그런데 아무래도 이 어머니는 시험 점수 따기 경쟁장에 자식을 내몰아서 될 수 있는 대로 남보다 더 모질

게 채찍을 쳐 주는 것이 자기 아이를 위하는 일이 되고, 그것이 어머니로서 가장 잘하는 짓이라고 여기는 듯하다. 그렇다면 이와 비슷한 사정은 어떤 특수한 아이만 빠져 있는 형편이라 할 수 없고, 오늘날 이 땅에 재수 없게 태어난 수많은 아이들이 당하는 현실이라 보아야 한다.

이 글을 쓰고 있는 아침(1992. 5. 14.)에도 방금 들어온 신문에서 '초등생 빨랫줄에 목매 숨져'라는 조그만 1단짜리 기사를 읽었다. 서울 봉천동에서 초등학교 4학년 아이가 "빨랫줄에 혁대로 목을 매어" 죽었다는 소식인데, "최근 숙제가 밀리자 부모로부터 꾸지람을 들은 뒤 우울한 표정이었다는 어머니 조씨의 말"이라고 해 놓았다. 숙제를 감당하기 어렵도록 자꾸 내주는 장사꾼 교육자들도 아이들을 죽이는 범죄자지만, 아무리 선생들이 아이들을 괴롭혀도 부모들만 아이 편이 되어 준다면 그렇게 자살하는 데까지는 가지 않는다. 그런데 부모들까지 아이를 잡는 범죄를 저지르고 있는 것이 예사가 아닌가. 이 글에 나오는 어머니는 마구 폭력을 휘두르고 있다. 이러니까 아이들이 죽는다. 아이들의 자살은 다시 말할 나위가 없이 어른이 그렇게 만든 것이고 어른이 아이를 죽인 것이다.

초등학교 4학년만 되어도 특수한 경우가 아니고는 교과서를 소리 내어 읽도록 하지 않는다. 국어책조차 그렇다. 그런데 5학년생에게 산수책을 소리 내어 읽으라 하고, 그렇게 읽지 않는다고 폭력을 쓰다니, 이런 무지함과 야만스런 인권유린이 어디 있는가?

이 글은 쓴 아이의 이름이 밝혀져 있다. 학교에서 글을 쓰게 하는 것은 선생님이고, 발표하는 것도 선생님이라 이렇게 할 수 있었을 것이다. 이 아이의 담임선생님은 아마도 막다른 골목에서 몰리고 있는 아이를 살려 주고 싶어서 아이의 어머니를 고발하는 심정으로 이 글을 학급 문집에 실었을 것이라 생각된다.

나를 죽이는 공부 현종찬 서울 신목초 2학년

오늘부터 왠지 공부가 미워졌다. 공부가 날 죽이는 것 같다. 공부 또 공부 공공공부부부 공부 미운 공부 때려 주고 싶은 공부. 난 공부가 유괴범 같다. 도둑 강도 같기도 하고 깡패 같기도 하다. 공부 없으면 뭐 하냐. 나는 공부 안 했으면 좋겠다. 공부 있는 세상은 나를 죽이는 원수다. 원수는 나쁘다. 절대로 공부가 있어서는 안 된다. 과일처럼 공부가 대롱대롱 매달렸으면 좋겠다. 그렇다고 공부가 없으면 안 된다. 공부도 좋지만 유괴범 같은데 하는 것이 좋을까? 여태껏 일기에 공부를 열심히 한다고 그랬는데 싫다. 그래도 공부는 좋은 친구다. (1991. 3. 28.)

이 글을 나는 아이들에게 주는 어느 글에서 들어 보이면서 다음과 같이 쓴 적이 있다.

마음속에 꽉 차 있는 느낌을 한꺼번에 마구 터뜨려 놓아 시같이 된 글입니다. 일기로 쓴 것인데, 평소에는 공부를 열심히 한다고 일기에 썼지만 그것은 진심이 아니고 어른들께 보이기 위한 글이었습니다. 그렇게 마음에도 없는 글을 날마다 쓰자니 마음속에 자꾸 쌓여 가는 것이 있었지요. 그래 그것이 이와 같은 글로 한꺼번에 터져 나온 것입니다. 마음속에 맺혀 있던 것을 아주 시원스럽게 잘 토해 내었습니다. 공부가 원수고 유괴범이고 강도 깡패 같다는 말이 잘 맞고, 옳은 말입니다.

마지막에 가서 또 생각이 왔다 갔다 하여 어지럽게 된 것 같은데, 그런 마음도 정직한 표현이라 봅니다. 선생님과 부모님 눈이 무서워 그만 또 마음이 오그라들었다고 봅니다.

이 글은 힘없는 어린 사람들이 교사와 부모라는 어른들 밑에서 얼마나 내몰리고 시달리고 있는가, 그래서 하고 싶은 말도 못 하고 있는가, 참다못해 하고 싶은 말을 한꺼번에 마구 쏟아 놓다가도 다시 현실로 돌아와 겁먹은 짐승처럼 둘레를 살피는 참담한 모습을 보여 주고 있는가를 잘 나타내고 있다. 그래도 "도둑"이고 "강도"고 "깡패"고 "유괴범"이라고 한 것이 '공부'라고 했으니 이렇게라도 썼지, 그 '공부'를 강요하는 선생님과 부모를 가리켜 말했다면 도무지 써낼 수 없었을 것은 말할 나위도 없다.

이 글을 쓰게 한 분은 훌륭한 교육자다. 선생님이 아이를 잡게 될 때는 어머니가 아이 편이 되어 아이를 붙들어 주어 살려내고, 부모가 아이를 죽이는 경우는 선생님이 이렇게 해서 살려 주어야 한다. 교사와 부모가 한통속이 되어 아이를 몰아붙이면 아이는 피난할 곳이 없어 그만 낭떠러지로 떨어지는 수밖에 없다.

같은 아이의 글을 한 편 더 들어 본다.

공부　현종찬 서울 신목초 2학년

오늘 하루 종일 공부만 했다. 나는 너무 억울했다. 조금만 쉬면 "수련장 6월 말 문제집"하고 소리치시는 우리 엄마 목소리가 날 죽이는 것이다. 방에 들어가면 "구구단." 그럼 나는 $5×1=5$, $5×2=10$, $5×3=15$, 계속 구구단을 외우는데, 오늘 아침에 엄마가 1시간 동안 구구단을 시키셨다. 그럼 나는 울면서 계속 외운다. 언젠가는 엄마한테 복수할 것이다. 하지만 어차피 공부한테는 져 버렸다. 하지만 희망을 갖고 공부를 이겨야지. 그리고 공부라도 좀 덜 하겠다. (1991. 6. 16.)

이 지경이 되면 아무리 재질이 있는 아이라도 바보가 되기 꼭 알맞다. 아무리 건강한 아이라도 병들지 않을 수 없다. 사회와 학교가 아이들을 죽이더라도 어머니만은 아이를 지켜 주어야 할 터인데, 그 어머니들이 아이들을 가장 많이 죽이는 폭군이 되어 있다.

아이들이 자유롭게 자기표현을 할 수 있는 사회

아이들은 두 겹, 세 겹, 네 겹으로 표현의 자유를 가로막는 장벽에 둘러싸여 있다. 아이들은 정치권력을 선전하는 교육에

길들고 마취되어 있지만, 언론의 자유를 부르짖는 어른들한테
서도 표현의 자유를 빼앗기고 있다. 아이들을 참된 교육으로
살리려고 하는 뜻이 없는 어떠한 정치도, 아이들에게 자유로
운 자기표현의 길을 가르쳐 주지 않는 어떤 교육도 모두 속임
수요, 가짜라고 나는 본다.

아이들이 짓밟혀 죽어 가고 있고, 아이들이 자기표현을 할
수 없는 사회에서는 어린이문학이 아이들을 대신해서 아이들
의 삶과 아이들의 마음을 표현해 주어야 한다. 이 일을 못 할
때 어린이문학도 가짜일 수밖에 없다.

아이들의 인권이 빼앗기고, 아이들의 창조력이 짓밟히는 사
회에서 우리가 무슨 민주고 통일을 한다고 하겠는가. 우리를
기다리는 것은 오직 절망뿐일 것이다.

글쓰기 교육의
올바른 길

잘못된 글짓기 교육

바로 한 달 전에 서울 시내 어느 초등학교 5학년 아이가 열 네댓 살짜리 아이들한테 돈을 빼앗기고 그만 자살을 한 일이 있었다. 그 아이는 돈 3만 5천 원을 빼앗긴 것이 분해서 죽은 것이 아니다. "너 이놈, 부모한테 말하면 죽여 버린다"는 협박을 받았기 때문이다. 그 엄청난 일을 당했는데도 세상천지에 호소할 곳이 없는 아이는 죽음으로써 자기를 표현한 것이다. 자기를 표현한다는 것이 얼마나 중요한가 하는 것을 이 한 가지 사건으로도 충분히 깨달을 수 있다.

자기를 표현하는 데 가장 쉽고 널리 쓰는 수단이 말이다. 말을 못 하게 했을 때 사람의 표현은 우선 막혀 버린다. 가정에서 학교에서 아이들에게 말을 자유롭게 정상으로 할 수 있게 하는 것은 무슨 똑똑한 아이를 키운다는 정도의 관점에서가 아니라, 아이들의 목숨을 짓밟아 버리지 않고 고이 피어나게 하는, 생명 구원의 교육이란 자리에서 그 중요함을 깨달아야 한다.

글쓰기는 말하기 다음 단계의 교육이지만, 말하기와 아울러서 하는 중요한 표현 교육이다. 만약, 앞에서 이야기한 그 아이가 말로 할 수 없었던 그 억울한 사연을 글로 쓸 수 있었다면 결코 죽기까지는 하지 않았을 것이라 나는 확신한다.

그 아이들은 왜 자기의 이야기를 글로 못 썼는가? 학교에서 써야 하는 글은 어른들의 글을 흉내 내거나, 거짓스런 이야기를 머리로 꾸며 만드는 글이다. 교과서도 어른들이 쓴 재미없는 글을 공부하고 난 다음 그와 비슷한 글을 쓰도록 가르치고 있다. 온갖 공문 지시로 아이들에게 쓰게 하는 글도 보고 듣고 겪은 것을 정직하게 써서는 안 되는 것으로 되어 있다. 나날이 쓰게 되어 있는 일기조차 실제로 겪은 사실을 솔직하게 써서는 환영받지 못한다. "왜 이런 답답한 얘기만 썼느냐?" "슬픈 일이나 걱정스러운 일은 쓰지 마라" "하루 한 가지씩 착한 일 한 것을 써라" 이런 따위로 담임선생님한테서 지시를 받기가 예사다. 그러니 우리 나라 아이들은 글과 삶을 아주 딴 것으로 본다. 글은 글이고 삶은 삶이라 알고 있다. 우리 아이들이 쓴 글이 왜 그렇게 재미가 없는가, 천편일률인가 하는 까닭이 여기에 있다.

먼저 목표를 세워야

올바른 글쓰기 지도를 하려면 무엇보다 먼저 교육의 목표를 확실하게 잡아 두어야 한다. "아이고, 글쓰기 지도의 기술이나 방법 같은 것을 말할 일이지, 교육학 책에나 나올 것 같은 목표니 뭐니 하고 있어" 이렇게 말할 독자가 있을 것 같은데 그게 아니다. 목표가 잘못되어 있으면 아무리 애쓰고 노력해도 다 헛된 일이다. 헛된 데 그치는 것이 아니라 안 하는 것만 못한, 아이들을 병들게 하고 해치는 결과가 된다.

글쓰기 교육의 목표는 아이들을 정직하고 진실한 사람으로 키우는 데 있다. 곧, 아이들의 삶을 가꾸는 것이다. 글을 쓸거리를 찾고 정하는 단계에서, 쓸거리를 생각하고 정리하는 가운데서, 실지로 글을 쓰면서, 쓴 것을 고치고 비판하고 감상하는 과정에서 삶과 생각을 키워 가는 것이 목표가 되어야 한다. 어떻게 하면 소박하고 솔직하고 아름다운 마음을 잃지 않도록 할까? 풍부한 느낌을 가질 수 있게 할까? 사물의 참모습을 붙잡게 할까? 사람다운 행동을 하게 할까? 창조하는 태도를 가지게 할까? 이런 것이 목표가 된다. 참된 사람, 민주주의로 살아가는 사람을 기르는 데 글쓰기는 가장 좋은 수단이 되는 것이다.

"수단? 글쓰기가 수단이 되다니, 어디 그럴 수 있는가?"

그렇다. 글쓰기는 참으로 귀한 수단이다. 목표는 사람이고, 아이들이고, 아이들의 목숨이고, 그 목숨을 곱게 싱싱하게 피어나게 해 주는 것이지, 글이 목표가 되어서는 결코 안 된다.

오늘날 학교에서 하고 있는 '글짓기 지도' '문예 지도'는 그 목표가 글을 만들어 내고, 작품을 완성하는 데 있다. 그래서 아이들은 한갓 수단으로 삼고 있을 뿐이다. 곧 목표와 수단이 거꾸로 되어 있다.

여기서 분명히 알아 둘 것은, 글쓰기 교육에서 아이들의 목숨을 피어나게 하려고 해야 글이 훌륭하게 써진다는 것이다. 그렇지 않고 글에만 관심이 가서 좋은 글을 만들려고 하면 결코 훌륭한 글이 써질 수 없다. 이것은 역설이지만 어디까지나 사실이다.

이 사실에서 우리는 아이들의 글이 얼마나 삶에 밀착해 있는가를 깨닫는다. 삶과 글은 아이들 세계에서 온전히 하나가 된다.

어떤 글이 좋은 글인가?

교육자로서 교육의 목표를 확실하게 잡았으면 두 번째로 알아야 할 것은, 어떤 글이 좋은 글이고 어떤 글이 좋지 않은 글인가 하는 것이다. 곧 문장관을 확립하는 일이다.

이 문제는 실제 보기글을 두고 이야기하는 것이 좋을 것 같다. 다음 글은 어느 지방에서 있었던 글짓기 대회에서 최우수상을 받은 작품이다. 이 글을 그냥 겉스쳐 읽어 나가면 좋은 글같이 보인다. 그러나 조금만 주의해서 읽으면 거짓투성이의 글, 머리로 꾸며 만들어 낸 글임을 쉽게 알 수 있다. 아이들에게 글쓰기를 가르치는 교사라면 적어도 이런 글쯤은 바로 볼 줄 알아야 할 것이다.

우리 선생님　초 5학년

아침부터 비가 주룩주룩 내렸다.

학교에 도착하니 벌써 많은 동무들이 와 있었다. 제각기 숙제 이야기와 공부 이야기에 한참 떠들썩한 시간을 보냈다.

이윽고 공부 시작할 때가 되었는데, 석훈이가 보이지 않았다.

선생님께서는 창밖을 내다보시고 계셨다. 나도 걱정이 되었다.

'언제나 1등 오던 석훈이가 오늘따라 웬일이지.'

걱정이 되는 한편 아직 학교에 오지 않은 석훈이가 슬그머니 미웠다.

석훈이는 우리 반에서 공부도 제일 못하고 말썽만 부린다. 그뿐 아니라 석훈이 옆에만 가면 지독한 냄새가 나서 모두들 석훈이 옆에 가기 싫어한다.

선생님께서는 아직도 창밖을 내다보신다.

'선생님도 참 석훈이가 늦게 오는 것을 뭘 그렇게 걱정하실까.'

나는 석훈이가 오든 오지 않든 공부를 하고 싶었다.

이윽고 석훈이가 왔다. 선생님께서는 석훈이를 부르셨다.

"석훈이 이 녀석, 왜 이렇게 늦었어."

석훈이는 그냥 벙긋 웃기만 했다.

"왜 이렇게 늦었냐니까?"

선생님께서는 회초리를 들고 석훈이 엉덩이를 한 번 딱 때리셨다.

"석훈아, 말해 봐, 응."

선생님의 목소리는 울음 섞인 목소리였다. 선생님의 이런 목소리는 처음이다.

석훈이 때문에 공부가 늦게 시작되었다. 선생님께서는 그게 안 타까운 것이었다. 쉬는 시간이 되었다.

선생님께서는 석훈이 옆에 가시더니 "석훈아, 아까 많이 아팠지?"하시며 때린 곳을 주물러 주셨다. 석훈이는 부끄러워 다른 곳으로 피하려고 했다. 선생님께서는 석훈이가 한 행동을 보고 빙긋 웃으며 꼭 껴안아 주셨다.

우리들은 선생님의 고마움을 느꼈다.

우리들은 선생님께서 공부 잘하는 아이, 잘사는 집 아이를 좋아하시고 아껴 주시는 줄 알았는데…….

'나도 이제부터 공부 못하고 다른 동무들에게 욕먹는 친구들은 친절하고 상냥하게 대해 줘야지' 하고 마음먹었다.

스승의 은혜는 하늘 같아서…….

선생님, 저희들은 선생님의 훌륭한 가르침을 받아 선생님께서 바라시는 우리 나라의 훌륭한 일꾼이 되겠습니다.

우리 선생님!

이 글이 얼마나 부자연스럽게 꾸며 만든 거짓글인가 하는 것을 하나하나 들어 따지면 너무 길어지겠기에 여기서는 두드러지게 나타난 몇 가지만 지적해 본다.

첫째, 석훈이라는 아이 하나가 안 온다고 수업도 안 하고 기다리는 선생님이 있겠는가?

둘째, "선생님의 목소리는 울음 섞인 목소리였다"고 했는데,

선생님이 울 까닭이 없다.

셋째, 그러다가 쉬는 시간 석훈이를 때린 곳을 주물러 주었다고 했고, "빙긋 웃으며 꼭 껴안아 주셨다"고 한 것은 신파연극같이 꾸민 장면이다.

넷째, 이런 선생님에 대해 "우리들은 선생님의 고마움을 느꼈다"고 했고, "스승의 은혜는 하늘 같아서……" 하고 써 놓은 마지막 부분은, 선생님께 보이기 위해 억지로 쓴 말임을 잘 나타내고 있다.

이 글은 지도교사가 이런 내용을 쓰게 해서 상을 받도록 한 글이다. 글짓기 대회나 백일장에서 제목을 '우리 선생님'이라고 정해 주었을 때 어떤 글을 써야 하나 하는 것은, 지능이 좀 앞선 아이들이라면 누구나 잘 알아차린다.

이번에는 좀 짧은 글을 보기로 하자.

선생님 초 5학년

오늘 조기 체조를 하러 갔다. 가는 김에 책가방도 가져가야지 하고 가방을 가져갔다.

나는 교실에 가방을 놓을 때 기분이 좋았다. 나는 우리 반에서 제일 처음 들어와서 가슴을 펴 보니 시원했다.

내가 보니 시간이 있어서 선생님이 계신 집으로 가니 선생님이 공부하고 계실 거라고 생각했다. 왜냐면 선생님께서 "선생님은 아침에 자지 않고 공부를 한다" 하고 말씀하셨기 때문이다.

그런데 그 반대로 주무시고 계셨다.

나는 퍽 실망했다. '선생님은 우리들의 본보기가 되셔야 되는데'
하고 생각했다.
내일은 꼭 일찍 일어나서서 공부를 하고 계셨으면 우리들은 자
랑스러울 거다.

이 글은 앞의 '우리 선생님'과 잘 맞견줌이 되는 글이다. 선
생님과 아이들 사이에 친밀한 관계가 맺어져 있지 않으면 이
런 글이 결코 나올 수 없다. 이런 글을 쓰게 하고 발표하게 한
지도교사는 아이들을 사랑하며 아이들에게 자유를 주어 사람
답게 자라나도록 하는 훌륭한 교육자라 생각된다. 앞에서 든
거짓스런 긴 글보다 짧은 이 글이 뛰어나게 가치가 있는 글이
다.
글의 가치는 그 글의 길이에 있는 것도 아니고, 문장을 꾸며
만드는 손재주에 있는 것도 아니다. 아무리 근사하게 쓴 것 같
아도 읽는 이가 감동을 못 받으면 좋지 않은 글이다. 서투르게
보여도 감동을 느낄 수 있으면 좋은 글이다.

시를 보는 눈

시도 마찬가지다. 아무리 근사하게 썼다고 하더라도 그것을
읽었을 때 마음속에 '참!' 하는 울림이 없다면 결코 좋은 시라
고 할 수 없다.
다음 작품에 대해서 생각해 보자.

산 남학생 중1학년

아침 산을 보고 왔는데
해 지기 전에
또 보고 싶어 가야 한다.

내가 언제 몰래 가도
산은 늘 그곳에 머물러 준다.

산이 푸름을 토할 때면
불볕도 푸름에 녹아 바람이 된다.
시퍼런 바람이 인다.

산의 정취에 취해
수풀을 헤치며

푸름을 먹으며
푸르름 속으로 내가
빨려 들어가고 있다.

내 마음은
청포도 알같이
부풀어만 간다.

산이 좋아서
때로는 "어머니!" 하고 부르고
때로는 "선생님!" 하고 불러 본다.

산의 메아리 속에
산의 생명력이
아련히 들린다.

이 시는 참 말이 풍성하다는 느낌이 들 뿐이지 별로 감동을 받을 수 없다. 왜 그런가? 시의 말 하나하나가 지은이의 삶에서 나온 것이 아니라 머리에서 생겨난 것, 곧 남의 시에서 익힌 말로 되어 있기 때문이다. 삶이 없고, 소년다운 마음도 느껴지지 않고, 다만 모방한 말만으로 되어 있다. 백일장에서 상을 받은 이런 시보다는, 아무 꾸밈도 없이 썼지만 다음과 같은 시가 우리들의 마음을 움직이는 좋은 시라고 생각한다.

형 전용걸 경북 울진 온정초 4학년

추석이라고
형 친구들이 왔다.
형의 친구들은
멋있는 옷을 입고
우리 집에 들어왔다.

우리 형만 매일
잠바만 입고 있다.
그래도 형이 더 멋있다.
사나이같이
아무거나 입는다.
형이 더 멋있다. (1986.)

아이들 글쓰기와
어린이문학은 다르다

•

•

　어린이들이 쓴 글이 책으로 되어 많은 어린이들과 어른들에게 읽히는 수가 있다. 이것은 아주 바람직한 일이다. 어린이들은 어른들이 써서 주는 글만 읽어야 하는 것이 아니고 자기들 스스로 쓰고 읽고 한다. 그렇게 함으로써 자기들의 삶과 생각을 서로 알리고, 세상을 인식하고 진리를 찾아 가질 뿐 아니라, 자기들이 가진 그 깨끗한 세계를 지키고 키워 간다.

　한편 어른들은 어린이들의 글을 읽고 어린이의 세계를 알게 된다. 어린이의 삶과 마음을 알게 되는 것은 커다란 진리를 알게 되는 것이다. 어린이들의 글에 비친 어른들의 세계를 보고 깨닫고 뉘우치고 배워야 할 일이 얼마나 많은가! 어린이들의 글은 결코 어린이들만 읽어야 하는 것이 아니고 어른도 읽어야 하는 것이다.

　어린이가 쓰는 글과 어린이 문학작품을 뒤섞어서, 어린이 글도 어린이 문학작품이라고 보는 이들이 많은데, 이것은 큰 잘못이다. 어린이가 쓴 글과 어른이 어린이들에게 읽히려고 쓴 글, 곧 어린이 문학작품이 다른 점은 다음과 같다.

	어린이가 쓴 글	어른이 쓴 문학작품
어떻게 쓰나	보고 듣고 한 것을 사실 그대로 쓴다.	있을 수 있는 이야기를 상상으로 지어 만든다.
말	자기의 말과 생각으로 쓴다.	아이들이 잘 아는 말로 쓴다.
교육	어른이 지도해서 쓴다.	어른 스스로 쓴다.

이렇게 맞견주어 보면 어린이가 쓰는 글은 어른이 어린이에게 주려고 쓰는 글—어린이 문학작품과는 아주 다름을 환히 알 수 있다. 이렇게 아주 다른 것을 한가지로 보아 넘기는 것은 단지 어린이들이 읽는다는 공통된 사실 때문이다. 어린이들을 너무나 모르고 무시하는 어른들은 어린이들이 읽는 글이라면 누가 어떻게 썼는지 똑같은 것으로 본다.

어린이들이 쓰는 글을 모두 어린이문학이라고 보는 어른들의 무지는 어린이들을 해치는 결과가 된다. 왜 그런가? 어린이들이 쓰는 말과 글의 세계를 인정하지 않고 어른들이 머리로 꾸며서 만드는 글(문학작품)을 어린이들에게 흉내 내도록 하기 때문이다. 이래서 어린이들의 글을 문학이라고 말하는 것은 어린이들의 글을 높여 주는 말이 결코 되지 못한다. 도리어 어린이들의 글과 어린이들이 살아가는 세계를 짓밟아 없애는 결과가 된다. 언뜻 생각하면 어린이들을 대접해 주고 어른들과 평등하게 보아 주는 것 같지만, 사실은 아주 반대다. 흔히 덮어놓고 같이 살자는 논리를 따르다가 무지막지한 강자의 입에 먹을 것이 다 들어가 버리고 약자는 굶주림을 면하지 못하는 꼴이 되는 것과 비슷하다. 우리 사회는 아직도 가는 곳마다 어른들이 어린이들 위에 올라앉아 횡포를 부린다. 가령 학교교육을 생각해 보라. 행정하는 사람이고 교육하는 사람이고 부모고 할 것 없이 온통 한 덩어리가 되어 어린이들 잡는 짓을 교육이라고 하고 있는 것 아닌가.

어린이 글을 어른의 글과 같이 보고 쓰게 할 때 어린이들이 해를 입는다는 것은 단지 머리로 그 이치만 생각하고 따져서 하는 말이 결코 아니다. 이것은 우리 나라 8·15 이후의 어린이 문학과 글쓰기 교육의 역사에서 너무나 절실하게 겪어 온 사실에서 나온 말이다.

이 문제에 대해서 나는 지금까지 교육과 문학의 관계를 말하는 자리가 있을 때마다 수없이 강조한 터라, 여기서는 딱 한 가지만 실제 이야기를 보기로 들까 한다. 바로 어제저녁, 시를 쓰는 ㄷ씨와 ㄱ씨와 좌담을 하는 가운데 두 분이 들려준 이야기다. 서울의 어느 중학교에서 교편을 잡고 있는 ㄷ씨의 이야기는 이렇다.

"시골에 고등학교 일 년 후배가 하나 있는데 가끔 찾아와요. 뭘 썼는지 알 수 없는 헛소리 같은 걸 시라고 써서 주머니에 넣고 다닙니다. 어쩌다 신춘문예 심사평에 이름이 나기도 하지만 꾀죄죄한 모습으로 올 때마다 어디 취직이 됐다느니, 어느 대학원에 다니게 됐다느니 하며 거짓말을 하잖아요. 믿기도 하지만 가엾기도 해서 그때마다 대접을 해서 차비를 주어 보내지요. 그만 그런 시 쓰지 마라. 시인이 되면 뭘 하나, 고향에서 농사나 지어라, 그래야 사람들의 가슴을 울리는 시도 써진다고 아무리 말해도 늘 그 모양이래요. 벌써 졸업한 지 10년도 넘었는데, 참 딱해요. 전 고등학교 때 문학이고 시고 쓸 생각을 안 했는데, 그 애는 그때 문예반장으로 날렸거든요."

장사를 하고 있는 시인 ㄱ씨는 이런 말을 했다.

"그 얘기를 들으니 생각나는 게 있어요. 제가 ㄱ읍에서 교편 잡고 있을 때 돼먹지도 않은 시를 쓰면서 베레모 쓰고 파이프 물고 돌아다니던 놈팽이가 있었는데, 돈이 있어 꿀단지 가지고 서울 가서 시 추천 받았지요. 그때 그 놈팽이 시인 둘레에 늘 따라다니는 사람들이 몇몇 있었는데, 그중의 한 사람이 방금 ㄷ선생이 말한 꼭 그 사람 같았어요. 그때 읍내에서 백일장을 한다고 하면 그것들이 문화원에서 초등학생들, 중고등학생들 작품을 심사했지요. 글쎄 그것들이 뭘 안다고 아이들 글을 심사했으니 기가 막히지요. 그래도 학교서는 그 사람들을 하늘같이 보고 그런 행사를 앞두면 이번에는 어떤 경향의 작품을 뽑는가 알아보려고 선생들이 그것들을 만나 교제하고 싶어 했다니까요."

이 두 분의 이야기는 지금까지 수십 년 동안의 우리 나라 문예 교육의 실상과 그 결과를 아주 간단하고 분명하게 말해 준다. ㄷ씨의 이야기는 학교의 문예반에서 가르치고 있는 말장난이 아이들을 어떻게 만들고 있는가, 말장난밖에 배운 것이 없는 아이들이 졸업한 뒤에도 현실을 도피하여 공상과 망상으로 세상을 살면서 얼빠진 짓이나 사기꾼 같은 짓을 하고 있다는 것을 잘 보여 주고 있다. ㄱ씨의 이야기는 이런 학교의 문예 교육이 잘못된 문인들에게 어떻게 끌려가고 있었던가를 잘 말해 주고 있다. 이것은 비단 ㄷ씨와 ㄱ씨만 겪어서 알고 있는 일이 아니고 이 나라 어디든지 보편으로 있어 온 비뚤어진 교육과 문학의 역사였던 것이다.

어린이들의 삶과 말과 마음을 가꾸는 일은 교육과 어린이문학에 공통되는 목표다. 이 목표를 위해 어른도 글을 쓰고 어린이도 글을 쓴다. 그러나 어른은 어린이들에게 주기 위해 그들의 생각이 담긴 글을 쓰고, 어린이는 어른의 가르침을 받지만 그 자신의 삶을 가꾸는 글을 쓴다. 그러기에 어른의 글과 어린이 글은 다르고, 달라야 하는 것이다.

정직한 글, 가치 있는 글을
쓰게 하자

●

●

글쓰기의 첫걸음에서 우리는 아이들에게 '본 대로 들은 대로 한 대로' 정직하게 쓰라고 가르친다. 이와 같이 정직하게 쓰도록 하는 지도가 무엇보다 앞서는 까닭은 다음 세 가지다.

첫째, 아이들의 삶과 마음을 알아보기 위해서다. 우리가 제대로 교육을 하자면 아이들의 마음을 알고 그들 삶의 실상을 붙잡아야 한다. 아이들을 모르고 아이들을 가르칠 수 없다. 아이들의 마음과 삶의 참모습을 알아내는 데는 아이들이 정직하게 쓴 글을 읽는 것보다 더 좋은 방법이 없다. 아이들을 이해하기 위해서 우리는 평소에 아이들의 삶을 살펴보기도 하고, 아이들과 이야기를 나누기도 하고, 가정방문을 하기도 한다. 그러나 아이들이 솔직하게 써 놓은 글은, 그것이 아니고는 다른 어떤 방법으로도 알아낼 수 없는 아이들의 마음과 삶을 잘 보여 준다. 그래서 우리는 아이들에게 글을 쓰게 하는 것이다.

아이들의 글에서 그들의 마음과 삶을 알아 그로부터 교육을 시작하는 것이다. 글을 쓰게 하는 까닭, 정직한 글을 쓰게 하는 까닭이 여기에 있다. 정직한 글쓰기는 가장 귀한 교육의 기본이요, 기본 수단이다.

둘째, 아이들의 순수한 마음을 가꾸기 위함이다. 아이들 마음의 본바탕은 정직성이다. 아이들은 본디 거짓말을 할 줄 모른다. 거짓을 모르고 겉꾸밈을 싫어하고 있는 그대로 살고 싶어 한다. 이러한 깨끗한 마음 바탕을 그대로 지켜 가도록 하기 위해서 정직한 글을 쓰게 하는 것이다.

지금 우리 나라 아이들은 잘못된 사회환경과 어른 흉내, 남의 흉내, 현상 당선을 목표로 한 겉모양 꾸며 만들기의 문예 지도, 착한 어린이 만들기 교육을 선전하는 글짓기 지도 따위로 하여, 자기의 마음과 삶에서 벗어난 거짓말 지어내는 꾀부리는 노릇을 글짓기로 알고 있다. 이러한 형편이 된 지 오래다. 이런 상태에서 벗어나, 아이들이 본래 가지고 있던 깨끗한 마음을 다시 찾아 가지도록 하기 위해서 정직한 글을 쓰게 한다. 이래서 정직한 글쓰기는 무엇보다도 힘들여야 할, 아이들을 살리는 교육이 된다.

셋째, 아이들에게 자기의 삶을 바로 보고, 삶을 다져서 건강하게 살아가는 태도를 가지도록 하기 위해서다. 지금 우리 나라 사람들은 남의 것만 쳐다보고 남의 것만 부러워하면서 살아가고 있다. 먹고 입고 쓰고 있는 모든 물건과 말까지 그러하니 얼이 다 빠져 있는 상태다. 수단 방법을 안 가리고 돈을 모으고, 사치한 생활을 하고, 황금과 권력을 숭배하고, 목숨을 가볍게 여기는 따위 참으로 사람답지 못한 사회가 되어 가고 있다. 어른들 따라 아이들도 그렇게 물들어 가고 있다. 얼이 빠진 사람들은 제 모습을 볼 줄 모른다. 아이들에게 정직한 글을 쓰게 하는 것은 정직한 글에서 그 자신의 모습을 깨닫게 하고, 거기서 바르고 참되게 살아가는 길을 찾아 주기 위해서다.

아이들은 자기가 한 것을 솔직하게 쓰는 데서 기쁨을 느낀다. 그런 글을 쓰고 나면 위안을 얻는다. 남의 것을 흉내 내거나 시킴을 받아서 억지로 머리를 짜내어 쓰는 데서는 고통이 있을 뿐이지만, 정말 쓰고 싶어서 쓰는 글에서는 자신과 용기를 얻게 된다. 열등감을 씻어 버리고, 건강한 마음으로 살게 되는 것이다.

정직한 글을 쓰게 하는 어려움

아이들은 본디 거짓이 없다. 글을 쓰라고 하면 정직하게 쓰게 되어 있다. 일부러 정직하게 쓰라고 할 필요가 없다. 그런데 이렇듯 쉬워야 할 아이들의 글쓰기가 제대로 안 되고, 정직하게 쓰는 일이 도리어 힘들고 어려운 것은 무슨 까닭인가?

그것은 앞에서 말한 대로 아이들이 남의 것 흉내 내고 거짓 이야기 꾸며 내는 훈련을 끊임없이 받아 왔기 때문이고, 그래서 거짓글 쓰는 버릇이 아주 굳어졌기 때문이다. 사람이 자기가 한 것 본 것 들은 것을 그대로 정직하게 쓰는 것이 쉽고, 보지 않고 하지 않은 것을 꾸며 쓰는 것은 더구나 아이들로서는 힘들고 어려울 터인데, 반대로 정직하게 쓰는 일이 잘 안 된다는 것은 얼마나 잘못된 일인가? 얼마나 기막히게 비뚤어진 상태인가? 그러나 그것은 사실이다.

가령 여기 올바른 교육관을 가지고 지도하려는 교사가 있어 아이들에게 정직하게 쓴 글을 보기글로 주고 그와 같이 정직하게 쓰게 한다고 해도 쉽게 교사의 뜻대로 아이들은 따르지 않을 것이다. 아이들은 나날이 온갖 책과 신문에서 잘못된 글, 흉내만 낸 글, 거짓스런 글만 읽고 있으며, 그런 글에 압도당하고, 그런 글에 그만 익숙해져 버렸다. 그러니 가끔 선생님이 "신문이나 잡지에 실린 글, 백일장에서 상 받은 글의 흉내를 내지 마라"고 말을 해도 먹혀들지 않는다. 모든 환경이 아이들에게 자기를 숨기고 겉모양을 꾸며 보이도록 강요하고 있다.

이런 흉내 내기와 거짓을 권하고 칭찬하고 강요하는 세상 짜임 속에서 이에 딱 맞서 아이들을 정직하게 키워 가려고 하는 교사들마저 아주 드물 수밖에 없다. 오늘날에는 아이의 순박한 심성을 지키고 키워 나가는 일에도 둘레의 온갖 간섭과 방해와 푸대접을 참고 이겨 내어야 한다. 이러한 교육자다운 참을성과 슬기와 굽히지 않는 뜻을 가지지 않고서는 엄두도 낼 수 없는 형편이 되었다. 모든 뒤틀린 상태에서 끊임없이 아이들의 참마음을 일깨우는 노력과 정성을 들이면서, 다만 그들을 위해 몸 바치는 삶을 보람으로 여기는 교사들만이 이 일을 해낼 수 있을 것이다.

아이들은 부모나 교사나 친구들이 읽어 줄 것이라는 기대를
하면서 글을 쓴다. 그런데 정직하게 쓴 글이 어떤 경우에는 문
제가 될 수 있다. 가령 어떤 글이 장학 방침에 맞지 않는다든
지, 학교의 교육목표에 어긋나는 생각이나 행동이 표현되었다
든지 하여 말썽이 일어나는 경우가 초등학생의 글에서도 아주
없지는 않다. 이럴 때는 어떻게 해야 할까?

여기에 대한 내 생각은 이렇다. 가령 어느 아이의 글이 그
아이가 진정으로 쓴 것인데도 그 학교나 그 학급의 교육 성과
를 의심하게 한다든지, 잘못된 교육을 한 것처럼 보여서 말썽
의 바탕이 있을 때도, 덮어놓고 그 글이 잘못되었다고 성급하
게 판단할 것이 아니다. 그 글에 나타난 아이의 행동이나 비판
이나 감상이 정당한지 정당하지 않은지를 먼저 신중히 생각해
서 판단할 일이다. 그래서 만약 학교의 교육 자체가 잘못되었
다면(이렇게 깨닫도록 해 주는 것은 얼마나 고마운 일인가? 정직한 글은 이래
서 쓰게 하는 것이다) 그 아이의 글을 거울삼아 바로잡을 일이고,
그렇지 않고 그 아이의 생각이 좁아서 그런 글을 썼다면 그 잘
못을 깨닫도록 지도할 것이다.

다만, 글에 나타난 아이의 행위나 생각이 옳든지 잘못되었
든지, 정직하게 쓴 태도 자체를 잘못이라고 나무라서는 안 되
며, 어떤 글이라도 정직하게 썼다면 먼저 정직하다는 점에서
칭찬해 주는 것이 좋다.

그런데 아무리 정직하게 썼다고 하더라도 모든 정직한 글을

덮어놓고 학급 문집이나 학급신문에 발표할 수는 없다. 보기를 들자면(그런 글이 좀처럼 없겠지만) 공산국가를 부러워하는 마음이 어느 한 대문에서라도 나타난 글(비록 아이는 그것을 의식하지 않고 썼다고 하더라도) 같은 것이다.

커다란 사회문제가 아닌 일은 가끔 실제로 부딪히기도 한다. 아이들은 자기 집 이야기, 부모 형제 이야기, 이웃집 이야기를 흔히 쓰게 되는데, 그런 글이 지상에 발표되었을 때 부모나 형제, 또는 이웃 사람들이 난처하게 될 수도 있다. 이럴 때는 담임교사가 잘 살펴서 그 글의 발표 여부를 결정해야 한다.

결국 아이들의 글도 발표의 자유가 끝없이 보장된 것이 아니라는 것을 알 수 있다. 발표를 못 하는 글은 담임교사만이 읽을 글이다. 담임교사는 아이들의 모든 말과 글을 받아들여서 그 어린이들을 참되게 키워 가야 한다.

정직하게만 쓰면 될까?

정직하게만 썼으면 그만인가? 정직은 그 자체가 목적이 될수 없다. 정직은 진실을 얻기 위함이다. 정직은 중요한 덕목이요, 진실에 이르는 가장 요긴한 수단이기는 하지만, 정직을 위한 정직이 되어서는 안 된다.

다음에 드는 글은 정직하게 썼다고 보아야 한다. 그런데 이글을 칭찬할 수는 결코 없다. 여기서 정직함을 말할 필요도 없으며, 당장 글을 쓴 아이의 생각, 삶의 태도를 문제 삼아야 하게 되어 있다.

개구리   남학생 경북 성주 대서초 3학년

나는 일요일에 개구리를 잡았다. 개구리를 잡아 가지고 죽였다. 개구리를 죽여서 물에 던졌다. 개구리가 물에 가라앉았다. 그래서 또 개구리를 잡았다. 개구리를 잡아서 다리를 부지렀다. 다리에서 피가 나왔다. 그래서 개구리를 물에 던져 버렸다. 그래서 또 개구리를 잡았다. 그래서 개구리를 돌멩이로 죽여서 물에 던졌다. 그래서 또 개구리를 잡을려고 가니까 어머니가 불렀다. 그래서 나는 집에 가서 손을 씻었다. 손을 씻은 다음 음식을 먹었다. 음식을 다 먹고 난 다음 또 개구리를 잡았다. 개구리를 잡아서 다리를 부질렀다. 그래서 간산보살을 하였다. 그래서 개구리가 좀 움직였다. 그래서 개구리를 물에 던졌다. 또 개구리를 잡았다. 개구리를 잡았는 것을 물에 던졌다. 물에 던졌는 것을 내가 세어 보려고 하다가 그만두었다. 그래서 개구리를 조매한 개구리를 잡아서 놓아주었다. 그래서 또 개구리를 잡았다. 개구리를 잡아서 또 죽였다. 개구리를 잡으려고 했다. 그런데 개구리가 다 도망가고 없었다. 그래서 나는 계속 개구리를 잡을라고 하였다. 그래서 제구 개구리를 잡았다. 개구리 배대지 창자가 튀나오도록 돌멩이로 때렸다. 그래서 또 개구리를 잡을려고 했다. 그런데 개구리가 한참 있을 때까지 잡혀지지 않았다. 그래서 나는 또 개구리를 잡을려고 애를 썼다. 그런데 그 개구리를 잡았다. 그래서 그 개구리를 죽여서 물에 던졌다. (1983. 4. 11.)

* 조매한: 작은.   * 제구: 겨우.

아이들이 이와 같이 잔인한 행동을 예사로 하고, 그런 행동을 또 글로 예사로 쓰면서 조금도 그 행동에 대해 생각해 보지 않았다는 것은 무서운 일이다. 이런 글이 나오면 여기 나타난 글을 쓴 아이의 행동에 대해 본인은 물론이고 같은 반의 모든 아이들이 생각해 보도록 하는 것이 좋겠고, 서로 의견을 발표하거나 토론하는 기회를 마련해서 사람답게 살아가는 길을 찾도록 해 주어야 할 것이다.

이 밖에도 아이들은 그 나이에 어울리지 않게 유치한 생각이나 행동을 쓰는 경우가 많다. 더구나 도시 아이들이 그렇다. 이런 아이들에게는 가치 있는 글을 쓰도록 해야 한다.

글을 정직하게 쓰는 태도가 어느 정도 되었으면 그다음에는 남에게 감동을 줄 수 있는 글, 곧 가치 있는 글을 쓰도록 지도하는 단계가 된다.

가치 있는 글을 쓰게 하자

글쓰기는 사회 속의 행위다. 사람은 자기의 체험을 남에게 전하기 위해서 글을 쓴다. 그러니 자기가 쓴 것이 남들의 흥미를 끌어 잘 읽히고, 자기가 체험한 내용이 남들에게 잘 전해져서 함께 느낄 수 있어야 한다.

재미있는 글이 되자면 무엇보다도 글의 내용이 읽는 이들의 관심거리가 되지 않으면 안 된다. 곧 사회에서 가치가 있는 글감이 되어야 하는 것이다. 자기 혼자만 관심을 가졌을 뿐, 남들은 도무지 알고 싶어 하지 않을 것 같은 이야깃거리라면 가치가 없는 글감이다. 또 일부 사람들만 관심거리가 될 수 있는 글감이 있고, 모든 사람의 관심거리가 될 문제도 있다. 가치 있는 글이란 먼저 될 수 있는 대로 많은 사람이 걱정을 하고, 마음에 안고 있는 문제를 이야깃거리로 잡은 글이라 할 수 있다.

다음에는, 아무리 많은 사람이 귀를 기울이는 문제를 다루었다고 하더라도, 그것을 이야기하는 말이 어렵고 글이 까다롭거나 틀려 있거나 이상하게 되어 있다면, 글의 가치를 인정할 수 없다. 남들이 재미있게 읽어 주고 함께 느낄 수 있는 글로 써야 하는 것이다. 될 수 있는 대로 알기 쉽고 친절하게 쓰도록 하는 까닭이 이러하다.

무엇이 가치가 있는가?

이제, 어떤 글감의 글이 가치 있는가를 말할 차례가 되었다. 글감에 대한 가치 평가는 교사가 어떤 삶의 이념으로 아이들을 키워 가는가에 따라서 결정된다.

우리는 아이들을 어떻게 살아가도록 해야 할까?

우리에게 민주주의와 통일을 실현하는 일보다 더 높은 목표가 어디 있으며, 더 소중한 가치가 무엇이 있겠는가? 민주주의 사회의 건설과 통일국가의 실현을 목표로 살아가야 할 우리가 현실에서 아이들에게 가르쳐야 할 가장 요긴한 삶의 태도는 사람다운 감정과 생각을 가지고 사람다운 행동을 하는 것이라고 나는 믿고 있다. 한마디로 사람의 마음—어린이 마음 갖기다. 어떻게 하면 어린이 마음을 되찾아 가질 수 있을까?

저 혼자만 잘 먹고 잘 입고 편안하게 살면 그만이라는 이기주의, 그래서 점수 많이 따서 남을 이겨 내어 입신출세를 하는 것이 단 하나 살아가는 길이라고 생각하는 개인주의, 돈만 가지면 모든 것이 다 이루어진다고 믿는 황금만능주의, 이러한 모든 비뚤어진 삶의 길을 비판해서 보도록 하는 교육 없이 우리 아이들에게 사람다운 마음을 가지게 할 수 없고, 사람답게 살아가게 할 도리가 없다. 아이들에게 삶의 참모습을 깨닫도록, 잘못된 삶에서 벗어나도록 하는 가르침 없이 사람다운 심성을 도로 찾을 수 없다. 이러한 사람의 마음을 가지는 것이 곧 아이들의 깨끗한 마음을 되찾아 가지는 것이 된다.

가치 있는 글을 쓰게 하는 일은 가치 있는 삶을 살게 하는 일이다. 글쓰기 교육이 글 만들기나 글 지어내기가 될 수 없고, 아이들의 삶을 키워 가는 온 겨레의 교육이 되는 까닭이 바로 여기에 있다.

2장

아이들 글쓰기
어떻게 가르칠까

글쓰기
어떻게 가르칠까

 사람은 말을 하면서 살아간다. 밥도 먹어야 하고 일도 해야 하고 잠도 자야 하지만, 또 말을 하지 못하게 되면 병이 들고 죽는다. 벙어리가 아니고서는 그렇다. 이래서 아이들은 말을 하면서 자라나는 것이다.

 하고 싶은 말을 글자로 적어 보이는 것이 글쓰기다. 글쓰기는 사람이 자기를 가장 잘 나타내는 방법이다.

 글은 말을 글자로 써 보이는 것이고, 글쓰기는 자기를 나타내는 가장 높은 수단이라면, 말을 하면서 자라나는 아이들에게 글을 쓰게 하는 교육은 아이들을 가장 잘 자라나게 하는 귀한 교육이 되지 않을 수 없다.

 아이들의 글쓰기는 이렇게 해서 어른들의 가르침을 받게 되는데, 이때 가르치는 어른이 어떤 목표를 두고 어떤 방법으로 쓰게 하는가에 따라 글이 크게 달라진다. 남에게 감동을 주는 글이 나올 수도 있고, 아무런 가치가 없는 글이 써질 수도 있다. 정직한 글이 나올 수도 있지만, 억지로 쓴 거짓스런 글이 나올 수도 있다. 그래서 글쓰기는 아이들의 재능과 감정과 이성의 발달에 큰 영향을 주어서 그 인격과 개성과 창조하는 생명이 놀랄 만큼 살아나고 뻗어 나가게 되지만, 반대로 아이들의 개성과 재능을 아주 시들어 버리게 하고, 돌이키기 어려운 병든 사람이 되게 할 수도 있다. 마치 텔레비전이 잘만 쓰면 모든 사람들의 생각과 행동을 높여 주는 문명의 기구가 되지만, 잘못 쓰게 되면 모든 사람을 해치고 타락하게 하는 악마가 되는 것과 같이, 글쓰기 교육도 그러하다.

아이들의 글쓰기와 어른들의 글쓰기

자기를 나타내는 글쓰기는 세상을 살아가면서 보고 겪은 일들을 달리 짜 맞추거나 고치거나 보태거나 줄이거나 하지 않고, 본 그대로, 들은 그대로, 한 그대로, 느끼고 생각한 그대로, 정직하게 보여 주는, 모든 아이들과 어른들이 두루 쓰는 글쓰기다. 이와는 달리 남이 하고 싶어 하는 말을 대신해서 써 보이는 글이 있는데, 상상으로 지어내는 문학(어른문학, 어린이문학)이 대부분 이런 글이 된다. 그러나 따지고 보면 이런 글도 간접으로(남의 이야기로) 자기를 나타내는 글이라 할밖에 없다.

이렇게 간접으로 자기를 나타내는 '대리 표현'의 글쓰기는, 오늘날에 와서 자본의 상업주의와 손을 잡고 상품의 유행을 따라 사치한 말재주를 파는 잘못된 글쓰기로 되기도 하여, 글이 삶과 말에서 떨어져 나가는 타락한 꼴을 보여 주고 있다. 그리고 이런 어른들의 글쓰기는, 정직하게 써야 할 아이들의 글까지 잘못되게 이끌어 가고 있다.

그러나 사물을 있는 그대로 보고 삶을 정직하게 쓰는 글쓰기는 자연과 사회를 바로 알게 하여 자기를 키우고, 사람이 잘못하는 것을 일깨워서 함께 살아가게 하는, 더없이 소중한 배움의 길이 된다. 아이들의 글쓰기도 이런 삶을 가꾸는 귀한 공부로 하는 것이다.

다음 쪽에 보인 글의 갈래에서 어른이 쓰는 글 가운데 시·소설·희곡·동요·동시·동화·소년소설·동극(어린이 극) 따위가 자기를 간접으로 나타내는 대리 표현의 글이라고 할 수 있다.

글쓰기 교육의 자리와 특성

글쓰기는 국어과의 한 작은 갈래가 아니다. 글쓰기는 모든 교과와 삶에 이어지고, 모든 교과와 삶을 하나로 모으는 중심 교과다. 따라서 글쓰기 교육은 국어 시간이나 글쓰기라는 특정 시간에만 하는 것이 아니라 모든 시간에, 아이들을 만나는 모든 자리에서 한다고 보아야 옳다. 교육의 목표가 삶을 가꾸는 데 있기 때문이다. 삶의 문제를 생각하고, 삶의 문제를 풀어 가고, 그래서 삶을 높여 가는 모든 활동이 글쓰기 교육에 이어지는 것이지만, 지금 우리 나라같이 아이들이 모조리 삶을 빼앗긴 형편에서는 삶―일(놀이)하는 자체가 글쓰기 교육의 바탕이 되고 과정이 된다고 보아야 할 것이다.

○ 글의 갈래

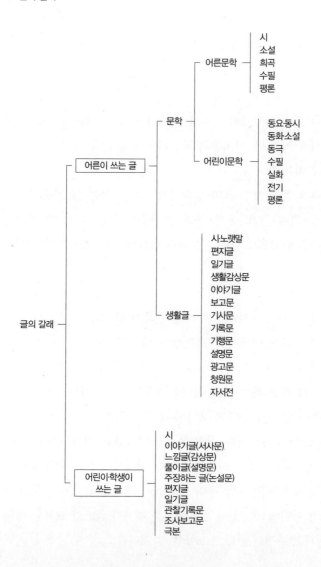

글의 갈래 ─┬─ 어른이 쓰는 글 ─┬─ 문학 ─┬─ 어른문학 ─┬─ 시
          │   │   │   ├─ 소설
          │   │   │   ├─ 희곡
          │   │   │   ├─ 수필
          │   │   │   └─ 평론
          │   │   │
          │   │   └─ 어린이문학 ─┬─ 동요동시
          │   │   ├─ 동화소설
          │   │   ├─ 동극
          │   │   ├─ 수필
          │   │   ├─ 실화
          │   │   ├─ 전기
          │   │   └─ 평론
          │   │
          │   └─ 생활글 ─┬─ 시·노랫말
          │   ├─ 편지글
          │   ├─ 일기글
          │   ├─ 생활감상문
          │   ├─ 이야기글
          │   ├─ 보고문
          │   ├─ 기사문
          │   ├─ 기록문
          │   ├─ 기행문
          │   ├─ 설명문
          │   ├─ 광고문
          │   ├─ 청원문
          │   └─ 자서전
          │
          └─ 어린이·학생이 쓰는 글 ─┬─ 시
                                  ├─ 이야기글(서사문)
                                  ├─ 느낌글(감상문)
                                  ├─ 풀이글(설명문)
                                  ├─ 주장하는 글(논설문)
                                  ├─ 편지글
                                  ├─ 일기글
                                  ├─ 관찰기록문
                                  ├─ 조사보고문
                                  └─ 극본

아이들에게 글을 쓰게 하는 목적은 아이들의 삶을 참되게 가꾸어 사람다운 사람이 되게 하는 데 있다. 목적은 삶을 가꾸는 데 있고, 글을 쓰는 것은 이 목적을 이루는 수단이 된다.

글쓰기가 삶을 가꾸는 수단이 되어야 참된 글쓰기가 되고, 살아 있는 글이 써진다. 삶을 떠난 글쓰기, 글을 위한 글쓰기 지도에서는 결코 살아 있는 글이 써질 수 없으며, 거짓글, 병든 글, 죽은 글이 써진다. 삶에 등을 돌리도록 하는 글쓰기는 속임수의 교육이다.

삶을 가꾸는 글쓰기는 다음과 같은 여러 가지 목표가 있다. 말하자면 이것은 삶의 방향인 셈이다. 이런 목표들의 밑에 다시 실제 지도의 목표, 지역과 학년과 학생들의 특수성에 바탕을 둔, 좀 더 뚜렷한 작은 목표들을 세울 수 있을 것이다.

(1) 어린이 마음을 지켜 주고 키워 간다

어린이 마음은 어떤 마음인가? 소박하고 단순하며, 남을 속이지 않고, 계산할 줄 모르고, 동정심이 많은 마음이다. 만약 어린이가 꾀부리거나 거짓말을 하거나 사치하거나 헛된 욕심을 차린다면 그것은 모두 어른들이 가르치고 강요한 것이다. 어린이의 그 깨끗하고 아름답고 참된 마음을 지키고 가꾸는 것이 무엇보다 앞서는 글쓰기 교육의 목표가 되어야 한다.

(2) 일하기를 즐기는 사람이 되게 한다

여기서 일이라는 것은 보통으로 말하는 노동이 아니다. 놀이와 공부가 하나로 되어 있는 일이다. 어째서 일하기를 좋아하는 아이들이 되게 해야 하나?

첫째, 사람은 일을 하면서 살아가게 되어 있다. 일하면서 살아가는 것이 가장 행복하다.

둘째, 일하는 것은 아이들의 본성에 가장 잘 맞는다. 아이들은 끊임없이 몸을 움직이며 활동한다. 몸을 움직여 노는 것, 그것이 일이다.

셋째, 몸으로 일을 해야 사물을 바로 보고 세상을 바로 알게 된다.

넷째, 일을 해야 그 감정이 사람답게 되고, 생각이 건강하게 된다.

다섯째, 일한 것을 써야 살아 있는 글이 된다.

여섯째, 일을 해야 살아 있는 말을 배우게 된다. 말이 살지 않고서 글이 살 수 없다.

(3) 흙의 사상을 가꾼다

사람은 본래 흙에서 자라났다. 흙을 떠난 문명은 거짓과 속임수와 전쟁과 타락과 반생명, 반도덕의 죽음을 가져오는 문명이다. 흙을 떠나서 자라나는 아이들은 병들지 않을 수 없다. 흙의 삶, 흙의 역사, 흙의 사상을 이어받아 이것을 아이들에게 물려주어야만 우리 겨레는 살아남을 수 있다. 흙의 사상은 어떤 사상인가?

첫째, 땀을 흘리며 일하는 사람들이 지니는 느낌과 생각이다. 뭇 백성들의 마음이다.

둘째, 제 목숨만 차리지 않고 서로 나누어 가지며, 함께 살고 싶어 하는 마음이다.

셋째, 길들지 않은 야생의 마음에서 우러나는 느낌과 생각이다.

넷째, 밑에서부터 올라가는 사상이다.

다섯째, 단순하고 소박한 마음에 바탕을 둔 사상이다. 그것은 순진한 어린이의 마음에 가까운 것이다.

여섯째, 추상이나 관념이 아닌 사상, 따뜻한 체온을 가진 사상, 뚜렷한 행동으로 나타나는 사상이다.

일곱째, 우리 조상들, 농민들이 가지고 있던 우리 겨레의 마음이다.

우리 겨레가 가지고 있던 이 흙의 사상이 지금은 갑자기 사라져 가고 있다. 흙과는 반대가 되는 시멘트와 쇠붙이의 사상이, 플라스틱의 사상이 퍼져 가고 있다. 반인간, 반생명의 사상이 아이들을 짓누르고 있다.

죽어 가는 흙과 흙 속의 생명을 살리는 교육을 해야 한다. 이것이 삶을 가꾸는 교육이다.

(4) 살아가는 사람으로서 마땅히 가져야 할 생각을 키운다

목숨을 가진 주체로서 사람 사회의 온갖 일에 부딪쳐 반응하고 일하는 적극스런 태도를 가지도록 한다. 먹고 입고 잠자

는 물질의 삶, 기쁨과 즐거움을 찾는 정신의 삶을 날마다 끊임없이 이어 가는 사람의 심정으로, 모든 일에 주체가 되어 맞서 겨루는 버릇을 몸으로 익히도록 한다.

처음에는 아직 지식을 몸에 익히지 않은 이른바 야생의 아이들로서, 모든 사물에 마주쳐 솔직하게 기뻐하고 슬퍼하고 성내고 괴로워할 것을 장려한다. '원시의 아이들'로서 자연스러운 의욕이나 행동을 마음껏 발산하게 하는 것이다. 그러다가 아이들의 학습이 진행되어 온갖 지식을 몸에 붙이게 되면 그것을 단지 지식으로서 휘두르는 것이 아니라, 자기 안에서 녹여 주체로 능동으로 바깥 세계와 맞붙어서 거기에 반응하도록 한다. 곧 살아가는 사람으로서 자기 안에 온갖 지식을 녹여 넣어, 온몸으로 사물에 대한 자기의 생각이나 느낌으로 만들어 내도록 하는 것이다.

(5) 민주주의로 살아가게 한다

삶의 목표는 민주 사회를 이룩하는 것이다. 민주 사회는 그 어느 자리보다 학교에서, 학교의 교실에서 먼저 이루어야 한다. 담임교사가 교실에서 민주 학급 사회를 아이들이 만들어 갈 수 있게 하는 것이 우리 역사에서 가장 먼저 해야 할 과제다. 그리고 이 민주 학급 사회의 창조는 글쓰기를 중심으로 한

---

* 이 (4)항은 고쿠분 이치다로 씨의 말을 참고할 만하다고 보아 거의 그대로 옮겼다. 《작문 교육 사전》 46쪽)

학급 문화를 만드는 데서 가장 잘해 낼 수 있다.

남이야 어찌 되든 나만 편하게 공부해야지, 나만 점수 많이 따서 남의 위에 올라가 살아야지, 하는 이런 이기주의, 입신출세주의를 깨뜨려야 한다. 남에게 해를 입히는 행동을 하지 않는 사람이 민주로 살아가는 사람이다. 절대로 학급 깡패가 있어서는 안 된다. 모두가 같이 일하고, 평등한 자리에서 공부하고, 서로 도와 즐겁게 살아가는 학급 풍조를 만들어야 한다.

(6) 진실을 찾게 한다

우리가 사는 사회에는 거짓이 가득하다. 이 거짓을 모른 척하고, 거짓이 없는 것처럼 엉뚱한 것만 가르친다면 바로 거짓을 가르치는 것이 된다. 더구나 거짓을 곱게 겉모양만 꾸며서 보여 준다면 이런 속임수가 어찌 용서되겠는가.

교육은 진실을 찾게 하는 것이다. 진실을 찾는다는 것은 거짓을 꿰뚫어 본다는 것이다. 거짓을 꿰뚫어 보는 지혜와 능력을 기르지 않고 진실을 찾아 가지게 할 수 없다.

먼저, 아이들의 순진한 느낌과 생각을 귀하게 여겨서 그것을 가꾸어 가는 것이 진실을 찾아 가지게 하는 데도 꼭 필요하다. 다음에는 올바른 과학 지식을 익히게 하여, 공부할 때나 세상을 살아가면서 진실이 아닌 사실을 만나게 되면 '왜 이것이 잘못되었는가?' 하고 의문을 품게 하여 진실을 찾아내려는 태도를 갖게 한다.

(7) 생명의 존엄함을 깨닫게 한다

삶을 가꾸는 일은 생명을 귀하게 여기는 데서 시작한다. 우리 사회는 생명을 가볍게 여기는 풍조가 휩쓸고 있다. 어른들은 생명을 버리고 짓밟아 죽이기를 예사로 하면서 그런 잔인한 짓을 아이들에게 예사로 보여 주고 있고, 학교의 교육도 생명을 살리기는커녕 그 생명을 죽이고 있다.

도덕의 근본이 되는 생명 지키는 일을 하지 않고 교육을 할수 없다. 조그만 벌레 한 마리도 까닭 없이 죽여서는 안 된다는 것을 깨달았을 때, 비로소 아이들은 그 삶에 믿음을 가지게 되고, 햇빛을 쳐다보고 자라나는 풀같이 그 마음은 자라나게 된다. 그래서 쓰는 글도 그 마음같이 아름다워진다.

(8) 하고 싶은 말을 마음껏 쓰게 한다

사람은 자기표현으로 살아간다. 표현의 길이 막히면 병들어 죽는다. 표현은 생명이 살아가는 데 없어서는 안 되는 숨쉬기 운동이라 할 수 있다.

글쓰기는 자기표현의 가장 높은 수단이다. 글쓰기로 아이들은 그 느낌과 생각을 넉넉하게 하고, 지식을 정리해서 제 것으로 삼고, 이성을 키우고, 건강을 얻는다. 하고 싶은 말을 마음껏 글로 쓰게 하는 것이 아이들을 무럭무럭 자라나게 하는 가장 좋은 방법이다.

(9) 깨끗한 우리 말을 쓰게 한다

말을 글자로 나타내는 것이 글쓰기다. 그런데 글을 쓰는 지식인이 되어 있는 어른들은 그 머릿속에 책에서 읽은 글이 꽉차 있어서 글을 쓰게 되면 입으로 하는 말이 아니라 책에서 읽은 글이 다시 글로 되어 나온다. 그래서 죽은 글이 써진다. 외국 글을 그대로 옮겨 놓은 듯한 글이 나오는 것도 이 때문이다. 그런데 아이들은 다행하게도 어른들처럼 글 속에 아주 빠져 있지는 않다. 그래서 아이들에게 글을 쓰게 하는 것은 살아 있는 우리 말로 글을 써서 그것을 확실하게 제 것으로 우리 것으로 다지도록 하는 것이 된다. 글쓰기는 아이들에게 우리 말을 이어 주는 가장 중요한 겨레 교육의 방법이 된다는 것을 알아야 한다.

지도하는 단계

글쓰기 지도는 글감(쓸거리) 정하기, 얼거리 잡기, 적기, 다듬기, 발표하기, 글 맛보기와 비평―의 여섯 가지 단계를 거치게 된다. 다음에 차례를 따라 지도 요령을 대강 적어 본다.

(1) 글감(쓸거리) 정하기

글쓰기에서 무엇을 쓰나 하는 것이 맨 처음 부딪히는 문제다. 그리고 이 무엇을 쓰나 하는 문제는 글쓰기에서 대단히 중요하다. 쓰기 싫은 것을 쓰라고 하든지, 알지도 못하는 것을 쓰게 하면 아무리 평소에 글을 잘 쓰는 아이라도 쓸 수 없다.

한마디로 말하면 쓰고 싶은 것, 쓰고 싶어서 못 견디는 것을 쓰게 하면 가장 좋다. 쓰고 싶은 것이 없으면 잘 알고 있는 일, 남들은 모르는데 자기만 알고 있는 일, 잘 알고 있어서 자세하고 정확하게 쓸 자신이 있는 것, 그리고 상급 학년 아이들은 남들에게 알릴 만한 가치가 있는 것을 쓰게 하는 것이 좋다.

제목을 정해 주느냐, 자유로 무엇이든지 쓰게 하느냐, 하는 문제가 있다. 원칙은 어디까지나 아이들 스스로 쓸거리를 찾아 정해야 한다. 그러나 언제든지 '마음대로 무엇이든지 써라'고만 하는 것도 반드시 좋은 결과를 가져오지는 않는다. 마음대로 무엇이든지 쓰게 하면 도리어 무엇을 써야 할지 모르는 아이들이 나오기도 한다. 그래서 가끔 제목을 내어 주게도 되는 것이다.

제목을 내어 줄 경우는 다음 세 가지가 있다.

첫째, 평소에 누구든지 겪고 있는 일이나 부딪히고 있는 문제를 쓸 수 있도록 하는 제목을 준다. 둘째, 글쓰기 시간 바로 앞 시간에 어떤 일을 모두 같이 하게 하거나 견학, 관찰을 시켜서 그것을 쓰게 하는 방법도 있다. 셋째, 무엇을 자세하게 보도록 하거나 어떤 문제를 깊이 생각하게 하는 제목을 줄 수도 있을 것이다.

아무튼 제목을 내어 줄 때는 그 학급의 모든 아이들이 쓸 수 있는 제목이라야 한다. 그래서 쓰고 싶은 마음이 왕성하게 일어나도록 하는 제목을 정하게 했다면 그 글쓰기 수업은 벌써 반은 성공했다고 할 수 있다.

(2) 얼거리 잡기

제목(아이들에게는 글감이나 쓸거리가 곧 제목이 된다)이 결정되면 쓰기 전에 쓸거리에 대해 잘 살피고 생각해서 쓰는 차례를 정하게 된다. 이것을 얼거리 잡기라고 하는데, 이 얼거리 잡기에는 다음과 같은 몇 가지 방법이 있다.

① 미리 알리기

특별한 경우가 아니면 하루나 이틀, 며칠 전에, 어느 요일 몇째 시간에 글쓰기를 할 테니 미리 쓸거리를 생각해 두라고 하는 것이 좋다. 이렇게 하면 아이들은 삶 속에서 자연스럽게 쓸거리를 찾아 정하고, 얼거리도 짜게 된다. 물론 글쓰기 시간이 아예 시간표에 주마다 들어 있으면 이런 예고는 필요가 없고, 특별한 계획만 알리면 된다.

② 조사와 관찰

글을 잘 쓰려면 실제 사물을 눈여겨 살펴볼 필요가 있다. 토끼 이야기를 쓰는데 방 안에 앉아 생각만 해서 쓰는 것보다 토끼장에 가서 잘 살펴보고 와서 쓰는 글이 더 살아 있는 글이 된다는 것은 말할 나위가 없다.

③ 일하기

일을 하게 하는 것이다. 어떤 사물을 보기만 하는 것보다 몸으로 일을 하게 되면 더욱 싱싱한 글이 될 것은 의심할 여지가 없다. 계획해서 지도하는 과정에 일하기가 들어 있으면 아이들은 일을 하는 가운데, 또는 일을 하고 나서 글쓰기가 시작되는 시간까지 자연스럽게 글의 얼거리를 저마다 짜게 된다.

④ 자기 살핌

자기 자신을 깊이 살펴보게 하는 것은 얼거리 짜기의 높은 단계라 하겠는데, 상급생이라야 할 수 있을 것이다.

⑤ 얼거리 짜서 적기

글의 차례와 내용을 대강 적어 놓는 방법이다. 초등학교 3학년 정도부터 할 수 있다.

(3) 적기

실제로 글을 쓰게 되는 단계다. 여기서는 쓰는 태도에 대한 지도와 원고지 쓰기에 대한 지도를 한다.

① 쓰는 태도

쓰는 태도에서 몇 가지 지도할 것을 들어 본다.

첫째, 신명이 나는 대로 한꺼번에 쓰게 한다.

둘째, 온 정신을 글쓰기에 모은다.

셋째, 남들이 잘 알 수 있게, 자세하게 쓴다.

넷째, 자기 말로, 자기가 일상에서 입으로 지껄이는 말로 쓰게 한다.

다섯째, 긴 글이면 끈기 있게 쓰게 한다.

여섯째, 저학년에서는 입으로 말해 가면서 써도 된다고 일러 준다. 그리고 글을 쓰다가 모르는 글자가 있으면 손을 들게 하여 가르쳐 준다.

이 밖에 글을 쓸 때는 시간을 충분히 주어야 하며, 가장 늦게 쓰는 아이가 다 쓸 때까지 교실이 조용하도록 한다.

② 원고지 쓰기

원고지 쓰기를 어려워하는 아이들이라면 공책이나 흰 종이나 그 밖에 어떤 종이라도 좋으니 마음대로 쓰게 한다. 그러나 초등학교 상급생이 되면 원고지 쓰기를 익히도록 해야 한다.

그리고 이야기글이든지 시든지, 쓰고 난 다음에는 글 끝에 쓴 날짜를 꼭 적어 두는 버릇을 들이는 것이 좋다.

띄어쓰기와 글점 지도도 해야겠지만, 글씨를 제멋대로 써서 읽기가 어렵게 되지 않도록 해야 한다. 글자는 멋을 부리지 말고, 서툴러도 좋으니 단정하게 써서 남들이 잘 읽을 수 있게 하는 것이 좋다. 그러기 위해 무엇보다 교사 자신이 글자를 바르게 써 보여야 한다.

(4) 다듬기(고치기)

글다듬기 지도는 아주 중요하지만 지도교사가 바로 아이들의 글을 고치거나 고치게 할 경우 열 가지 가운데 여덟 가지는 잘못 고친다는 것이 내가 알고 있는 실정이다. 그래서 교사는 될 수 있는 대로 아이들의 글을 고치지 말고 이해하려고 애쓰는 것이 좋다. 자기의 글 버릇을 아이들에게 강요하는 일이 없도록 해야 한다.

① 글다듬기의 원칙

글을 쓴 사람이 스스로 다듬도록 해야 한다. 토의해서 다듬을 때는 쓴 사람의 의견을 물어야 한다.

② 다듬을 때 살펴볼 것

다듬을 때 살펴볼 것은 내용과 형식의 두 가지로 나눈다.

내용에서는, 쓰려고 한 것이 충분히 나타났는가? 무엇을 썼는지 알 수 없는 곳, 확실하지 않은 표현을 한 곳은 없는가? 사실과 맞지 않은 곳은 없는가? 좀 더 자세히 써야 할 대문은 없는가? 필요 없는 말, 줄여도 될 부분은 없는가? 자기의 말로 썼는가? 꼭 맞는 말을 썼는가?

형식에서는, 문단이 제대로 나누어져 있는가? 우리 말법에 맞게 썼는가? 틀린 글자, 빠뜨린 글자는 없는가? 띄어쓰기가 잘되었는가? 글씨를 단정하게 썼는가? 그 밖에 원고지 쓰는 법을 지키고 있는가?

이런 여러 가지를 보아야 한다.

③ 글다듬기의 방법

글다듬기 지도 방법은, 어떤 글을 칠판에 쓰거나 인쇄해 나눠 가져서 의논해 고치는 수가 있고(칠판에 쓸 경우는 짧은 글이나 글의 어느 한 대문을 다루기에는 편리하지만 긴 글은 어렵다), 글쓴이와 지도교사가 바로 마주 앉아서 원고를 놓고 하기도 하고, 원고에다 미리 약속한 여러 가지 부호를 적어 주어서 저마다 생각하게 하여 고치도록 할 수도 있고, 두 아이가 짝이 되어 원고를 서로 바꾸어 고치는 방법도 있고, 자기 글을 스스로 다듬게 해도 된다. 이 자기 글 다듬기는 글다듬기 가운데서도 가장 좋은 방법이라 할 수 있다. 초등학교 저학년에서는 자기가 쓴 글을 소리 내어 읽게 하면 읽는 동안에 틀린 글자, 빠뜨린 글자를 찾아내게 되고, 글의 줄거리나 말이 잘못된 것도 깨달을 수 있다.

고학년에서는 낭독도 할 수 있지만, 대개는 눈으로 읽게 한다.

(5) 발표

아이들의 글을 발표하는 자리는 학급 문집이 가장 좋다. 학급 문집은 원고를 그대로 모아 책으로 매어 교실에 두어서 모두가 읽도록 하는 것이 가장 쉬운 방법이지만, 가끔 전체 학생의 글을 여러 가지 방법으로 인쇄해서 책으로 만들어 학생들뿐만 아니라 부모들도 읽을 수 있도록 하는 것이 바람직하다. 그때그때 쓴 글을 가려 뽑아 달마다(또는 주마다, 학기마다) 엮어낼 수 있으면 좋겠다. 학급 문집은 아이들의 삶을 가꾸고 학급의 문화를 창조해 나가는 자리가 된다.

(6) 글 맛보기와 비평

글을 보는 점은 두 가지로 나눈다. 그 하나는 글에 나타난 글쓴이의 생각이나 삶의 태도가 어떤가 하는 점이고, 다른 하나는 문장 표현이 잘되어 있는가 하는 점이다. 그래서 글을 논의할 때는 먼저 그 글에 나타난 글쓴이의 생각이나 삶의 태도에 문제가 있으면 그것부터 논의하고, 그다음에 문장을 살펴보도록 하는 차례로 지도한다. 물론 글의 내용과 문장의 문제가 하나로 엉클어져 있는 수가 흔하다. 또 글에 따라서 내용과 문장 가운데 어느 한 가지만을 주로 맛보거나 비평할 수도 있다.

글쓰기 교육에서 쓰는 말

(1) 글쓰기와 글짓기

'글짓기'라는 말은 '해방' 이후 오랫동안 널리 써 왔고, 지금도 많은 사람들이 쓰고 있고 교과서에도 나오는 말이다. 그런데 분단 40여 년 동안 아이들의 삶을 떠난 글짓기 교육은, 자기가 겪은 일을 사실 그대로 정직하게 쓰게 하지 않고 어른들의 글, 더구나 글 장난에 빠진 문인들의 글을 흉내 내는 병든 문예 교육을 하여 아이들이 참된 자기표현을 할 수 없게 하고 거짓스런 글을 꾸며 만들도록 시켜 왔다. 그래서 지금은 아주 교과서에서 이런 병든 글 만드는 훈련을 하도록 하고 있다. 이런 잘못된 교육을 바로잡기 위해서는 먼저 말부터 고칠 필요가 있어서 '글짓기'를 '글쓰기'로 바꾸어 말하게 된 것이다. '글짓기'라면 글을 머리로 지어 만든다는 느낌이 드는 것도 이 말을 쓰지 않기로 한 까닭의 하나다.

'글쓰기'는 옛날부터 글을 쓴다는 말을 하여 왔기에 삶을 가꾸는 글쓰기를 말할 때 아주 알맞은 말로 자연스럽게 쓰이게 되어 이제는 널리 쓰는 말로 자리 잡게 되었다.

'작문'은 일제강점기 때부터 썼지만, 이제는 별로 쓰지 않게 되었다. 순수한 우리 말이 있으니 이런 중국글자말을 안 쓰는 것은 당연하다. '문예'라는 말도 맞지 않는 중국글자말이고, 잘못된 '글짓기'와 문예 교육의 역사를 돌이켜 보아도 이런 말은 안 쓰는 것이 좋다.

'글짓기'와 '글쓰기' 어느 쪽이 바른말이고 어느 쪽이 틀린 말인가는 저절로 환하다. 그리고 이제는 삶을 떠나 거짓스런 글을 머리로 꾸며 만드는 흉내 내기 재주를 가르치는 것이 '글짓기'고, 참된 삶을 가꾸는 정직한 자기표현의 글을 쓰게 하는 교육이 '글쓰기'가 되어 버렸다.

(2) 어린이시와 동시

'어린이시'는 아이들이 쓰는 시다. '동시'는 어린이문학의 여러 갈래 가운데 하나로서 어른이 '아이들에게 주기 위해' 쓰는 시다. 그러니까 이 두 가지는 아주 뚜렷하게 나누어지는 딴 글이다. 단지 이 두 가지는 다 같이 시라는 점과 읽는 이가 주로 아이들이라는 점에서만 같다.

그런데 잘못된 '글짓기'와 '문예'를 지도하는 교사들은 아이들에게 '동시'를 쓰게 하고 있다. 이것이 바로 '글짓기' 교육이 어른들의 글을 흉내 내게 하는 원숭이놀음을 가르치고 있다는 뚜렷한 증거가 된다.

아이들이 쓰도록 강요당하고 있는 '동시'는 단지 그 말이 잘못된 데 그치는 것이 아니다. 바로 어른들이 쓰고 있는 동시를 그대로 흉내 내어 쓰게 하는 것이 더 문제다. 이름이 '동시'라 하더라도 실제는 아이들의 진정한 마음을 쓰는 시가 되어 있다면 얼마나 좋겠는가? 그러나 그것은 될 수 없는 일이다. '동시'를 쓰라면 저절로 어른들이 쓰는 바로 그 동시를 쓰게 되는 것이 당연하다.

그 어른들의 동시는 또 아이들의 어린 행동을 흉내 내어 쓴 유치한 것으로 되어 있다고 보는 것이 거의 모든 사람들의 생각인데, 이래서 어른들은 아이들의 흉내를 내고 아이들은 어른들의 흉내를 내어, 문학도 교육도 다 같이 엉망으로 되었다. 이것이 어린이문학과 글쓰기(동시 쓰기) 교육이 엉켜 있는 관계요, 어린이문학과 동시 교육의 병든 역사다.

'동시'는 어른들에게 돌려주고, 아이들에게는 그들 자신의 삶과 마음을 나타내는 시를 쓰게 해야 한다. 아이들 자신이 쓰는 시는 그냥 '시'라고 하든지, 어른의 시와 구별할 필요가 있으면, '어린이시' 또는 '소년시'라고 하면 될 것이다.

(3) 말장난

실제로 겪은 일이나 그 일에서 바로 얻은 느낌이나 생각, 또는 그런 삶의 느낌과 생각이 바탕이 되어 이루어진 논리나 절실한 주장을 나타내는 말이 아니고, 다만 머리로 만들어 낸 생각을 제멋대로 요란스럽게 또는 기발한 말로 꾸며 보일 때 이것을 말장난이라고 한다. 이 말장난은 아주 유식하게 보이고, 이른바 '문학적'인 글같이 보이지만 읽는 이에게 아무런 감동도 줄 수 없는 헛된 글이요, 속임수의 글이다. 그런데도 예사로 보아 넘길 수 없는 것은 아이들이 이런 속임수 앞에서 어리둥절하여 이런 글이 훌륭한 글이라고 잘못 알게 된다는 것이다.

아이들은 그 본바탕에서 말장난의 글을 쓰지 않는다. 말장난은 잘못된 어른들의 짓이고, 어른들이 시킨다. 그래서 아이들이 어른들의 말장난을 흉내 내는 경향이 있으니 주의해야 한다. 더구나 '동시'를 쓰는 아이들, 중고등학생들이 쓰는 글에서 이런 경향이 많이 나타나는 것을 볼 수 있다. 말장난의 글은 삶을 외면하여 머리로 글을 만들어 쓰게 하는 병든 '글짓기' 교육과 '문예' 교육이 낳은 것이지만, 한편으로는 삶이 없는 학교와 가정의 교육과, 시멘트 벽 속에 아이들을 가두어 놓은 도시환경이 아이들에게 빈말을 희롱하게 하는 결과를 가져왔다는 점도 아울러 생각해야 하겠다.

(4) 머리로 쓴 글, 가슴으로 쓴 글, 손과 발로 쓴 글

'머리로 쓴 글'은 삶이 없이 쓴 글이다. 남의 글, 어른들의 글을 흉내 낸 글이요, 책에서 배운 글을 따라 쓴 글이다. 방 안에 앉아서 제멋대로 꾸며 만든 글이요, 진정이 담기지 않은 거짓된 글이다. 교과서는 이런 글을 쓰는 훈련을 시킨다. 이런 거짓글을 만들어 내는 짓을 억지로 하는 동안에 아이들은 자기의 삶을 정직하게 쓰면 글이 될 수 없다고 생각하게 되고, 자기들의 삶은 글을 쓸 만한 가치가 없는 것이라 보게 되고, 그래서 늘 남의 것만 쳐다보게 된다. 이래서 자기의 삶을 부끄럽게 여기고, 가난한 이웃과 겨레를 멸시하게 된다. 주체성이 없는 허수아비 인간이 되고, 비참한 흉내만 내는 동물이 된다. '머리로 쓰는 글'이 이런 반인간, 반민족의 기계 인간을 찍어내는 무서운 틀 노릇을 한다.

그러나 '가슴으로 쓰는 글'은 정직한 글이다. 남의 마음을 쓰는 것이 아니라 내 마음을 쓰고, 억지로 만드는 것이 아니라 안에서 터져 나오는 진정을 쓴다. 가슴으로 글을 쓰게 해야 한

다. 그러나 아이들에게 "가슴으로 쓰시오" 하고 말을 해도 아이들은 가슴으로 쓰게 되지 않는다. 그것은 아주 졸렬한 지도다. 어떻게 하면 가슴으로 쓰게 될까? 그 지도 방법을 생각해야 하겠다.

가슴으로 쓰는 것보다 더 한 걸음 나아가 '손과 발로 쓰는 글'이 되게 하면 더더욱 좋다. 손과 발로 쓰는 글에서 온몸으로 쓰는 글도 생각할 수 있다. 어쨌든 머리로 쓰는 글, 삶에서 떠난 빈말로 만들어 내는 글이 되지 않도록 해야 한다.

글쓰기 지도 방법
열두 가지

지금 우리 나라 학교에서 가르치고 있는 글쓰기는 아주 잘 못되어 있다. 아이들이 쓸 수도 없는 글을 쓰게 하고, 어른들의 흉내를 내게 하여 거짓글을 만들어 내는 짓이 예사로 되고, 그래서 아이들이 가장 싫어하는 공부가 '글짓기'로 되어 있다.

글쓰기 교육에는 여러 가지로 문제가 쌓여 있고, 기본으로 알아 두어야 할 일도 많다. 그래서 잘못 알고 가르치는 것은 아무것도 모르고 안 가르치는 것보다 훨씬 못하다. 여기서 글쓰기 지도를 하는 교사들이면 반드시 알아 두어야 할 기본이 될 만한 것 열두 가지를 골라, 지도의 차례를 따라 간명하게 적어 보겠다. 이 이상의 문제들은 실제 지도를 하면서 저마다 새롭게 실천하는 가운데 풀어 나가는 것이 바람직하다.

글쓰기의 목표

무엇보다 먼저 목표를 확실히 해 두어야 한다. 글쓰기의 목표는 상 타기나 점수 따기가 아니다. 삶을 가꾸는 것이 목표다. 따라서 글 한 편을 완성시키는 것이 목표가 될 수 없고, 글을 쓰고 생각하고 비판하고 고치고 하는 가운데 마음과 삶을 키워 가는 것이 목표가 된다. 이렇게 해야 훌륭한 글이 써진다. 삶을 떠나 글만을 잘 만들려고 하면 결코 좋은 글이 써질 수 없다.

어떤 글이 좋은 글인가?

가슴을 울리는 글, 곧 감동이 담긴 글이 좋은 글이다. 아무리 서툰 말로 썼다고 하더라도 감동을 받을 수만 있다면 좋은 글이다. 아무리 잘 썼다는 생각이 들어도 가슴에 아무것도 와닿는 것이 없으면 그 글은 좋지 않은 글이다.

어른들이 쓴 글 가운데는 아주 근사한 말재주로 굉장한 글 같이 보이는 것이 더러 있는데, 결코 그런 글에 속아 넘어가지 말아야 한다. 아이들도 자라날수록 어른들의 글을 흉내 낸다. 그런 가르침만 받았기 때문이다.

무엇을 쓰게 할까?

가장 쓰고 싶은 것, 하고 싶은 말, 자기만 알고 있는 것을 쓰게 해야 한다. 그리고 보고 듣고 겪은 것, 곧 체험한 것을 쓰게 해야 한다. 남들이 흔히 쓰는 것, 책이나 교과서에 잘 나올 것 같은 이야기는 쓰지 말아야 한다.

학년이 올라갈수록 사회에서 가치가 있는 글을 쓰게 해야 한다는 것도 알아 둘 일이다.

글의 제목

제목을 교사가 제멋대로 지정해 주어서는 안 된다. 제목은
어디까지나 쓰는 사람이 마음대로 정할 일이다. 만약 정해 준
다면 그 제목으로 누구나 즐겨 저마다 절실한 체험을 쓸 수 있
는 것이어야 한다. 쓰고 싶은 제목만 정해도 그 지도 시간은
반 이상 성공한 것이다.

얼거리 잡기

쓰기 전에 미리 쓸 내용을 생각하고 차례를 정하는 일이다.
3학년쯤 되면 쓰기 전에 따로 시간을 주어 생각하게 하거나,
쓰는 차례를 대강 적어 두게 할 수도 있지만, 그보다 글쓰기
시간이 있는 하루나 이틀쯤 전에 미리 예고를 해 두면 좋다.
저마다 쓰고 싶은 제목을 생활 속에서 찾아 두고, 길을 가면서
도 쓸 내용을 생각하고 차례를 정하고 하는 얼거리 잡기를 자
유롭게 할 수 있도록 하는 것이 바람직하다.

쓰기 전에 지도하는 말, 보여 주는 글

쓰기 전에 글에 관한 얘기를 하는 것은 그다지 효과가 없다.
글 얘기를 자꾸 길게 하면 도리어 쓰고 싶은 마음이 사라진다.
그래서 글 한두 편을 읽어 주거나 읽도록 하는 것이 좋다.
이때 보여 주는 글은, 글을 쓰고 싶은 마음이 나도록 하는

것이라야 한다. '나도 저와 비슷한 일이 있었는데, 그걸 써야지' '나도 저렇게 정직한 글을 써야겠구나' '글이란 별것이 아니고 저렇게 솔직하게 자기 이야기를 쓰면 되는구나' 하는 생각이 나는 글이 좋다. 말재주를 부린 근사한 '모범문'은 절대로 주어서는 안 된다. 서툴러도 좋으니 자기의 생활을 숨김없이 자기의 말로 쓴 것이 좋다. 그리고 될 수 있으면 같은 반이나 같은 마을이나 지역, 나이와 학년도 비슷한 아이들이 쓴 글이 좋다.

실제로 쓸 때

조용하게 쓸 수 있는 분위기를 만들어 준다. 맨 마지막으로 써내는 아이가 다 쓸 때까지, 쓰는 자리가 시끄럽지 않도록 하는 것이 가장 크게 마음 쓸 일이다.

1, 2학년 아이들은 글자를 모르는 경우가 많으니 쓰다가 모르면 손을 들게 하여 가르쳐 준다.

쓰는 종이는 원고지에다 쓰게 할 수도 있지만, 아무 종이에나 마음대로 쓸 수 있게 하는 것이 좋다.

글을 쓰는 태도는 '온 정신을 기울여서 한꺼번에' 쓰고, '자기 말로' 쓰도록 할 것이다.

글다듬기(글 고치기)

다 썼으면 그대로 내지 말고, 1, 2학년은 자기가 쓴 것을 한 번쯤 읽어 보게 하고, 3학년 이상이 되면 읽어 보고 빠진 글자,

틀린 글자가 없는지 살펴서 바로잡게 한다. 더구나 5, 6학년이면 '자기가 꼭 쓰고 싶은 것이 잘 나타나 있는지' 생각해 보도록 한다. 그리고 시간이 있으면(다음 시간에라도) 옆의 아이와 서로 바꿔 읽어서 느낌을 말하게 하고, 잘못된 부분을 이야기하게 할 수도 있다.

교사는 아이들의 작품을 모두 읽어서 한 사람 한 사람 지도하면 가장 좋겠지만 그렇게 못 할 경우 전체의 경향을 말해 주고, 특수한 작품만을 들어 한꺼번에 지도를 할 수 있다. 다만 아이들의 글을 교사가 멋대로 고치는 일은 없어야 한다. 이런 경우 대개는 좋게 고치는 것이 아니고 잘못되게 고친다.

함께 보고 의논하기

전 시간에 쓴 글 가운데서 몇 편을 골라 아이들과 같이 읽어 가면서, 그 글에 나타난 글쓴이의 생각, 생활 태도를 서로 이야기한다. 거기 아이들 사회의 문제점이 있으면 의견을 모아서 해결하도록 한다. 또 문장 표현에서 잘못된 곳이 있으면 말하도록 한다. 이 평가는 '글 고치기'의 연장으로, 또는 글 고치기와 함께할 수 있을 것이다.

시에 대하여

아이들이 쓰는 시는 '어린이시'라든지 그냥 '시'라고 말하여, 어른들이 어린이문학의 한 갈래로 쓰는 '동시'와 구별한다. 다 같이 아이들이 읽는 것이지만, 하나는 아이들 스스로 쓰는 시고, 다른 하나는 어른이 아이들에게 읽히기 위해 쓰는 시다. 이것을 한가지로 보고 '동시'라고 하여 아이들에게 어른이 쓰는 것을 흉내 내게 하는 것은 크게 잘못되었다. 이런 잘못된 교육을 교과서가 강요하고 있고, 신문과 잡지도 잘못된 가르침으로 써진 동시를 예사로 보고 있다. 그래서 상을 탔다고 발표하는 동시치고 정말 아이들의 살아 있는 마음이 나타난 작품은 거의 찾아볼 수 없다.

시를 쓰게 하려면, 먼저 교과서에서 배운 동시 짓기가 잘못되어 있다는 것을 가르치지 않고는 할 수 없다. 시는 연으로 나누고 줄을 맞추어, 머리로 재미있는 생각을 지어내서 짜 맞추는, 그 따위 장난이 아니라는 것을 확실히 알게 해야 한다. 무엇보다 그런 말장난의 동시와 참된 어린이의 시를 견주어 보일 필요가 있다. 그래서 '이것이 진짜 우리의 마음을 나타낸 것이구나' 하고 바로 깨닫도록 해야 한다.

발표와 문집

아이들의 글을 신문이나 잡지에 발표하려고 애쓰다 보면 삶을 가꾸는 교육은 간 곳이 없어지고, 이름 내고 상 타기 위한 말장난을 가르치는 글짓기놀음이 되어 버린다. 신문 잡지에서 아이들 글을 가려 뽑는 사람들, 글짓기 대회나 백일장에서 아이들 글을 심사하는 사람들을 믿다가는 교육을 망친다.

아이들이 쓴 글은 지도교사가 보고 그 학급 그 반의 아이들에게 발표하는 것으로 끝나는 것이 좋다. 만약 생각이 있으면 학급 문집을 만들어 아이들 모두가 볼 수 있게 한다면 더욱 좋을 것이다. 이때의 문집은 그 모임의 아이들 모두가 참여하는 문집이어야 한다. 글을 못 쓰는 아이도 그림을 그린다든지, 입으로 말한 것을 교사가 대신 적어 준다든지 하면 한 사람도 따돌림받는 아이가 없는 즐거운 문집이 될 것이다.

독서감상문에 대하여

독서감상문 쓰기를 강요하지 말아야 한다. 이것도 학교에서 하는 못된 장사꾼 교육이다. 무슨 반공 도서, 과학 도서를 1학년 아이들한테도 읽게 하여 감상문을 써내라 한다. 이런 엉터리 교육의 흉내를 낼까 싶어 걱정이다. 상급 학생들에게도 감상문을 강요해서는 안 된다. 책도 읽고 싶어서 읽도록 할 것이고, 감상문도 쓰고 싶으면 한 줄이라도 좋고 두 줄이라도 좋다. 쓰고 싶지 않으면 안 써도 된다. 무슨 책을 읽고 몇 장 이상의 감상문을 써내라고 하고, 그 감상문을 쓰는 글재주를 가르치고 하는 짓이 모두 타락한 점수 따기 교육이다. 아이들은 이렇게 해서 책 읽기를 싫어하고, 글쓰기가 지긋지긋한 것으로 되어 버렸다.

삶이 있는 글을
쓰게 한다

나는 요즘 소설이나 시 같은 문학작품보다 작가가 아닌 사람들이 쓴 글을 훨씬 더 많이 읽는다. 가장 많이 읽는 글은 역시 아이들의 글이고, 그다음은 젊은이들의 글이지만, 교사들의 글, 농민이나 노동자들의 글, 주부와 직장인들의 글도 기회 있을 때마다 살펴본다. 왜 이런 생활글에 관심을 가지냐 하면, 아이들에게나 어른들에게나 글쓰기로 자기를 표현하는 행위가 사람의 생각을 바로 세우고 세상을 바르게 살아가게 하는 데 아주 큰 노릇을 하기 때문이다. 문학 창작을 전문으로 하는 작가가 아닌 보통의 사람들은 대개 자기들이 글쓰기와는 상관이 없다고 생각하지만, 사실은 이런 보통의 사람들이 글을 바르게 보고 바르게 써야 그 사회 그 나라의 문학은 병들지 않고 건강하게 꽃필 수 있다.

여기서는 지금까지 내가 본 우리 나라 젊은이들과 어른들이 쓴 생활글에 나타난 경향, 문제점 들을 대강 말해 보려고 한다.

이런 글들은 여러 기업체에서 내고 있는 사보, 신문과 잡지의 투고란, 여러 가지 단체에서 나온 인쇄물, 대학 신문과 교지 들에서 읽은 것이다.

작가가 아닌 일반 사람들이 쓰는 글을 생활글이라 한다. 이 생활글은 다시 그 형식에 따라 생활서사문, 생활감상문, 생활기록문, 생활일기, 생활서정문, 생활시…… 들로 나눌 수 있을 것이다. 글을 이렇게 나누기는 하지만 실제로 쓴 글은 그것을 쓴 사람의 직업과 환경에 따라서 온갖 내용이 담기고 온갖 맛이 나는 글이 된다. 곧, 농민, 노동자, 주부, 대학생, 직장인, 상인, 교원…… 온갖 삶이 담긴 천차만별의 글이 된다.

그런데 이렇게 가지각색의 이야기와 생각이 담겨 있어야 할 생활인의 생활글들이 어쩌면 그렇게도 비슷비슷하게 닮았는가! 대부분의 글에서 이건 신문기자가 쓴 글인지, 장사하는 사람이 쓴 글인지, 교원의 글인지, 노동자의 글인지, 농민의 글인지 알 수 없다. 한마디로 삶이 없는 글이 되어 있다. 생활인이 쓴 글에 삶이 없다면 그것은 죽은 글이라 할밖에 없다. 한 나라의 문학도 그 나라의 역사와 사회가 반영되지 않았다면 죽은 문학이 되는 것과 같이.

삶이 없다면 무엇을 써 놓았는가? 글에 담긴 내용이란 것이 모두 공중에 뜬 생각이다. 본디 생각이라는 것이 삶에서 나와야 하는데, 삶에서 나오지 않고 책―그것도 대개 서양 사람들이 써 놓은 책에서 나온 것이기에 공중에 붕 떠 있을 수밖에 없다. 그리고 팔자 좋게 지내는 게으른 사람들의 편안한 생각이나 감정을 곱게 분칠한 말재주가 아니면 소녀 같은 슬픔을 즐기는 따위가 대부분이다. 대관절 절실한 말이 없고 절실한 이야기가 없다. 국민소득이 오르고 잘 먹고 잘살게 되어서 옷밥 걱정 없으니 이런 글밖에 쓸거리가 없을 것이라고 말할 사람이 있을는지 모른다. 그러나 우리보다 잘사는 나라 사람들도 이런 얼빠진 헛소리만 늘어놓지는 않는다.

왜 그런 글만 쓰게 될까? 이런 글을 써야 신문이고 잡지에 실리게 되는가? 이런 글을 써야 문학다운 글이라 인정받는가? 이런 글밖에는 배우지 못했고 읽지 못해서 그런가?

그렇다. 그래서 절실한 이야기는 글이 될 수 없다고 생각하는 것이다. 그래서 대수롭지 않은 것, 흔히 말재주나 팔아먹는 문인들의 넋두리나 흉내 내고, 제멋대로 된 심정의 세계, 이른 바 '시적'이라고 하는 것, 아니면 외국 사람들의 정서 같은 것에 빠져 있다 보니 그것이 모두 개성이고 삶이 없는 것으로 되었다. 이런 글을 보통 수필이니 수상이라고 말하는데, 사실 삶이 없는 이런 글을 생활글이라고 할 수 없다. 그런데 생활인들이 쓰는 대부분의 글이 생활글이 되지 못하고 문학의 한 갈래인 수필이나 수상으로 되었다는 것은, 생활글을 써야 하는 사람들이 자신의 글을 쓰지 않고 앉아서 머리로 글을 만들고만 있는 문인들의 글을 흉내 내고 있다는 것을 잘 말해 준다. 이래서 생활인의 수필이나 수상은 문학의 수필로 되지 못하고 생활인 자신들의 생활글도 되지 못하여, 이것도 저것도 아닌 흐리마리한 글로 떨어지고 말았다.

삶이 없는 글은 또 한결같이 곱게 분칠만 하는 글투다. 글을 언제나 쓰는 투로, 개념으로 된 말로 요란하게 꾸며서 쓰다 보니 빨랫줄같이 길게 늘어지고, 무엇을 썼는지 알 수 없이 된다. 이런 글을 애써 읽어 나가다 보면 속 알맹이는 간 곳 없고 머리를 어지럽히는 꾸밈말들에 어리둥절해진다. 사람을 바보로 만드는 글, 도대체 어느 나라 사람들이 이런 허영에 들뜬 글재주를 부려서 겨레와 모국어를 우롱할까?

생활인의 글은 순전한 생각만을 쓸 경우가 아주 없는 것은 아니지만, 대개의 경우 생활 감상이라고 할, 삶에서 우러난 느낌이나 생각을 쓰는 것이 보통이어야 한다. 그러니까 감상이나 사색은 그런 생각이 우러난 뚜렷한 삶의 체험을 먼저 보여 줌으로써 살아 있는 것으로 된다. 또 수필이든 생활글이든 어떤 삶의 이야기가 나와야 재미있게 읽힌다.

다음에 드는 보기는 어떤 글 두 편의 첫머리다. 이 가운데 어느 쪽의 글을 읽고 싶어 하겠는가?

진실이라는 자체에 거부감을 느끼게 되어 버린 두 눈동자를 바라다보며 무엇으로 자신을 느낄 수 있을까 생각하게 된다…….

며칠 전의 일이다. 작은 일로 해서 아내와 말다툼을 한 적이 있다. 다름 아닌 밤참 때문이었다…….

앞의 글은 체험한 사실을 보여 주는 것이 아니고 어떤 생각을 쓴 것인데, 아무리 읽어 봐도 무슨 뜻인지 알 수 없다. 문장도 너무 길다. 이렇게 글의 첫머리가 시작되어서야 누가 즐겨 읽겠는가? 그런데 뒤의 것은 뚜렷한 사건을 알리려고 하는 글이다. 사건이 일어났던 때와 사건의 내용, 원인을 알리면서 글을 시작했다. 친절한 글이라는 느낌을 준다. 글도 짧고 간결하다. 뭔가 재미있는 이야기가 펼쳐질 것 같다. 글이란 이렇게 되어야 읽히는 것이다. 어떤 생각을 쓰더라도 이와 같이 이야기를 하고 난 다음에 써야 읽는 사람이 공감을 하게 된다.

이야기가 전혀 없는 글, 생각만 늘어놓은 글은 설령 앞에 든 첫 번째 보기글과 같은 알 수 없는 글이 아니라 하더라도 재미가 없고, 제멋대로 된 기분 방출이나 독단이 되기 쉽다.

자기가 겪은 사실을 자세하고 정확하게 잡아 보여 주는 일은, 마치 그림을 그리는 사람이 눈에 보이는 대상을 정확하게 그려 보이는 일과 같이, 기본으로 닦아 나가야 할 글쓰기의 수련 과정이다. 이런 수련은 대학의 문예창작과에서나 할 공부가 아니다. 초등학교에서 해야 한다. 초등학교에서 못 했으면 중학교에서 해야 한다. 그런데 우리 나라 사람들은 초·중·고 어떤 학교에서도 올바른 글쓰기 공부를 하지 못했다. 도리어 어른들의 글 흉내, 거짓글 만들어 꾸미는 손재주를 글짓기니 문예 공부니 하여 아주 어릴 때부터 배워 왔기 때문에 어른들의 글, 젊은이들의 글이 이렇게 될 수밖에 없다.

삶이 있는 글을 쓰자. 삶을 쓰자. 그 삶은 남의 삶이 아닌 나 자신의 삶이다. 지금까지 보잘것없다고 생각하여 덮어 숨기고 멸시해 온 내 것, 우리 것을 다시 찾아내어, 그 가난하고 조그마한 것들을 귀하게 아끼고 드러내어 보이고, 고이 키워 가야 한다. 눈부신 황금으로 빛나는 글의 보물 창고는 먼 어느 나라의 화려한 거리에 있는 것이 아니고, 하늘에 걸린 무지개 너머에 있는 것도 아니고, 오직 걱정과 한숨과 웃음과 눈물과 고뇌로 얼룩진 우리들 나날의 삶, 나 자신의 삶 속에 있는 것이다.

삶의 글은 삶의 말로 써야 한다. 삶의 말은 나날이 쓰는 정다운 우리들의 말, 나 자신의 말이다. 빌려 온 말, 유식을 자랑하는 말, 남의 말이 아닌 쉬운 우리 말이다. 사실을 보여 주는 말, 진실을 느끼게 하는 말, 가슴에 바로 와닿는 말이다.

사실을 올바르게 나타내는
말로 쓰게 한다

●

●

다음은 어느 잡지에 실린 글 속에 소개되었던 한 여고생의
글이다.

저녁 자율 학습 시간이었다. 피곤이 한꺼번에 몰려와 눈꺼풀이
무겁기만 했다. '자율' 학습이니까 조금 자도 괜찮겠지, 푸근한
마음으로 책상에 엎드려 소롯이 잠이 들었다. 무척 단꿈을 꾸었
나 보다. 그런데 돌연 뺨에서 마찰음과 함께 아픔이 느껴졌다.
"찰싹." 눈을 떠 보니 감독한 당번 선생님이 매서운 눈초리를 한
번 주고는 옆 반으로 홀연히 가 버렸다.
놀란 눈으로 선생님의 뒷모습을 허망히 바라보면서 눈물이 핑그
르 돌았다. 굳이 뺨을 맞을 만큼 잘못을 했는지조차 모르겠다.
분명히 '자율' 학습인데……
무의식 상태에 있는 학생을 선생님은 꼭 따귀를 때려 깨워야 했
을까? 여학생들의 예민한 수치심을 왜 모르실까? 선생님은 나를

하나의 인격체로 생각하고 있을까?

    학교의 교실에서 일어났던 일을 쓴 글이다. 고등학생들이 쓴 글을 어쩌다가 신문이나 잡지 같은 데서 읽어 보면 이게 대체 어느 나라 학생이 썼는지 알 수 없다는 느낌이 드는 글이 대부분이다. 그만큼 고등학생의 글에는 삶이 없고(하기야 중학생도 초등학생도 마찬가지이지만), 어른인 문인들의 글을 흉내만 낸다는 생각이 든다. 그런데 여기 들어 놓은 글은 자기의 삶을 바로 보고 썼다는 점에서 대단히 좋은 글이다. 억울하게 당한 일, 더구나 아무에게도 호소할 수 없는 일을 그냥 죽 참기만 하면 마음이 병든다. 이렇게 글로 써서 다 털어 버려야 마음의 건강을 유지할 수 있는 것이다.

    하지만 이 글에서는 말을 아주 부자연스럽게 쓴 데가 있다. "그런데 돌연 뺨에서 마찰음과 함께 아픔이 느껴졌다"는 대문인데, 뺨을 얻어맞는 순간 '마찰음과 함께 아픔을' 느꼈을 리가 없다. '뺨에서…… 느껴졌다'고 한 것도 어색한 말이지만 마찰음이란 두 물건이 서로 비벼서 지나갈 때 나는 소리니 맞지 않는 말이다. '돌연'이라는 말도 흔히 쓰는 중국글자말이지만 이왕이면 깨끗한 우리 말로 '갑자기'라고 쓰는 것이 좋다. 그래서 나도 이 글에 써 있는 것과 같은 일을 당해 보지 않아서 마음대로 고쳐 쓸 수는 없지만 가령 다음과 같이 쓰면 좋지 않겠나 싶다.

    '그런데 갑자기 무엇이 얼굴에 탁 부딪쳐 정신이 번쩍 나 눈을 뜬 순간 오른쪽 뺨이 얼얼했다. 감독하던 당번 선생님한테 뺨을 얻어맞은 것이다. 선생님은 매서운 눈초리를 한 번 주고는…….'

글은 자기가 겪었던 일을, 그 글을 읽는 사람들도 함께(간접으로) 겪을 수 있도록 써야 한다. 그렇게 하기 위해서는 그때 겪었던 일을 다시 생생하게 되살려 내어야 하고, 그렇게 되살려 낸 일을 꼭 알맞은 말로 써서 나타내어야 한다. 이럴 때 사실을 지나치게 불려서 말해도 거짓이 되지만, 흔히 쓰는 말로 적당히 써 넘겨도 거짓스럽게 느껴지거나 '참 그렇지!' 하는 느낌이 나지 않는다. 사실을 정직하고 정확하게 써야 그 일로 해서 우러난 느낌이나 생각도 참된 것으로 가슴에 와닿는다.

이 밖에도 위의 글에는 "홀연히"라는 말이 나오는데, 그 자리에 이 말이 맞지 않다. 차라리 '홀연히'를 없애는 것이 좋겠다는 생각이 든다. 또 "무의식 상태에 있는 학생을"도 틀린 말은 아니지만 나 같으면 '지쳐서 잠들어 있는 학생을'이라고 쓰겠다.

이 글은 쓴 학생의 이름도 학교 이름도 밝혀져 있지 않다. 물론 밝힐 수가 없었던 것이리라. 이 정도의 글도 쓸 자유가 없고 발표할 자유가 없는 교육 현실이 답답하다. 이런 글을 마음대로 쓸 수 있고, 이런 글을 읽은 선생님들이 잘못을 뉘우치게 되고, 행정을 하는 사람은 참된 교육을 할 수 있도록 교육 행정을 바로잡게 되어야 비로소 민주 사회가 될 것이다.

실제로 행동한 것을
쓰게 한다

●

●

　최근에 와서 학생들에게 '글짓기' 공부가 꽤 강조되고 있다.
초등학교나 중고등학교의 문예부에서는 수십 년 전부터 '문
예' 공부라는 것을 하고 있었는데, 대개는 백일장이나 글짓기
대회 같은 행사에 대비해서 상 타기를 목표로 한 글재주를 익
히는 것이 아니면, 문인들의 글을 모방하는 것이 되어 있었다.
그런 이른바 '문예 교육'이 점점 치열해진 입시 경쟁 교육에
밀려나는 듯하더니, 얼마 전부터는 대학 입시에 주관식 문제
가 나오게 되고, 논술 고사를 하게 되자 종전에 하고 있던 잘
못된 '문예' 지도라는 글쓰기 지도가 또 다른 이상한 방향으로
부활이 되었다고 할 수 있다.
　학교에서 어쩌다가 글짓기 지도를 하고 있는 방법도 문제
고, 방학이 되어 학생들이 좀 자유롭게 창조하는 공부를 하고
생활을 하도록 해야 할 때에 곳곳에서 학생들을 불러 모아 '글
짓기'니 '문예'니 하는 강좌를 열고 있는 것이 정말 아이들의

마음과 삶을 키워 가는 교육으로 되어 있는 것인지 대단히 의심스럽다.

　학교든지 학원이든지 그 밖에 어떤 기업체에서 개설한 강좌든지, 그런 데서 아이들을 지도하는 목표가 백일장이나 글짓기 대회에 작품을 내어 상을 타거나 신문 잡지에 글을 내어서 이름을 내는 데 있다. 따라서 글의 겉모양을 근사하게 꾸미고 다듬어서 어른들 글을 흉내 내는 것이 글짓기 기술의 전부가 되어 있다. 이 상 타기 교육, 아이들의 이름을 내고 지도자의 이름을 내기 위한 교육이 얼마나 잘못되었는가 하는 것은 그런 행사에서 무슨 금상이니 최우수상이니 하는 것을 받았다는 글들이 얼마나 어른들의 글을 흉내 내었는가, 거짓말 재주를 익혀서 썼는가, 또는 흔히 남의 글을 그대로 베껴 내었거나 어른이 대신 써낸 글로 말썽이 났던가 하는 사실을 생각해도 알 수 있다.

　그러면 참된 글, 삶을 키워 갈 수 있는 글을 어떻게 하면 쓰게 될까? 거짓글과 흉내글로 아이들을 병들게 하는 교육에서 벗어나려면 어떻게 해야 할까?

　"자, 여러분, 무엇이든지 마음대로 쓰고 싶은 것을 쓰세요."

　아이들 앞에서 이렇게 말해 준다고 해서 곧 정직한 글, 순진한 삶의 글을 쓰게 되는 것이 아니다. 아이들은 너무나 오랫동안 잘못된 가르침으로 병들어 버렸다.

　"생각을 잘 다듬어야 합니다. 아름다운 생각이 아름다운 글을 낳습니다."

이와 같이 재미있는 생각, 아름다운 생각을 쓰라고 강조하면 어떻게 될까? 그 결과는 거의 모두 어른들의 글, 남의 글 흉내를 내게 된다. 왜 그런가 하면, 우리 아이들은 자기의 생각이 없다. 아이들이 가지고 있는 생각은 모두 어른들의 교과서와 참고서와 공문서와 신문 잡지와 텔레비전과 훈화 들로 집어넣은 온갖 지식과 관념으로 암기해 가지고 있는 것이다. 상상조차 책에 나오는 것에 지나지 않는다. 곧, 아이들은 생활이 없고 지식만 있는 것이다. 자기 자신의 생각을 가지려면 삶이 있어야 하는데, 오늘날의 교육은 학교고 가정이고 삶을 주지 않고, 다만 책을 읽고 쓰고 외우게 할 뿐이다. 아이들이 제 생각을 쓴다고 해서 써 놓은 것도 알고 보면 제 생각이 아니고 남의 생각이요, 책에서 배운 것, 선생님한테서 들은 것에 지나지 않는다. 삶이 없는 교육의 비극이 바로 이것이다.

그러니까 글쓰기를 할 때 아이들에게 편하게 '생각'을 쓰라고 강조해서는 결코 좋은 결과를 얻을 수 없다. '생각'보다도 '행위'요, '행동'이다. 언제, 어디서 누구하고, 무슨 일을, 어떻게 하였다는 '서사문' 쓰기가 중요한 까닭이 이렇다. 바로 자기가 한 일을 쓰게 되면 거기서는 남의 글이나 말을 흉내 낼 필요가 없게 되고, 도리어 그런 흉내는 방해만 된다. 정직한 글, 살아 있는 글은 이렇게 해서 나온다. 본 대로, 들은 대로, 한 대로 쓰는 이 서사문은 모든 글쓰기의 기본이다. 초등학생뿐 아니라 중고등학생도 이 서사문 쓰기 공부를 가장 힘들여 해야 한다. 대학생도 마찬가지다. 감상문 쓰기도 서사문 쓰기에서 발전해야 된다.

 서사문 쓰기가 중요하다는 것은 삶이 중요하다는 것이고, 글쓰기란 삶을 쓰는 것, 삶을 키워 가는 것임을 말하는 것이다.

부끄러운 일도
쓰게 한다

어른이든 아이든 남 앞에서 말을 할 때 부끄러워해서는 말을 잘 못한다. 글을 쓸 때도 부끄러워해서는 못 쓴다. 부끄러운 이야기는 안 쓰고 자랑거리를 쓰려고 하거나 남의 글을 흉내 내고 싶어 하는 마음이 되기 쉽다.

부끄러움은 어디서 오는 것일까? 부끄러움은 자기가 남보다 못하다는 느낌에서 온다. 이 느낌은 사실은 그 심성이 착하고 겸손하기에 우러난다. 부끄러움은 사람다운 감정인 것이다. 부끄러움이 없는 사람이 어떤 사람인가를 생각해 보라! 세상 어른들 가운데 있는 온갖 거짓말쟁이, 사기꾼, 뻔뻔스런 궤변가, 오만한 권위주의자, 독재자, 가슴에 번쩍번쩍 그 무엇을 자랑스럽게 달고 다니는 사람들…… 이들은 모두 부끄러움을 모르는 사람들이다.

그런데 우리가 살고 있는 이 고약한 세상은 부끄러워하지 않아도 될 것을 부끄럽게 여기도록 한다. 남보다 옷이 초라해서 부끄럽고, 남보다 키가 작아서 부끄럽고, 남보다 집이 작아서 부끄럽고, 지위가 낮아서 부끄럽고—이렇다. 이러한 겉모습과 물질을 견주는 데서 오는 모든 부끄러움은 인간이 본래 타고난 자연스런 심상이 아니고, 잘못된 사회 환경과 잘못된 교육 때문에 아주 어릴 때부터 점점 몸에 붙이게 되는 것이다. 병든 사회가 강요하는 이러한 부끄러움을 풀어 주는 것이 참 교육이요, 글쓰기의 중요한 목표가 되고 방법이 된다.

다음 글은 6학년 아이가 쓴 어느 날의 일기다.

엄마를 부끄럽게 여긴 나 강나영 서울 신명초 6학년

3교시에 선생님께서 여러 가지 이야기를 해 주셨다. 그중에는 선생님께서 아버지의 직업을 부끄럽게 여긴 적이 있었다고 한다. 그 말을 듣고 나는 몹시 부끄러웠다. 나도 엄마를 부끄럽게 여긴 적이 있었기 때문이다. 운동회를 며칠 앞두고 선생님께서 말씀하셨다. "집에 리어카 있는 아이 손들어 봐!" 하고 말씀하셨다. 그때 내 옆에 앉아 있던 영옥이가 "나영아, 너의 집에 있잖아" 하고 말했다. 그 말이 끝나기도 전에 아이들이 전부 들었는지 "강나영 있대요" 하고 말했다. 난 그때 너무 부끄러웠다. 우리는 그때 연탄 장사를 했다. 그래서 나는 어쩌다 한두 번 데리고 가서 뒷문으로 데리고 갔다. 왜냐면 내가 연탄 장사 딸이라면 아이들이 매일 놀릴 것이라고 생각했기 때문이다. 하지만 이제는 괜찮다. (1987. 12. 2.)

- 학급 문집 〈배워서 남 주자〉

이 글의 첫머리에 선생님께서 공부 시간에 아버지의 직업을 부끄럽게 여긴 적이 있다는 고백을 아이들 앞에서 하셨다고 했다. 선생님이 왜 그런 이야기를 하셨는가? 그것은 아이들이 갖는 잘못된 부끄러움의 감정을 풀어 없애 주어서 아이들이 사람다운 마음과 태도를 가지고 살아가도록 해 주고 싶어서 그랬던 것이 틀림없다. 참으로 훌륭한 교육을 하는 선생님이시다.

과연 이 글을 쓴 아이는 선생님의 그 이야기를 듣고 부끄러워했다. 이 부끄러움은, 자기도 엄마를 부끄럽게 여긴 일이 있기에 그 잘못된 부끄러움을 부끄러워한 것이니, 사람다운 느낌에서 나온 건강한 부끄러움이라 할 것이다. 그래서 이 아이는 자기가 가지고 있던 그 부끄러운 지난날을 선생님이 그렇게 하셨듯이 털어놓았다. 그 털어놓은 이야기가 뚜렷하고 자세하여 정말 이 아이가 진심으로 선생님의 가르침에 감동하였구나, 하는 생각이 든다. 참으로 좋은 글이다.

거듭하는 말이지만 가난이 부끄럽다고 느끼는 감정은 사회가 강요한 것이지 결코 아이들이 본래 가지고 있었던 마음이 아니다. 그것은 어린아이들의 행동을 살펴보면 누구나 곧 깨닫게 된다.

다음에 보이는 동시는 내가 겪었던 이야기를 그대로 쓴 것이다. 여기 나오는 아이의 이름도 실제 그대로다. 벌써 18년 전, 내가 잠시 어느 도시 학교에서 교사로 있었을 때, 어느 날 가정방문을 가는 길에서 있었던 일이다.

세상이 새롭게 보이더라―한나에게

"선생님
우리 아버지 저기 가네요,
저기 시커먼 옷 입고
연탄 리야카 끌고 가잖아요?"

아, 한나야!
너의 아버지가 저런 사람이었구나.
커다란 대문 집
텔레비전 앞에 앉아
화툿장이나 만지고 있을 줄 알았지!

조금도 부끄럼 없이
일하는 아버지의 얘기를 한다는 것은
얼마나 놀라운 일이냐?
너 같은 아이가 있다니!

한나야,
마음도 이름같이 예쁜 아이야.
나는 네가 갑자기 백 배나 더 귀엽게 보여
우리 한나가 제일이야! 하고
너를 안아 하늘 높이 올려 주고 싶더라.

그리고,

세상이 온통 새롭게 보이더라.

내 옆을 깡총거리며 가는 너의 동무들도

모두 모두 너로 인해 귀엽게만 귀엽게만 보이더라.

초등학교 3학년생이던 한나는 이런 태도를 누구에게 배웠을까? 1, 2학년 때의 어느 담임선생님한테서 배웠으리라고는 생각되지 않는다. 그 당시 그런 가르침을 줄 만한 마음이 깨어 있는 선생님을 나는 내 둘레에서 한 사람도 만나지 못했다. 부모의 가르침일까? 혹 그럴 수도 있으리라.

그런데 이 아이의 이런 말과 행동은 그야말로 천진한 어린이의 마음 그대로, 자연 그대로였다. 아이들은 본래 누구든지 이런 마음을 가졌는데, 나이가 더할수록 어른들을 따라 겉모양으로 사람의 값을 매기게 되고, 당치도 않은 열등감을 가지게 되어 부끄러워한다. 그래서 어느 시기에 부모나 교사가 열등감을 풀어 주지 못하면 이 감정은 다른 모든 사람다운 감정을 압도해서 짓눌러 버린다. 아무리 많은 지식을 가르치고 예의범절과 생활 버릇을 몸에 붙여 놓는다고 해도 열등감에서 오는 부끄러움을 풀어 없애 주지 못할 때 교육을 했다고 할 수 없는 까닭이 여기에 있다.

가난과 함께, 공부를 못하는 아이들이 갖는 부끄러움을 풀어 주는 일도 지극히 중요하다.

나　이영식 서울 은석초 3학년

내 이름은 이영식.
별명은 영라면, 식당.
나는 그전 쩍에 책상을 한 손으로 들었다.
아이들도 들고, 의자도 든다.
아이 두 명을 업을 수도 있고,
가벼운 아이는 어깨다가 놓기도 한다.
- 학급 문집 〈옹달샘〉

　이 아이의 담임선생님은 점수만이 제일이라고 하여 아이들
을 채찍질하는 오늘날의 교육 풍조 속에 빠져 있지 않고, 참으
로 건강한 아이들의 세계를 지켜 주고 있다. 시험 점수보다 어
린이다운 착한 심성과 건강, 그리고 세상을 살아가면서 실제
로 부딪히는 온갖 삶의 문제를 처리하고 풀어 가는 힘이 한결
더 중요하고 이런 것이 진정한 학력이 되어야 함은 말할 나위
도 없다.

나의 걱정　이순화 경기 남양주 심석초 6학년

공장에 갈까
아니면
학교를 다닐까

나는 곰곰이 생각한다.

할머니는 날더러
"설 시고 고모 인 데 가제"
하고 말을 하였다.

나는 그 말을 듣고
"예"
하려고 해도 걱정
걱정이 태산같이 안 하려고 해도 걱정

나는 한밤에
혼자서 곰곰이 생각했다.
설 시고 고모에게 가
공장에 다니기로 결심했다.
– 학급 문집 〈푸른 솔〉

부끄러움을 없애 주는 교육은 이렇게 중학교에도 못 가는 아이들이 당당하게 일하면서 살아가도록 하는 데까지 이르러야 비로소 훌륭한 열매를 맺을 수 있다. 이런 교육의 가장 좋은 방법이 바로 글쓰기다.

거짓글을
왜 쓰게 될까

신문이나 잡지에 실려 나오는 아이들의 글을 보면 거짓글이 너무 많다. 아이들이 왜 이렇게 거짓글을 쓸까? 자기가 보고 듣고 행한 것을 그대로 정직하게 쓰면 쉽고, 또 재미가 나서 자꾸 쓰고 싶기도 하다. 그러나 보지도 않은 것을 본 것처럼, 하지도 않은 것을 한 것처럼 꾸며 쓰기란 힘이 들고, 재미가 없고, 고통스럽다. 그런 고통을 참고 써 놓아도 거짓이 어쩔 수 없이 나타나서 보기가 싫어지고, 남들도 그렇게 본다. 그런데 왜 그런 거짓글을 쓰게 될까?

그것은 어른들이 시키기 때문이다. 학교의 선생님들과 그밖에 글짓기나 문예 지도를 한다는 선생님들이 거짓글을 장려하는 것이다. 아이들은 본래 정직하여 바르게 살아가려고 하지만, 어른들이 아이들을 병들게 한다.

오늘 일기 검사 날인데 나는 일주일도 더 안 썼다. 그래서 4학년 때 일기를 보고 그대로 베꼈다. 점심시간 일기장 검사를 할 때 가슴이 두근두근했다. 그런데 선생님은 대강 보시고 잘 썼다고 도장을 찍어 주셨다. 후유, 나는 한숨을 쉬었다. 앞으로 일기를 하루도 빼먹지 않고 꼭꼭 쓰겠다.

어느 도시에 사는 5학년 아이의 일기글이다. 이 아이는 여러 날 일기를 안 써서 갑자기 다 쓰려니 힘들고, 쓸 수도 없어 할 수 없이 작년에 써 두었던 일기를 보고 그대로 베꼈다고 했다. 거짓을 쓴 것이다.

일기를 안 썼으면 안 쓴 그대로, 그 전날 것이나 써서 내지 않고 왜 그렇게 작년 것을 베껴 내었을까? 그것은 벌을 받지 않기 위해서이고, 일기를 잘 쓴 것처럼 보이면 그만이기 때문이다. 선생님이 거짓으로 쓰라고는 하지 않았을 것이다. 그러나 일기를 쓰고 싶게 만들어 주지는 않고 덮어놓고 쓰라고만 하고, 그것도 날마다 빠짐없이 쓰도록 검사를 하니 억지로라도 날짜를 다 채워 넣게 되고, 그러니까 더욱 쓰기 싫어지고, 아무것이나 자리만 메우려고 하다 보니 거짓글이 되는 것이다.

그래도 앞의 일기를 쓴 아이는 자기가 거짓 일기를 쓴 사실을 정직하게 밝혀 놓았다.

일기와 같이 자주 검사를 받는 글이 아니고 어쩌다 자유롭게 쓰는 글이라고 하더라도 선생님의 칭찬이나 나무람의 말 한마디로 아이들이 쓰는 글은 그 방향이 결정된다.

우리 선생님   초6학년

파릇파릇 새싹은
푸른색이고
어여쁜 장미는
빨간색인데

우리 선생님 마음은
무슨 색일까?

수줍은 진달래빛
분홍색일까?

아니면 깨끗한 눈송이
하얀색일까?

아마도 졸졸졸
시냇물 같은
맑은 색이겠지.

  이것을 거짓글이라고 딱 잘라 말하면 지나친 말일까? 그러
나 진정이 나타나지 않은 글, 머리로 만들어 낸 글임은 틀림없
다. 이것은 시가 될 수 없다. 이런 것을 쓰면 우리 선생님이 반

가워하시겠지 하여 듣기 좋고 재미있는 말로 지어 만든 것이다. 아이들이 선생님께 잘 보이려고 하는 것이 반드시 나쁘다고 할 수는 없지만, 이런 글을 칭찬하여 진정한 속마음을 드러내지 못하게 하는 선생님은 결국 거짓글을 쓰도록 가르치는 사람이라 할밖에 없다. 이런 글이 잘되었다고 좋아하는 선생님은 '선생님' '우리 교실' 따위 제목만 내어 주어도 그 학급 아이들은 다투어 선생님을 찬양하고, 학급 자랑만 쓴다. 아무리 자기 선생님이 밉거나 무서워도, 아무리 자기 학급에 문젯거리가 많아도 그런 얘기는 한마디도 쓸 수 없게 된다.

이렇게 무엇이든지 그 실상과는 달리 겉모양만 곱게 꾸며 보이는 글이 얼마나 많은가? 책에 실려 나오는 거의 모든 아이들의 글, 무슨 상을 탔다는 거의 모든 아이들의 글이 이런 거짓글이라고 나는 본다.

그런데 선생님께 잘 보이려고 하다 보니 저도 몰래 거짓스런 글이 된 것이 아니고 처음부터 거짓 얘기를 쓰기도 한다. 아이들이 쓴 일기에도 착한 아이가 된 것처럼 보이려고 꾸며 만든 글을 자주 만나게 된다. 예를 들면 싸웠다든지, 시험을 칠 때 옆의 아이 것을 보고 썼다든지, 돈을 주워서 파출소에 갖다 주지 않고 과자를 사 먹었다든지, 이런 얘기를 써 놓고는 마지막에 가서 반드시 '나는 앞으로 안 싸우겠습니다' '남의 답안을 보지 않겠습니다' '돈을 주우면 반드시 파출소에 갖다 드리겠습니다' 하고 써 놓는다. 이것은 진정으로 그렇게 뉘우쳐서 쓴 것이 아니고 대개는 '이렇게 써야 일기글이 된다'는 잘못된 생각에서 쓴 것인데, 이런 생각과 태도는 선생님들이 가르치고 강요한 것이다. 그리고 또 글의 마지막에 '나는 동생을 때리지 않겠습니다' 하는 결론을 내리기 위해 그 앞에다 써 놓은 싸움의 얘기나 군것질한 얘기조차 흔히 거짓으로 만들어 낸다.

이런 글의 틀(잘못하거나 실패한 이야기—반성—착한 아이처럼 됨)은 선생님의 검사를 맡아야 하는 아이들의 일기에도 흔하게 나타나지만, 한 달에도 몇 차례씩 전국의 아이들이 다 같이 써야 하는 '저축' '질서' '불조심' '납세' '국산품 애용'…… 따위 제목의 글에서는 더욱 뚜렷하게 나타난다. 이런 글은 처음부터 거짓을 꾸며 쓴 것이고, 그런 거짓 꾸밈의 글을 익히는 것이 흔히 문예반 아이들의 공부로 되어 있다.

집에서 숙제를 하고 있는데, 작은 몽당연필이 내 눈에 띄었다. 나는 가만 내버려 두고 숙제를 계속하고 있는데, 엄마께서 "이 연필 볼펜대에 끼워 써도 되는데 이렇게 아무 데나 놓아두어도 되니?"하시며 야단을 치셨다. 그렇게 말씀하신 후 몽당연필을 연필꽂이에 꽂아 두셨다.

나는 "괜히 이 몽당연필 때문에 나만 혼났잖아" 하며 쓰레기통에 넣으려고 하는데, 선생님이 하신 말씀이 떠올랐다.

선생님께서는 이런 말씀을 하셨다.

"하찮은 물건이라도 아껴 쓰며 절약하는 마음을 길러야 한다."

나는 새삼 느꼈다. 작은 몽당연필이라도 아껴 써야 한다고.

이 작은 몽당연필이 나에게 절약하는 마음을 길러 준 것 같다.

이 글을 잠시 살펴보자. "집에서 숙제를 하고 있는데, 작은 몽당연필이 내 눈에 띄었다"고 했다. 그 몽당연필이 방바닥에 있었는지 책상 위에 있었는지, 어디에 있었는지 나타나 있지 않다. 자기가 실제로 겪은 사실을 쓴 글이라면 결코 이렇게 쓰지는 않는다.

그런데 엄마가 야단치셨다는 것도 억지로 만든 말이다. 그런 일로 야단칠 어머니가 있을까? 다음에 엄마가 꽂아 둔 몽당연필을 쓰레기통에 버리려고 했다는 말도 부자연스럽고, 그것을 버리려고 하다가 갑자기 선생님의 말씀이 생각나서 "절약하는 마음"으로 돌아간 착한 아이가 되었다는 것이 너무 빤히 들여다보이는 거짓 얘기가 되어 있다.

아이들이 왜 이런 거짓글을 쓰게 될까?

저금이니 절약이니 하여 학교에서 아이들 교육을 잘한 것처럼 보이기 위해 선생님들은 아이들에게 이런 기막힌 글재주를 가르친다. 이런 거짓글을 만드는 기술을 익히는 것이 글짓기 공부요, 문예 공부다. 참 한심하다. 이런 글을 좋은 글이라고 뽑아서 신문에도 내고 잡지에도 내고 하는 어른들이(문학을 한다는) 또 있어서 우리 나라의 아이들은 도시고 농촌이고 할 것 없이 온통 거짓글 만들어 내는 기막힌 노릇을 예사로 하고 있다. 그래서 정직하게 자신의 이야기를 쓸 줄 모르고, 쓰는 것을 부끄러워하는 못난 사람이 되어 가고 있다. 자신의 문제를 생각할 줄 모르고, 남의 것만 쳐다보면서 얼이 빠져 있는 바보가 되어 가고 있다.

모방하는 글쓰기
창조하는 글쓰기

●
●

　모방은 흉내를 내는 것이다. 창조는 새로운 것을 만드는 것이다. 글쓰기는 모방일까? 창조일까?

　어떤 사람들은 모방이라고 말한다. 창조도 처음에는 모방으로 시작해서 창조에 이르게 된다고 말한다. 그러나 그것은 아주 잘못된 말이다. 글쓰기가 모방하는 공부라고 말하는 사람은 어린이가 본래 가지고 있는 천품과 재능을 아주 무시하여 그것을 짓밟아 버린다. 그래서 재미없는 어른들의 글을 본보기로 하여 흉내를 내게 한다. 그 결과 어린이가 쓴 글은 맛도 없는 죽은 글이 된다.

　다음 시 두 편을 읽어 보자. 어느 글이 모방하여 썼고, 어느 글이 진정한 제 마음을 자유롭게 쓴 창조의 글일까?

내 동생　여학생 초 5학년

내 동생은 내 동생은
욕심꾸러기.
지우개도 장난감도
빼앗으니까.

내 동생은 내 동생은
장난꾸러기.
사이좋게 친구들과 놀 때면
언제든지 찾아와서
방해하니까.

내 동생은 내 동생은
잠꾸러기.
학교 갈 때 제일 늦게 일어나
학교 가니까.

내 동생 지희　남학생 초 4학년

내 동생 지희는
거의 1년 동안이나
목이 아파 왔다.
병원에 가도 안 되어서
엄마하고 같이

태백 기도원에 가 있다.
그래서 아버지하고 내하고
둘이 밥해 먹고 있다.
나는 밥을 먹다가도
동생을 생각하면 눈물이 난다.
오늘도 반찬은 김지 멸치
이 두 가지로 먹는다.
아버지는 직장에 나가야 하기 때문에
아침에 밥을 지으면
하루 동안 먹어야 한다.
밥이 모자라면 저녁에는
굶든지 돈이 있으면
빵을 사 먹는다.

나는 엄마의 반찬 솜씨와
밥을 먹어 봤으면 좋겠다.
동생과 놀이터에 가서
그네도 같이 타며
즐겁게 놀고 싶다.
나는 엄마하고 동생하고
같이 살고 싶다. (1986.)

위의 두 글을 견주어 보자. 첫 번째 글은 흔히 신문이나 잡지에 나오는 동시라는 것을 누구나 쉽게 알 수 있다. 이런 글은 머리로 잔재주를 부려서 꾸며 만들었구나 하는 느낌이 들 뿐이지, 결코 '참 그렇구나!' 하는 감동을 받을 수 없다. 그러나 두 번째 글은 이 어린이의 참마음이 느껴진다. 곧 감동을 받게 된다. 왜 그럴까? 그 까닭은 첫 번째 글은 모방, 곧 흉내로 쓴 글이고, 두 번째 글은 자기의 삶과 참마음을 쓴 글, 곧 창조한 글이기 때문이다.

다시 이 글들을 어떤 길로 썼는가를 살펴보면, 첫 번째 글은 어른들이 쓴 어떤 동시를 배우고 나서 그 동시와 같은 형식으로 쓰게 했다. 1연, 2연, 3연—이렇게 세 연으로 짜서 한 연마다 동생의 특징 한 가지씩을 생각해 내어서 말을 맞추어 놓았다. 이것이 교과서에서 배우는 동시 쓰기다. 이렇게 해서 어떤 글의 틀에다가, 그 안에 담을 내용까지 흉내를 내게 하니까 살아 있는 글이 될 리가 없다.

그러나 두 번째 글은 아무런 틀도 내용도 모방하지 않았다. 이 글을 쓰기 전에 어떤 글을 보았을 수도 있지만 그 글을 흉내 내어 쓴 것이 아니다. 꼭 쓰고 싶은 것, 가장 하고 싶었던 말을 아무런 틀에도 매이지 않고 마음껏 썼을 뿐이다. 만약 쓰기 전에 어떤 글을 보고 거기서 영향을 받았다면 '글이란 이렇게 가장 절실한 자기의 마음을 쓰는구나' '나도 내 마음을 써 보자' '내 얘기를 해 보자' 하는 태도였을 것이다.

그러니까 우리가 글쓰기를 하려고 할 때 어떤 글에서 배우는 것은 그 속에 담긴 삶의 정직함, 말의 솔직함과 정확함, 자기 것의 발견과 깨달음이다. 그래서 나도 내 마음, 내 얘기를 써야겠구나, 하는 것이다. 이것은 모방이 아니고 자기를 표현하여 창조하는 태도가 되는 것이다. 그런데 글의 어떤 형식이나 어떤 내용을 본받게 되면 제 것을 잃어버린다. 모방은 자기의 마음과 삶, 자기의 재질을 스스로 짓밟아 죽인다. 그 가운데서도 우리 나라 전체 어린이들의 마음을 아주 무시한, 어른들 멋대로의 생각을 어린이들에게 강제로 쓰게 하는 짓이다.

이번에는 이야기글 두 편을 견주어 보자.

부모님 은혜   여학생 초 6학년

부모님은 우리를 낳아 주시고 길러 주시는 분들입니다. 만약 부모님이 계시지 않았다면 우리는 이 세상에 있을 수 없었을 것입니다. 그래서 우리는 부모님을 생명의 은인으로 알아야 한다고 생각합니다. 내가 무슨 잘못을 저지르면 어머니는 꾸중하십니다. 그러면 내가 왜 그랬던가 하고 반성을 하게 됩니다. 그리고 다음부터는 그러지 않아야지 다짐을 하게 됩니다. 우리들은 부모님의 은혜를 잘 모릅니다.

우리를 낳아 주시고 길러 주신 부모님을 평생 잊지 말아야 하겠습니다. 부모님 말씀을 잘 듣고 공부 열심히 하는 착한 사람이 됩시다.

술 챈 아버지   여학생 초 4학년

시간을 마치고 집으로 왔다. 아버지께서는 술이 채셨다. 아버지가 가방을 벗어 놓고 부엌에 오라고 하셨다. 그래서 부엌에 가 보니 아버지께서 밥 먹을래 안 먹을래 그랬다. 안 먹는다고 하니 아버지가 놀로 가라고 하셨다. 맨 처음에는 놀로 가라고 하는 소리를 안 들었다. 그러니 아버지께서 큰 몽댕이로 머리를 때렸다. 아파서 나갈 때 울음이 나올라고 했다.

고무줄을 하고 있는데 아버지가 불렀다. 그래서 가 보니 아버지께서 승권이 불러 온나 하셨다. 오빠를 불러로 갔다. 가서 늦게까지 있으니 아버지가 또 불러면서 몽댕이로 맞아야 하나 그랬다. 속으로 아버지가 미웠다. 아버지가 술이 너무 많이 채서 무섭는 것 같았다.

숙제를 하는데도 아버지가 상방에 누가 불을 켜 놨노 하면서 방문을 열으셨다. 아버지께서 책을 들고 나온나고 하셨다. 나가니 아버지께서 들어가서 공부해라고 하셨다.

엄마도 없는데 아버지가 술을 먹고 채서 집으로 오는 게 무슨 말이 되노. 아버지가 술 챘는 것을 엄마가 알면 싸우겠구나 생각했다. 술 챈 아버지는 우리 아버지가 아니라고 생각했다.

＊채셨다: 취하셨다.　　＊몽댕이: 몽둥이.

＊불러 온나: 불러 와라.　　＊불러로: 부르러.

＊무섭는: 무서운.　　＊나온나: 나와라.

이 두 글에서 어느 편이 우리의 마음을 움직이는가? 첫 번째 보기글은 그 내용에서 잘못된 말은 한마디도 없다. 그러나 그런 것은 누구나 다 알고 있는 것이다. 거기에는 조금도 글쓴이만이 가진 삶이나 생각이 없다. 그리고 이런 글은 학교에서 '부모님께 효도, 나라에 충성'하는 가르침이 잘되어 있다는 것을 보여 주기 위해 어린이들에게 쓰게 한 것이다. 개성(글쓴이만이 가진 마음)이 없고 삶이 없는 글이요, 어른들의 교훈을 대신해서 외치는 말이다.

그러나 두 번째 보기글은 이 글을 쓴 어린이 자신의 삶이요, 말이다. 여기 나온 아버지는 그 어느 다른 아버지도 될 수 없고 오직 이 어린이의 아버지다. 그래서 살아 있는 글이 되었다. 앞의 글이 어른 생각의 모방인데 견주어 뒤의 글은 훌륭한 창조의 글이 되었다고 하겠다.

한 가지 더 생각해 두어야 할 것은, 교실에서 선생님이 "부모의 은혜가 하늘 같고 바다 같다는 글을 써라"고 했을 때, 두 번째 보기글을 써야 할 아이는 어찌 되겠는가 하는 것이다. 조금도 자기의 마음에는 없는 다른 부모들의 이야기를 써야 할 것이다. 얼마나 많은 어린이들이 이렇게 하여 자기표현을 못하고 죽은 글 흉내를 내면서 그 마음이 병들었을까? 여기 첫번째 보기글을 쓴 어린이도 그런 어린이일지 모른다. 실제 자기 부모 이야기는 한마디도 없으니 말이다.

문학작품을
흉내 내서는 안 된다

어른들은 아이들을 잘못 키우고 있다. 아이들을 어리석고 미개한 상태에 있는 인간이라고 보고, 그 아이들을 어른들이 생각하고 있는 곳으로 끌어가려고 한다. 지식을 가르치고 좋은 버릇을 들이려고 하는 것은 나쁘다고 할 수 없다. 그런데 머릿속에 온갖 잡동사니 지식을 쑤셔 넣도록 경쟁을 붙이고, 아이들을 하루빨리 병든 어른이 되게 하려고 채찍질한다. 어머니들은 아기들에게 어른들이나 보고 좋아할 옷을 입혀 놓고는 흐뭇해한다.

아이들이 말하는 거짓말은 모두 어른들한테서 배운 것이다. 욕지거리도 싸움도 그렇다. 계획을 세워서 하는 교육에서도 어른들은 아이들에게 어른 흉내를 내게 한다. 그림을 그릴 때도 어른들의 그림을 따라 그리게 하고 색칠을 하게 한다. 웅변 대회니 동화 대회니 하여 괴상한 몸짓과 목소리로 어른들 흉내를 내게 하는 것은 세상이 다 아는 사실이다. 노래는 노랫말이고 곡이고 어른이 지은 것을 그대로 따라 부르게만 한다.

생각을 키워 가고 삶을 가꾸어야 하는 글쓰기만은 그렇지 않아야 하는데, 이것도 마찬가지다. 이래서 아이들이 크면 사람을 잡아 죽이는 끔찍한 전쟁도 아무 생각 없이 할 수 있게 된다. 아이들이 얼마나 전쟁놀이를 신나게 하는가? 모두 어른 따라 하는 짓이다.

아이들이 참된 사람으로 자라나야 한다. 그러기 위해서 어른 흉내를 내지 말도록 해야 한다. 흉내를 내어야 사람이 되는 것이 아니다. 제 마음을 지키고 가꾸어야 사람이 된다. 흉내는 사람이 안 되게 한다. 어른의 세계보다 아이의 세계가 더 참되고 아름답다. 깨끗하고 바른 아이들의 세계는 모든 인간이 이상으로 생각하는 세계가 될 수 있다. 아이들의 마음을 지키고 가꾸기 위해서 무엇보다도 정직하게 글을 쓰는 공부를 하게 해야 한다. 글쓰기야말로 아이들의 마음과 삶을 지키고 가꾸는 가장 좋은 공부다.

깨끗하고 바른 어린이 세계라고 할 때, 하늘에 뜬 무지개나 꽃밭의 꽃 같은 곱고 아름답기만 한 세계를 말하는 것이 아니다. 아이들이 어른들의 무지와 억압에 시달리고 괴로워하는 현실에서, 병들지 않고 오염되지 않으면서 자기 마음을 지키고 살아가는 세계를 말한다.

냄새난다 정필자 경북 울진 온정초 4학년

선생님이 내 몸에

냄새난다고 하셨다.

그렇지만 돈이 없어서

목욕을 할 수 없다.

내가 엄마한테

목욕하고 싶다고 해도

돈 없다 한다.

거랑에서 하고 싶지만

추워서 못 한다.

온천물이 쏟아져도

나는 못 간다. (1986.)

　* 거랑: 냇물.

　이 아이는 온천 마을에 살면서도 돈이 없어 목욕을 못 한다.
선생님은 몸에 냄새가 난다고 이 아이를 싫어하신다. 아마 한
반에서 공부하는 아이들 가운데도 이 아이를 싫어하여 곁에도
오지 않으려는 아이가 있을 것이다. 이런 경우 대개는 이런 삶
의 이야기를 글로 쓰지는 않는다. 부끄럽다고 숨겨 놓고, 그 대
신 자신의 삶을 떠난 다른 이야기, 보기 좋은 이야기를 쓰려고
한다.

　아이들이 배우는 국어책도 정직한 자기 자신의 이야기를 쓰
지 못하게 하고 있다. 글의 형식도 이렇게 자유롭게 쓴 시는
한 편도 나와 있지 않고, 내용은 삶이 아주 없는 것으로 되어

있는 어른들의 글, 곧 문학작품이라는 것이다. 그런 문학작품을 흉내 내는 짓을 가르치면서 선생님들은 '어두운 이야기'를 쓰지 말라고 하고 '명랑한 글'을 쓰라고 가르친다.

더구나 '동시'라고 하는 어른들의 문학작품을 가르칠 때는 연을 몇 개로 나누어 재미있겠다 싶은 생각을 짜서 맞추는 글재주를 부리게 한다. 그러니 그렇게 써진 글에서 감동이 느껴질 수 없는 것은 당연하다. 이것은 아이들의 마음과 생활을 그대로 정직하게 써서는 글이고 문학이고 될 수 없으니 실제의 삶은 일체 보지 말고 어른들이 써 놓은 예술의 향기가 넘치는 문학작품을 모방해야 교육이 된다고 하는 어처구니없는 주장에서 나온 것이다. 아이들의 목숨을 짓밟아 죽이는 교육이다.

그런데 앞에 보인 글을 쓴 아이는 어떻게 해서 그런 글을 쓸 수 있었을까? 여기에는 정직한 글을 쓰게 한 교육자의 참된 가르침이 있었다고 본다. 아이들의 세계를 믿고 그 세계를 지키려는 교육자의 노력 없이 결코 이런 글이 써질 수 없다.

다음은 전국 규모의 어느 백일장에서 장원으로 뽑힌 작품이다.

물결 초 6학년

서쪽 지평선으로
해님이 물에
반쯤 잠기면,

바다는 출렁대며
조금씩 조금씩
비늘을 돋군다.

점심나절 내내
새파랗던 바다가
하늘에
노을의 붉은빛
나타내며는

바다는
빠알간
몸뚱이를 드러내며
물장구를 친다.

교회의 종소리가
온 누리에
울려 퍼지면

그
은은한
종소리에 맞춰서
바다는 물결 위에

잔 미소를 띄운다.

이 시를 읽은 분들에게 나는 다음 두 가지를 물어보고 싶다.
첫째, 어떤 감동을 받았는가?
둘째, 감동이 없다면 그 까닭이 어디에 있는가?
먼저 첫째 물음인데, 남들은 어떤지 모르겠지만 나로서는
아무런 감흥이 나지 않는다. 제법 근사하게 말을 만들어 내었
다는 느낌밖에는 아무것도 없다. 그러니 이것은 결코 좋은 시
가 못 된다. 좋은 시는커녕 시로서 낙제다. 아무리 근사하게 잘
썼다 싶어도 가슴에 울려오는 것이 없으면 그것은 시가 될 수
없으니까. '그럴듯하다' '시같이 써졌다'는 느낌만 난다면 그
것은 가짜 시다.
다음 물음, 이 작품에서 왜 감동을 얻을 수 없을까?
두 가지 이유 때문이다. 하나는 삶이 없다는 것, 또 하나는
머리로 만들어 내었다는 것이다. 이 작품에는 글을 쓴 아이의
삶이 아주 없다. 삶이 없으니 감동을 줄 리가 없다. 아이들의
글은 삶이 없이 써질 수가 없다. 그런데도 삶이 없는 글이 아
이들의 이름으로 써져 나왔다고 하면 그런 글은 머리로 만들
어 낸 것이다. 머리로 만들어 내었다는 것은 사실이 없이 말만
꾸며 맞추어 놓았다는 것이다. 다시 말하면 흉내를 내었다는
것이다.
누구의 흉내를 낼까? 어른들이 쓴 글을 흉내 낸 것이다. 아
이들에게 읽히는 시가 어른들이 써 놓은 말장난의 시, 자연의

경치 같은 것을 글감으로 하여 말재주만을 피워 놓은 시뿐이다. 그런 것을 시니 동시니 하여 아이들에게 읽힌 다음 다시 그런 것을 쓰라고 하니, 그와 비슷한 말을 적당히 만들어 내게 된다. 이것이 오늘날 우리 나라 대부분의 아이들이 쓰는 동시다.

어른들은 흔히 머리로 글을 만들어 낸다. 어른들도 머리로 글을 만들어 내서는 안 되고, 사실과 진실을 정직하게 곧 가슴으로 온몸으로 글을 써야 하지만, 아직 어른들은 머리로 글재주를 부리는 사람이 아주 많다. 어른들은 그렇다고 하더라도 아이들은 그럴 수가 없다. 아이들은 머리로 생각으로 살아갈 수가 없고, 어디까지나 온몸으로 살아가기 때문이다. 그러니 아이들이 어른들의 글을 흉내 내어서는 결코 안 된다. 아이들의 글을 문학작품이니 문예 작품이니 하여서는 안 되는 까닭이 여기에 있다. 아이들의 시를 동시라고 말하지 않는 까닭도 여기에 있다.

아이들이 쓴 글이 어른의 문학작품보다 깊은 감동을 주는 수가 있다면 어른의 글을 흉내 내었기 때문이 아니고 아이들만이 가진 느낌이나 생각, 삶이 정직하게 나타났기 때문이다.

어른 흉내를
내지 않게 한다

신문이나 잡지에 실려 나오는 아이들의 글을 보면 아주 근사하게 잘 쓴 것 같은 글이 많다. 더구나 무슨 상을 받았다는 글이 그렇다. 그래서 '아하, 별로 감동이 느껴지는 것이 없는데도 뭔가 근사하게 보이는 글, 잘 쓴 것같이 보이는 글을 덮어놓고 좋지 못한 것이라 했지. 남의 흉내를 낸 것, 대신 써 준 글이라 했지. 그게 바로 이런 글이구나' 하는 생각이 들어도 막상 그렇게 작정해서 무시해 넘기려니 자신이 안 선다. 이렇게 훌륭해 보이는 잡지나 신문에 어떻게 그런 엉터리 글을 실을 수 있을까, 이런 유명한 문학가란 사람들이 뽑은 글인데 어떻게 거짓스런 글을 뽑을 수 있을까, 하는 느낌이 든다. 이럴 때 어떻게 하면 좋을까?

아이들이 자기 자신의 마음을 정직하게 나타낸 글과, 어른의 흉내를 내거나 어른이 대신 써 준 글을 구별하는 아주 좋은 방법이 없을까?

이 문제에 대해서는 지금까지도 말했지만, 여기서는 좀 다른 각도에서 글을 보는 방법을 말해 보겠다.

내 옆에 묵은 어린이 잡지 한 권이 있기에 펴 보니 마침 아이들이 썼다는 '동시'가 몇 편 있다. 다음은 2학년 아이가 쓴 것으로 되어 있는 '금상'을 받은 작품이다.

교실　초2학년

친구들이 조잘거리다
돌아간 우리 교실,
연기처럼 모락모락
피어오르는 귀여운 이야기들.
소꿉놀이 돌담을 쌓고,
비행기를 만들어
날려 본 이야기.
먹는 자랑
엄마 자랑
예쁜 얼굴들.
아이들이 떠나간 빈 교실에
웃음과 이야기들만 남아서
맴을 돈다.

아이의 이름으로 된 '동시'인데, 이것은 내가 보기로는 2학

년 아이가 쓴 것이 아니다. 선생님이 대신 써서 아이 이름으로
발표한 것이라 본다. 그 까닭은, 공부를 마치고 아이들이 다 돌
아간 빈 교실에서 2학년 아이가 혼자 이렇게 앉아 공상에 젖
어 있는 일은 있을 수 없기 때문이다.

　더구나 "연기처럼 모락모락/ 피어오르는 귀여운 이야기들"
하는 것이나, "소꿉놀이 돌담을 쌓고,/ 비행기를 만들어/ 날려
본 이야기./ 먹는 자랑/ 엄마 자랑/ 예쁜 얼굴들" 하는 말들이
모두 어른이 아이들을 귀엽게 보고 생각하는 태도이지, 아이
들 자신의 마음을 나타낸 말은 아니다. 또 우리 나라 아이들이
아무리 저학년이라도 교실에서 소꿉놀이 같은 것을 할 시간은
없다. 맨 끝에 가서 "웃음과 이야기들만 남아서/ 맴을 돈다"고
하여 이상한 말재주를 부려 놓은 것도 어른의 짓임이 뚜렷하
다.

　이런 어른 냄새가 무럭무럭 나는 글을 '금상'이라 해서 뽑아
자랑하고 싣는 것이 우리 나라의 잡지요, 신문이다.

　또 한 편을 들겠다. 이것은 6학년 아이가 썼다고 되어 있는
데, 실제로 썼는지도 모른다.

꽃씨　초6학년

까아만 꽃씨 속에
자물통이 채워져 있다.
아무리 열려 해도 열리지 않는

단단한 자물통이 채워져 있다.

저 조그마한 비밀의 방 속에
무엇이 들어 있길래
저리도 단단한
자물통을 채워 뒀을까?

노랑, 빨강 꽃잎이 들어 있을까?
향기로운 향기가 들어 있을까?

저 조그마한 비밀의 방을
살짝
쪼개어 보고 싶구나.

　꽃씨를 보고 그 속에 온갖 고운 색깔들의 꽃잎과 향기가 들
어 있을지도 모르는데, 그 방을 자물통으로 잠가 놓았다고 생
각한다. 참 재미있는 생각 같다. 그러나 꽃씨 속에 온갖 색깔의
꽃이 감추어져 있다는 생각은 누구나 할 수 있는 너무나 흔해
빠진 생각이다. 이런 생각은 시로나 동화로 적지 않게 나왔다.
이것은 그런 작품의 흉내에 지나지 않으며, 아무것도 새로운
발견이나 깨달음이 없다. 이런 꽃씨에 대한 생각을 쓴 맨 처음
의 글은 아마도 최계락 선생이 쓴 다음 작품일 것이다.

꽃씨 최계락

꽃씨 속에는
파아란 잎이 하늘거린다.

꽃씨 속에는
빠알가니 꽃도 피면서 있고

꽃씨 속에는
노오란 나비 떼도 숨어 있다.
- 동시집 《꽃씨》(1959)

최 선생의 이 '꽃씨' 이후 수많은 흉내글이 나왔다. 먼저 이 최 선생의 '꽃씨'와 앞의 아이가 쓴 '꽃씨'를 견주어 봐도 그 바탕이 너무 닮았다. 6학년 아이가 쓴 글에는 비밀의 방에 자물통이 채워져 있다는 것이 덧붙어 있는데, 이것은 이미 남들이 써 놓은 작품에다가 얕은 손재주를 더해 놓은 데 지나지 않는다. 시가 이래서는 안 된다. 머릿속의 꾀나 손재주로는 결코 쓸 수 없는 것이 어린이의 시다.

다음 시는 어떠한가?

난로 권현석 경북 울진 온정초 4학년

난로는 교실에 들어앉아 있으면서
불도 피우지 않고 뭐하노.
아이고 추워라.
잇빨이 우들들들.
난로를 만져 보니
얼음 같다.
우리가 추운 게 아니고
난로가 더 춥다. (1986. 12.)

추운 겨울날, 학교에 와서 교실에 들어와 보니 불도 피우지
않아 "잇빨"이 저절로 떨린다. 혹시 난로를 피워 놓았는가 싶
어 가까이 가서 손을 대 보았더니 얼음같이 싸늘하다. 아이고
차라!

우리가 추운 게 아니고
난로가 더 춥다.

이것은 실제 그런 체험이 없이는 결코 머리로 생각해 낼 수
없고, 손재주로 쓸 수 없는 말이다. '참 그렇겠구나!' 하는 느
낌이 드는 시, 이것이 진짜 시다. 여기에는 어른의 냄새가 없
다. 아이의 삶과 마음이 있을 뿐이다. 한 편 더 든다.

고양이 이길동 경북 울진 온정초 4학년

집에 와 보니까

우리 어머니께서

고양이가 죽었다고 해서

나는 눈물이 핑 돌았습니다.

나는 고양이가 참

안 죽었으면 좋겠는데

고기 먹다가 얹혔는지는 몰라도

고기 먹다가 죽었습니다.

죽으면 슬픕니다.

나는 눈물이 났습니다. (1986.)

아무 꾸밈없이, 다만 진정으로 써 놓은 이 시는 가슴을 울린다. 진정은 머리로 지어낼 수 없고, 손재주로 만들어 낼 수 없다. 흉내로도 절대로 얻을 수 없다. 오직 삶 속에, 삶의 행동 속에서 우러날 수밖에 없는 것이 진정이다. 흉내와 손재주에는 어른 냄새가 나지만 진정으로 쓴 시에는 그것을 쓴 아이의 따스한 체온이 느껴지고, 삶의 향기가 풍긴다.

어른들의 글이
왜 이럴까

이번에는 아이들의 글과 어른들의 글을 견주어 보기로 하자. 다음은 초등학생이 쓴 글이다. 그저 보통으로 쓴 평범한 일기다.

아침에 차 탈 때　초 2학년

11월 13일

아침에 오니까 사람이 없었다. 조금만 있으니까 사람이 왔다.

차가 왔다.

내가 먼저 타니까 안내양이 "새끼 손님 먼저 탄다"고 하였다.

100원을 내어주니까 40원을 주었다.

밭일　초 6학년

7월 10일

집에 들어가자마자 할머니가 "순화야, 밭에 온나고 하더라. 밥 먹고 가 봐라" 하셨다.

난 옷 갈아입고 밭에 가 봤다. 어머니와 아버지는 담배를 뜯고 있었다. 담배 하는 날은 내가 그걸 다 안아 내야 한다.

난 집에만 오면 밭으로 가야 한다. 내가 밭에 안 가면 어머니와 아버지가 일을 더 해야 한다.

다른 집에는 일할 사람이 많은데 우리 집에는 일할 사람이 어머니와 아버지밖에 없어 다른 집보다 일하기가 어렵다.

첫 번째 보기글은 아침에 학교에 올 때 차를 타는데 안내양한테서 들은 거친 말이 마음에 남아서 쓴 것이다. 두 번째 보기글은 밭에서 담뱃잎을 안아 나르는 일을 한 날의 일기다. 바로 그 일(담뱃잎 나르기)을 한 이야기는 쓰지 않았다. 그런 이야기를 쓸 필요가 없다고 생각했을 것이다. 그러나 우리는 이 글을 읽고서 이 아이가 날마다 어떤 일을 하면서 살아가는가, 또 어떤 태도로 살아가는가를 어느 정도 알 수 있다.

어쨌든 이 두 아이는 자기가 겪은 일과 자기의 마음을 썼고, 자기의 삶을 평소에 하는 말로 분명하게 적어 놓았다. 이런 글을 읽고 '무엇을 썼는지 모르겠는데?' 하고 고개를 갸웃거릴 사람은 없을 것이고, '잘못 썼다'든지 '틀리게 썼다'고 말할 사람도 없을 것이다. '재치 있게 썼는데'라고 할 사람도 없다.

이와 같이 별난 멋을 부리지 않고, 쉽고 정확하게, 누구나 읽어서 잘 알 수 있게 쓴 글이 좋은 글이다. 만약 어른들이 잘못 가르치지 않는다면 아이들은 누구나 다 이렇게 쓴다.

어른들의 글도 아이들의 글과 다르지 않다. 만약 다르다면 흔히 가지고 있는, 아이들보다 더 복잡한 생각을 될 수 있는 대로 아이들의 글같이 쉽게 읽히도록 쓰는 것이라 말할 수 있다. 그렇다. 아이들의 글같이 쉽게 읽히는 글, 이것이 어른들이 목표로 하는 가장 훌륭한 글이라 나는 믿고 있다. 글을 쓰는 일에서도 아이들은 어른의 아버지다.

다음은 어른들이 쓴 소설과 수필인데, 첫머리만 들어 본다.

밖에서는 바람이 불고 눈보라가 치는, 추운 겨울날이었다.
다 떨어진 외투를 입고 모양이 초라한 웬 노인이 한 사람, 덜덜 떨면서 목욕탕 문을 열고 들어섰다.
수건과 비누를 체경 앞에 놓으면서 "어 칩다!"하고 외치는 노인의 입에서는, 허연 입김이 쏟혀 나왔다.

영달은 어디로 갈 것인가 궁리해 보면서 잠깐 서 있었다. 새벽의 겨울바람이 매섭게 불어왔다. 밝아 오는 아침 햇볕 아래 헐벗은 들판이 드러났고, 곳곳에 얼어붙은 시냇물이나 웅덩이가 반사되어 빛을 냈다. 바람소리가 먼 데서부터 몰아쳐서 그가 섰는 창공을 베면서 지나갔다. 가지만 남은 나무들이 수십여 그루씩 들판 가에서 바람에 흔들렸다.
– 황석영, 〈삼포 가는 길〉(1973)

어서 차라리 어둬 버리기나 했으면 좋겠는데, 벽촌의 여름날은 지리해서 죽겠을 만치 길다.

동에 팔봉산, 곡선은 왜 저리도 굴곡이 없이 단조로운고?

서를 보아도 벌판, 남을 보아도 벌판, 북을 보아도 벌판. 아, 이 벌판은 어쩌라고 이렇게 한이 없이 늘어 놓였을고? 어쩌자고 저렇게까지 똑같은 초록색 하나로 되어 먹었노?

농가가 가운데 길 하나를 두고 좌우로 십여 호씩 있다. 휘청거리는 소나무 기둥, 흙을 주물러 바른 벽, 강낭대로 둘러싼 울타리, 울타리를 덮은 호박 덩쿨, 모두가 그게 그것같이 똑같다.

— 이상, 〈권태〉(1937)

여기 보인 글 세 편 가운데서 첫 번째, 두 번째 보기글은 소설이고, 세 번째는 수필이다. 이 글들을 보면 아이들이 이해하기 힘든 낱말이 없고, 문장도 아주 쉽고 간결하다. 그러면서 정확하고 자세하게 사람의 모습이나 자연의 상태를 그려 보이고 있다. 글이란 이와 같이 쉽고 분명하게 써야 한다. 이것이 동서고금에 변할 수 없는 글의 이치다.

그런데 요즘 젊은이들이 쓰는 글, 그 가운데서도 소설이나 수필의 문장이 왜 그렇게 겉멋을 부려서 복잡하고 어렵고 어수선한가? 나는 동화만 그런 줄 알았더니 어른들이 읽는 글도 그런 경향임을 최근에야 알았다.

너무도 잔인하게 나의 허물을 벗겨 내는 칼날 같은 가을의 냄새 바로 그것이기에 인간이라는 무서운 조건하에서 진실로 삶 자체이고자 열망하는 숱한 사람들의 가슴속에 푸르뎅뎅한 아픔을 주는 가을…….

이것은 어느 대학 신문에 실린 수필의 한 도막인데, 몇 번을 읽어 봐도 무슨 말인지 알 수 없다.

다음은 1988년 1월 초 신문에 발표된 신춘문예 당선 소설들의 첫머리만을 옮긴 것이다.

잎사귀를 다 떨군 가로수들은 여름철의 풍요로움과 너그러움 대신, 곧게 뻗은 직선의 차가움과 에누리 없는 단호함으로 밀려오는 어둠 속에 박혀 있었다.

– ㄷ신문 당선작

막연한 기다림, 어쩌면 불안이었을 그런 과민함이 선연하게 밝아 오는 아침의 빛 속에서 나를 주저하게 했는지도 모른다. 한참을 누운 채로 창문의 빛을 바라보았다. 마당으로부터 유리창을 넘어오는 형수의 과장된 흥분과 단절된 마디마디의 외침이 눈부신 빛의 입자처럼 선명하게 나의 주저함 위로 쏟아져 내렸다.

– ㅈ신문 당선작

이런 글을 읽으면 마치 어떤 남의 나라 글을 대하는 느낌인데, 이것이 나 혼자만의 생각일까? 그러나 소설이라면 초등학교를 졸업한 사람이면 누구든지 읽을 수 있게 써야 할 터인데,

이런 문장은 대학을 나와도 쉽게 친할 수 없겠다는 생각이 든다. 만약 이런 문장을 읽고 쓰도록 가르치는 것이 대학 문과의 교육이라면, 그런 교육은 백해무익이라고 말해야 하겠다.

이런 글을 작가를 지망하는 사람들이 본보기로 삼을 것 같아 여간 걱정이 아니다. 그렇잖아도 학교에서는 초등학생 때부터 어른들의 글, 그것도 잘못된 어른들의 글을 흉내 내도록 하는 짓을 글짓기라, 문예 창작이라 하여 가르치고 있다. 그래도 어린아이들은 원래 그 마음의 세계가 달라서 어른들 같은 말장난에 빠진다든지, 거짓글 쓰기를 취미로 즐기는 일은 거의 없다. 괴상한 글을 억지로 쓰게 하니 할 수 없이 쓰는 것이다. 참으로 다행하게도 아이들은 어른들의 억누름과 잘못된 가르침에서 어느 정도 자신을 지킬 수 있도록 되어 있다. 그런데 나이가 점점 많아져서 청년이 되면 쉽게 잘못된 흐름을 따르고 병든 취미에 빠진다.

결론은 분명하다. 글쓰기에서도 아이들은 어른 흉내를 내지 말아야 한다. 아이들 자신의 이야기를, 삶을 글로 쓰게 해야 한다. 글을 책에서 읽은 문장의 말로 쓰는 것이 아니라, 일상의 삶에서 입으로 하는 말로 쓰게 해야 한다. 우리가 글쓰기로 아이들을 지키고 키워 가는 길은 이 길뿐이다. 그리고 우리 어른들이 훌륭한 문장을 쓰는 길도 오직 살아 있는 우리 말이 되도록 글을 쓰는 것뿐이다. 그 살아 있는 말을 모르는 사람들에게는 아이들이 쓴 소박하고 솔직한 글을 읽어 보라고 권하고 싶다.

시는 어떻게
쓰게 할까

어린이가 쓴 글을 대할 때는 먼저 그 글 속에 어떤 삶이 담겨 있는가를 생각해야 하고 다음에는 그 삶이 어떤 말로 나타났는가를 살펴야 한다. 여기 어린이들이 쓴 글 몇 편을 함께 보기로 하자.

숙제 박중신 경기 초 2학년
숙제가 많았다. 학교에 갔다 오면 어머니께서는 "숙제하라"고 하신다. 숙제를 하고 나면 저녁때가 된다. 밖에 나가서 한 번도 못 논다. 그렇지만 꾹 참고 숙제를 한다. 이다음 훌륭한 사람이 되기 위해서다.

이것은 어느 날의 일기로 쓴 글이다. 이런 일기를 자기 아이가 썼다면 거의 모든 부모들이 아이를 칭찬할 것이다. 밖에 나가 놀고 싶어도 훌륭한 사람이 되기 위해 꾹 참고 숙제 공부를 했다고. 물론 칭찬을 하는 것도 좋다. 그러나 칭찬에 그친다면 참교육을 하는 부모라고 할 수 없다. 놀지도 않고 기계처럼 되풀이하는 공부에만 매달려 있는 어린이는 창조하는 마음이 시들어 버리고 홀로 서는 정신도 잃어버린다. 그러니 어떻게 "훌륭한 사람"이 되겠는가? 어린이의 글에서 우리 어른들은 가르치기보다 배우고 반성하는 것이 더 많다.

거북이 박중신 경기 초 2학년

거북이가 많이 컸다. 이제는 내가 먹이를 주려고 하면 고개를 번쩍 들고 나를 본다.

말 못 하는 생물도 눈치는 있는가 보다.

같은 어린이가 쓴 일기다. 도시의 어린이들은 병아리나 물고기들을 좋아하여 기르고 싶어 한다. 이럴 때는 목숨에 대한 교육을 하는 귀한 기회가 된다. 동물이나 곤충은 사람과 다른 세계에서 살고 있다는 것을 관찰과 조사 연구를 통해 알게 하고, 목숨이 귀중하다는 것을 깨닫게 해야 한다. 부모님들도 함께 공부하면 더욱 좋겠다.

이 글은 2학년이 쓴 일기글이어서 이렇게 짧게 썼다. ('거북이'가 아닐 것이다. 산 것의 이름부터 바로 알아야 하겠다.)

관(상자)에 든 토끼 김영환 초 2학년

너희들은 자유가 없어서 안됐다.
산에 있으면 참 좋을 텐데
참 그래도 가족들과 함께 있으니까 좋지.
자유롭지 않으니까 그 속에서 나오고 싶지.
나도 공부방에서 나오고 싶어.

다섯 줄로 된 이 시는 한 줄 한 줄 진정을 나타내고 있다. 더구나 마지막 한 줄은 이 어린이의 살아 있는 말이 되었다. 이 시를 읽힌 다음 "무엇을 가만히 바라보았을 때, 참 마음에서 하고 싶은 말이 있으면 짧은 말로 써 보세요" 하고 지도할 수 있을 것이다.

소   성유리 경기 남양주 심석초 2학년

소의 눈은 참 크다. 두 눈을 보면 참 착하게 보인다. 소는 참 착한가 보다.
소가 사람이 되면 이 세상은 다 착한 사람이 될 거다.
- 학급 문집 〈푸른 솔〉(1989)

이 글은 줄글로 썼지만 훌륭한 시가 되었다. 초등학교 2학년이라는 것을 지우고 이 글을 어른들에게 보여서 "이것은 유명한 시인의 시입니다" 하고 말해도 감동할 사람이 많을 것이다. 정말 사람이 소같이만 되면 이 세상은 얼마나 평화스럽고 즐거운 세상이 될까?

어린이는 철학이고 종교고 무슨 주의고 사상이고 다 모르지만, 어른들이 오랜 세월 애써서 겨우 깨닫게 된 진리를 아주 단순하게 직감으로 느끼면서 살아간다. 이런 어린이는 숙제와 시험공부에 매달려 있는 어린이가 아니고, 자연 속에서 뛰놀면서 살아가는 어린이라는 사실을 알아야 한다.

설거지 진현주 초 6학년

학교에 갔다 오면 지겨운
설거지를 해야 한다.
많은 설거지도 해야 되고
숙제도 해야 되고
이럴 때 나는
신경질이 나기도 한다.
지겨운 설거지
설거지를 안 했으면 좋겠다.

정직하게 쓴 시인데 별로 감동이 오지 않는다. 왜 그럴까? 그것은 이 시가 사람의 마음을 따뜻하게 해 주거나 삶을 높여 주는 것이 아무것도 없기 때문이다. 그냥 설거지가 지겹고 신경질이 난다고만 했으니까. 훌륭한 시를 쓴다는 것은 훌륭한 삶을 살아간다는 것이 된다.

"학교에 갔다 오면······" "이럴 때 나는······" 이런 말의 형식은 또 산문이 되어 버렸다.

경운기   윤향화 초6학년

털털털털
경운기 소리 높아지면
출발이다.
털털거리며 가는
우리 집 자가용
좋은 자동차보단 못하지만
경운기 타고 가면
왠지 모르게 좋다.
엄마와 이야기도 재미있다.
경운기 소리가 높아도
엄마와 나의 이야기는
끝이 없다.

농촌의 한 식구가 경운기를 타고 이야기하면서 들길을 가는 풍경을 그려 보게 하는 참 좋은 글거리다. 그런데 이 시도 "경운기 타고 가면······" 하여 설명하는 형식으로 된 것이 안타깝다. "엄마와 이야기도 재미있다" 이래서는 설명하는 글이고 산문이다. 바로 어느 때 어느 마을 앞길을 가면서 어떤 말을 하고 있다는 것이 눈앞에 나타나고 그 목소리가 들리는 듯 써야 한다. "경운기 소리가 높아도/ 엄마와 나의 이야기는/ 끝이 없다" 이래선 시가 될 수 없다.

　시를 쓸 때는 먼저 쓰고 싶은 것이 있어야 한다. 그다음에는 자기가 겪은 일을 다시 잘 생각해 내어서 그 일을 지금 막 그 자리에서 그대로 겪는 것처럼 생생한 말로 써야 한다. 그리고 무엇보다 같은 어린이들이 쓴 감동이 담긴 시를 가끔 읽도록 하는 것이 좋겠다.

3장
:
:

아이들 글을
어떻게 볼까

아이들 글을
어떻게 볼까

●

●

글을 논의하는 뜻

삶을 가꾸는 글쓰기는 목표가 삶을 키워 가는 데 있지만, 그 수단은 글을 쓰게 하는 것이다. 글쓰기를 제쳐 놓고 글쓰기 교육이 있을 수 없다. 물론 말하기나 놀이, 일하기, 그 밖의 모든 학습과 생활을 글쓰기 교육의 길에서 글쓰기와 연결시켜 지도할 수 있고 지도하는 것이 바람직한 것은 말할 나위가 없다. 그러니 모든 삶을 글쓰기에 이어지도록 하고, 글은 그대로 삶을 보여 주는 것이 되고, 이래서 삶을 키우려는 노력과 좋은 글을 쓰려고 애쓰는 일은 하나가 되는 것이다.

옛날부터 '글은 사람이다'고 하는 말이 있는데, 우리가 하고 있는 삶을 가꾸는 글쓰기 교육은 글과 사람을 하나로 보는 가장 예스러운 글의 철학을 튼튼한 바탕으로 삼고 있다. 글과 사람을 따로 보고, 그래서 글재주꾼을 길러 내는 그릇된 글짓기 교육이나 문예 교육, 또는 창작 교육을 우리는 비판하고 배척

해야 한다. 생각해 보면 일제강점기나 오늘날이나 글로 사기를 치는 글재주꾼들 때문에 우리는 얼마나 당해 왔던가! 더구나 요즘은 학교교육이고 학원 교육이고 온통 글재주꾼을 기르는 것이 목표가 되어 있으니 이래 가지고 앞날이 어떻게 될까? 삶을 떠난 말재주와 글재주를 가르치는 교육은 글 사기꾼을 대량으로 길러 내는 교육이 아닌가 깊이 살피고 생각할 필요가 있다.

우리가 아이들의 글을 논의하는 가장 절실한 까닭이 이러하다. 어떤 아이가 어떤 자리에서 써서 어떤 자리에서 발표한 글이든, 어떤 어른이 어떤 기회에 어떤 방법으로 쓰게 한 글이든, 아이들의 글이 써져 나오고 그것이 문집에 실리거나 신문이나 잡지에 실려 나왔다면 우리는 그 아이들의 글을 예사로 보아 넘겨서는 안 된다. 그 아이들의 글이 자유로운 정신과 사람다운 마음을 길러 가는 참된 교육의 자리에서 쓰여 나온 것인가, 아니면 거짓스런 이야기를 조작해 내는 기술을 가르치는 장사꾼들이나, 어른의 흉내를 내게 하여 아이들을 비참한 동물로 길들이는 훈련장에서 쓰여 나온 글인가를 가려내고 비판해야 한다. 문학을 비롯하여 어른들이 창조하는 모든 예술 창조에 비평이 따르듯이, 교육 활동에도 비평이 있어야 한다. 비평 없이 교육을 살릴 수 없다. 그런데 아이들의 글을 따지고 비판하는 글이 어째서 이렇게도 없는가. 이 나라의 아이들은 온통 장사꾼들과 정치꾼들의 손아귀에 들어가 놀림감이 되어 거짓글을 쓰면서 병신이 되어 가고 있는데 말이다.

교육 현상에서 글쓰기 분야만 하더라도 이 땅에서 걷잡을 수 없이 돌아가고 있는 일들을 온전히 바로잡기에는 우리 힘이 너무나 미약하다는 것을 느낀다. 다만 이런 전체 현상을 가끔은 살펴서 그 가장 중요한 대목을 짚어서 진단해 보고 사회와 교육 전반의 병리 현상을 밝히기는 해야 한다. 이것이 우리가 해야 할 최소한의 일몫이라고 본다.

글을 볼 줄 알아야 지도가 된다

다음에는 우리가 저마다 맡고 있는 자리에서 하고 있는 일을 큰 실수 없이(아이들에게 죄짓는 일 없이) 해내기 위해서 우리끼리 모여 아이들의 글을 논의하는 일이다. 사실은 나라 전체 걱정에 앞서 자기가 맡은 교실과 아이들의 일부터 걱정해야 하는 것이 바른 차례가 되겠다.

아이들에게 어떤 글을 쓰게 해야 할까? 어떤 글을 쓰게 해야 삶을 가꾸게 되는가? 정직한 글을 쓰게 한다고 하는데, 그 정직한 글이란 어떤 글인가? 가치 있는 글이란 어떤 글인가?

초등학교 1학년부터 6학년까지, 다시 중학생과 고등학생, 직장에서 일하는 청소년들, 도시 아이들과 농촌 아이들, 온갖 직업과 교양과 버릇과 성격을 가진 부모들 밑에서 온갖 교육을 받고 자란 아이들이 쓴 온갖 모양의 글을 두고 우리는 이른바 평가라는 것을 하려고 한다. 그 글이 본 대로 들은 대로 한 대로 정직하게 쓴 글인가? 느낌과 생각이 깨끗한 제 것으로 되어 있는가? 사물을 정확하게 붙잡고 쓴 글인가? 남의 생활을 쳐다보고 흉내 낸 것은 아닌가? 저도 몰래 남의 글을 따라서 쓴 것은 아닌가? 머리에 들어 있는 지식이나 개념을 그대로 쓴 것은 아닌가? 그 학년이나 그 나이에 마땅히 가져야 할 지성의 바탕이 있는가? 이 땅에서 살아갈 아이로서 마땅히 가져야 할 느낌이나 생각, 삶의 태도가 나타나 있는가? 이런 모든 점을 살피고 생각해서 작품을 평가하지 않으면 안 되는 것이다. 물론 어떤 글 한 편에서 이 모든 관점을 다 비춰 볼 수는 없다. 어디까지나 그 글에서 쓰려고 한 내용을 가지고 논의해야 한다.

이렇게 해서 우리는 글의 가치를 판단하여 좀 더 나은 글을 쓰게 하면서 생각을 키워 가고 삶을 가꾸어 가게 된다. 그러니까 글을 제대로 보고 판단하는 식견이 없고서는 글쓰기 교육을 올바르게 할 수 없다. 아이들의 글을 논의하면서 글공부를 해야 하는 까닭이 이러하다.

글을 논의하는 기회

아이들의 글쓰기를 지도하는 어른들이 아이들의 글을 논의하는 기회는 글 고치기 단계에서, 감상비평 시간에, 교사들끼리 합평하는 자리에서, 신문이나 잡지의 작품 평으로—이렇게 네 가지로 나눌 수 있다. 여기서 글 고치기 단계라 함은 글쓰기 과정을 '글감 찾아서 정하기→얼거리 잡기(구상)→쓰기→글 고치기(글다듬기)→발표' 이렇게 다섯 단계로 나누었을 때 네 번째인 '글 고치기(글다듬기)' 단계를 말한다. 감상비평 시간은 발표 단계까지 끝난 다음에 갖게 되는 시간이다. 그러니까 이 '감상비평' 시간을 글쓰기 지도 단계에서 넣으면 발표 다음 단계가 되겠고, 이렇게 하면 글쓰기 단계는 모두 여섯 단계가 되는 셈이다.

아이들 글을 논의하는 것이 저마다 어떤 자리에서 어떤 목표로 어떻게 하게 되는가를 표로 만들어 보이면 다음과 같다.

기회	자리	사람	목표
글 고치기 단계 (대개 글쓴이 자신이 하게 되나 어쩌다가 공동으로 논의할 수도 있음.)	교실	학생과 교사(공동 으로 하거나 교사 와 글쓴이 둘이서)	글다듬기
감상비평 시간	교실	학생과 교사	• 생각, 생활 태도 반성·비판 • 표현 공부
교사끼리 합평	특별한 곳	교사들만	• 작품관을 세우고 • 지도 방향을 잡고 • 지도 방법을 얻기 위해
신문이나 잡지	신문 잡지	작품 평을 쓰는 사람	• 생활 태도 • 쓰는 태도 • 좋은 글과 좋지 않은 글 판단

합평의 바탕과 방법

여기서는 지도하는 사람들이 학생들의 글을 어떻게 보고 어떻게 평해야 하나 하는 문제를 생각해 보기로 한다. 곧 앞에서 들어 놓은 네 가지 가운데서 '교사들끼리 합평' 항목이 되겠는데, 먼저 아이들의 글을 논의할 바탕부터 살피기로 한다.

대체로 모든 글을 바로 보는 바탕이 될 관점을 들면 다음과
같다.

첫째, 그 글을 쓴 아이의 나이(학년), 생활환경, 지능 같은 것
을 어느 정도 알고서 글을 보아야 한다.

둘째, 그 글을 쓰게 된 까닭—언제, 어디서, 어떻게 쓴 글인
가를 알 필요가 있다.

셋째, 그 글이 써졌을 때의 교육 현실—교과서, 교육행정,
교육 풍조, 일반으로 써져 나온 글의 경향…… 이런 것을 제대
로 알아야 한다.

넷째, 지도교사가 어떤 교육관을 가지고 어떤 방법으로 교
육을 하고 있는가를 알아 두는 것은 글을 이해하는 데 큰 도움
이 된다.

다섯째, 글을 논의하는 목표가 지도자들끼리 글을 이해하고
글에 대한 관점을 세우려는 데 있는가, 아니면 글을 쓴 아이에
게 지도하는 말을 해 주기 위함인가에 따라 논의하는 내용과
말이 달라질 수 있다.

(1) 합평의 방향

글을 논의하는 방향을 몇 가지 생각해 본다.

첫째, 어디까지나 글과 삶은 하나라는 관점에 서야 한다.

둘째, 글을 바로 보는 관점을 세우는 데 도움이 되는 논의라
야 한다.

셋째, 아이들 지도에 도움이 되는 말이라야 한다.

넷째, 좋은 점을 놓치지 않도록 해야 한다.

다섯째, 잘못된 점은, 그렇게 된 까닭을 살펴서 앞으로 어떻게 지도해야 할 것인가를 논의해야 한다.

여섯째, 아이들에게 강요되는 잘못된 삶, 잘못된 글쓰기의 흐름을 어떻게 하면 바로잡을 수 있을까, 어떻게 하면 그런 흐름에서 아이들을 지켜 갈 수 있을까를 언제나 마음에 두고 글을 보고 글을 논의해야 한다.

(2) 합평의 방법과 태도

합평하는 방법과 태도를 몇 가지 들어 본다.

첫째, 작품을 너무 많이 준비하지 말고 알맞게 준비할 것이고, 미리 자료를 나누어 주어서 저마다 읽은 다음에 모이는 것이 바람직하다.

둘째, 의견이 다르면 진지하게 토론한다.

셋째, 모인 사람 모두가 의견을 말하는 것이 바람직하다.

넷째, 한 사람이 말을 너무 많이 하는 것을 삼간다.

다섯째, 처음 글을 읽었을 때 느낌이 중요하다. 감동이 느껴지는가 어떤가, 그 감동은 어디서 오는가, 감동이 우러나오지 않는다면 그 까닭이 어디 있는가를 생각할 필요가 있다.

여섯째, 그 글에서 가장 크게 문제 삼아야 할 점이 무엇인가를 붙잡아야 한다.

일곱째, 별로 할 말이 없는데 억지로 무슨 칭찬하는 말을 한마디 하거나 비판하는 말을 하거나 하는 태도는 좋지 않다.

여덟째, 합평한 것을 (말한 그대로) 기록해 두는 것도 좋은 참고가 될 것이다.

글을 보는 관점을 감동과 삶과 표현, 세 가지로 나누어 본다.

(1) 감동

우리가 보통 글을 읽었을 때 '이 글은 재미있다'든지 '재미가 없는 글이다'고 한다. 또 '이 글은 읽을 맛이 있다' '아무 맛도 없는 글이다'고도 한다. 이럴 때 이 '재미'라든지 '맛'이라는 것이 바로 감동이다. 어린아이가 쓴 글이든지 어른이 쓴 글이든지, 소설가가 쓴 글이든지 주부가 쓴 글이든지, 모든 글은 감동이 있나 없나, 감동의 깊이가 어떤가에 따라 그 값이 매겨진다. 재미, 맛, 감동—이런 가장 소박하고 단순한 느낌이 가장 확실하고 틀림없는 글에 대한 평가다. 우리가 글을 논의하는 말을 아무리 여러 가지로 복잡하게 늘어놓는다고 하더라도 결국 맨 처음에 글을 읽었을 때 얻은 감동, 이것을 자세하게 풀이하는 말에 지나지 않는다고도 할 수 있다.

(2) 삶

오늘날 우리 나라의 거의 모든 아이들은 삶을 잃어버렸다. 삶을 빼앗긴 아이들에게 삶을 찾아 주지 않고서는 교육을 할 수 없고 아이들을 살릴 수 없다. 삶을 가꾸는 글쓰기 교육은

3장—아이들 글을 어떻게 볼까

삶을 찾아 주는 교육, 삶을 지키는 교육이 되어야 한다. 아이들의 글에서 삶을 문제 삼는 것은 먼저 삶을 정직하게 쓰고 있는가 하는 점부터 보지 않을 수 없다.

첫째, 삶이 있는가, 없는가?

둘째, 삶이 어떤 모양으로 나타났는가? 삶의 태도가 어떤가?

셋째, 삶에서 우러난 느낌이나 생각이 제 것으로 되어 있는가?

넷째, 그 나이(학년)에 알맞은 삶의 태도, 생각과 깨달음이 있는가?

다섯째, 삶의 태도나 생각이 잘못되었다면 그 점을 지적하고 그 까닭을 말한다.

여섯째, 삶이 없이 써진 글이라면 이런 글을 쓰게 된 까닭을 생각해 본다.

일곱째, 남에게 읽힐 만한 가치가 있는 글인가 하는 점에서도 생각해 보아야 한다.

(3) 표현

표현은 다음에 드는 여러 가지를 볼 수 있다.

첫째, 정직하게 쓴 글인가?

둘째, 정확하고 자세하게 써야 할 부분이 그렇게 써져 있는가?

셋째, 꼭 쓰고 싶었던 것, 글의 알맹이가 무엇인지를 알 수 있는가?

넷째, 쉬운 말로 잘 알 수 있게 썼는가?

다섯째, 자기의 말로 썼는가?

여섯째, 글과 그 글이 보여 주려고 하는 사물이 하나로 되어 있는가?

일곱째, 조리가 있고, 단락이 잘 지어져 있는가?

여덟째, 서사문일 경우 때와 곳이 분명히 나타나 있는가?

아홉째, 감상문일 경우 절실한 느낌이나 생각이 나타났는가?

열째, 정성껏 쓴 글인가?

아이들같이, 초등학생들같이

아이들의 글을 제대로 볼 수 있으면 어른들의 글도 옳게 보게 된다. 아이들의 글을 모르면 어른들의 소설이나 시도 모른다. 그런데 어른들의 글보다 아이들 글을 바로 보기가 더 어렵다.

아이들의 글을 잘 보려고 하면 무엇보다 아이들의 글을 많이 읽어 보아야 한다. 그다음에는 아이들의 글을 가지고 많이 논의해 보아야 한다. 그리고 또 한 가지 해야 할 것이 있다. 그것은 지도하는 선생님들이 스스로 글을 써 봐야 한다는 것이다. 무슨 일이든지 자기가 몸소 해 봐야 그 일을 잘 알게 된다는 것은 글을 쓰는 일에서도 마찬가지다. 자신은 글을 쓰지 않으면서 아이들에게만 쓰라고 해 봐야 교육이 되지 않을 것은 뻔하다. 또, 글을 안 써 보고는 글을 알았다고 할 수 없으니 제대로 지도를 할 수 없는 것이 당연하다.

우리는 늘 버릇처럼 아이들에게 말한다.

"글을 어렵게 여기지 마라. 말하는 것처럼 쉽게 쓰면 된다."

이 말을 나는 글쓰기 지도를 하는 선생님들에게 그대로 말해 주고 싶다.

"글을 어렵게 생각하지 말아야 합니다. 제발 아이들같이, 초등학생들같이 써 보세요. 초등학생들만큼 쉽게 쓰면 됩니다. 결코 어렵게 써서는 안 됩니다. 대학교수들이 쓰는 논문같이 써서는 안 됩니다. 그게 거의 모두 엉터리 글입니다. 초등학생들이 쓰고 있는 글, 그 글이 가장 깨끗한 우리 말로 된 글입니다. 선생님들은 학생들한테 배워야 합니다. 그 많은 학생들에게 배울 수 있는 선생님들은 참으로 행복합니다."

아이들 글에 대한
오해

●

●

　바른말, 참된 말, 속이 꽉 찬 말은 자취를 감추고 잘못된 말,
속임수 말, 알랑거리는 말, 겉멋을 부리는 말들이 제멋대로 누
비고 다니는 세상이 되었다. 어른들의 말이 이러니 아이들의
말이 제대로 나올 수 없고, 글도 마찬가지다. 웅변대회 같은 데
서 아이들이 억지로 외치는 소리를 들어 보라. 그게 어디 아이
들의 말인가? 신문 잡지에 나오는 아이들의 글을 보라. 그게
어디 살아 있는 아이들의 마음에서 나온 글인가? 그런데 어른
들은 아이들의 글을 너무도 모른다. 무슨 상을 타고, 신문 잡지
에 실렸으면 대단한 글인 줄 안다.

　내 동생은 내 동생은
　욕심꾸러기.
　지우개도 장난감도
　빼앗아 가니까.

내 동생은 내 동생은 장난꾸러기.
사이좋게 친구들과 놀 때면
언제든지 찾아와서
방해하니까.

내 동생은 내 동생은
잠꾸러기.
학교 갈 때 제일 늦게 일어나
학교 가니까.

이것은 전국 어린이신문 대회에서 상을 받았다고 어느 학교 신문에 실린 5학년 아이의 글이다. 이런 글은 실제 생활에서 겪은 것을 쓴 것이 아니고, 어른들이 쓰는 동시를 흉내 내어 머리로 짜서 만든 글이다. 글짓기 지도를 하는 많은 교사들은 어른들이 쓴 동시를 아이들에게 읽혀서 그것을 흉내 내도록 하고 있다. 그러니까 아이가 쓴 것인지 어른이 쓴 것인지 구별이 안 되고, 현상 모집 같은 행사에 어른이 대신 써 주어서 상을 타는 일도 예사로 벌어진다. 전국 규모의 단체를 만들어 글짓기 지도를 한다는 선생님들이 만들어 내는 간행물 같은 데서도 어른의 동시를 아이들에게 쓰게 하는 지도를 하면서 조금도 잘못되었다는 것을 깨닫지 못한다.
　이렇게 해서 아이들이 쓴 글이 어른의 글을 닮아 노상 유치한 말을 늘어놓고 말장난만 하기를 수십 년 계속하다 보니, 어느새 우리 아이들은 그런 글밖에 못 쓰는 줄 모든 어른들이 알게 되었다. 그래서 정작 참된 교육자의 지도를 받아 삶을 진솔하게 쓴 글을 어쩌다가 보게 되면 어른들의 눈에는 도리어 엉뚱한 느낌이 드는지 그런 글을 잘못되었다고도 한다.

어머니 박미정 부산 감전초 6학년

아침 일찍 시장에 나와
아직도 고기를 못 판 어머니
지나가는 사람보고
"마수요, 좀 사 가소" 한다.

어머니 옆에서 파는 아주머니는
벌써 다 팔고
"뜨리미요 뜨리미, 많이 주께요"
하고 지나가는 사람을 붙들어 억지로 판다.

어머니는
언제 뜨리미를 할까?
옆에서 파는 아주머니처럼
억지로 팔려고 하지 않는 어머니

오늘따라 어머니께서 몸이 안 좋으신가.

걱정이 된다.

물건을 다 팔지 못하면

몸이 어디가 아파도 아픈 어머니

* 마수: 마수걸이. 그날 맨 처음으로 물건을 파는 일.

* 뜨리미: 떠리미. 떠레미. '떨이'의 사투리.

　이것은 어느 학급 문집에 실린 시다. 학급 문집이란, 어떤 한 두 아이만을 특별히 지도하는 것이 아니고 한 학급 아이들이 모두 글을 쓸 수 있도록 지도하여 만든 문집이다. 최근 어느 출판평론가란 분이 이런 아이들의 글이 실려 있는 학급 문집을 두고 외국의 아이들 글에 견주면 수준 이하라고 하면서 비판하였다. 그분이 인용한 외국 아이들의 글이란 이런 것이었다.

　하느님에게. 저는 오는 금요일 이전에 세익스피어가 어떤 사람인지 알아야 해요. - 멜리사

　하느님에게. 당신은 부자인가요. 아니면 그냥 유명할 뿐인가요.
　- 스티븐

　평론을 한다는 사람이 이러니 일반 부모들이야 말할 것도 없겠다는 생각이 든다.

　이번에는 또 다른 학급 문집에서 산문 한 편을 들어 본다.

인간　황재현 서울 사당초 6학년

우리 집 뒤에는 어떤 집이 있다. 그 집에는 어떤 아주머니가 있다. 그 아주머니는 참 이상하다. 인정사정없이 자기 아들을 때리기 때문이다.

어제도 자기 아들을 때리고 내쫓아 장장 밤 10시까지 밖에 세워 두었다. 그 아이의 울음소리가 얼마나 컸던지, 동네가 떠나가는 듯했다. 나는 무슨 잘못을 했길래 저리 혼내는지 궁금했다. 어머니께서도 궁금하셨는지 그 아이에게 물어보셨더니 "밖에 나가 놀다가 옷을 버렸어요" 하고 말하였다.

나는 너무 기가 막혔다. 그래서 나는 그 아주머니께 말을 하려고 했지만 용기가 나지 않았다. 나는 마음속으로 그 아주머니께 말했다.

'어떻게 그런 일로 아이를 그렇게 혼낼 수 있습니까? 동물이라도 그리는 못 할 겁니다.'

나는 이렇게 조용히 대항하며 인간의 약함과 정신의 야만함을 원망했다. 만물의 영장이……. (1984. 7. 7.)

아무것이나 잡히는 대로 들어 본, 어느 아이의 일기글이다. 남이야 어떻게 살든 나만 편하면 그만이라고 배운 아이라면 이런 글을 쓰지는 않을 것이다. 같은 교실에서 공부하는 아이, 이웃 아이의 슬픔과 괴로움을 자기의 슬픔과 괴로움으로 알고, 그 기쁨을 자기의 기쁨으로 여기는 마음으로 길러 가는 것이 참교육이다. 그리고 그런 참교육에서만이 거짓스런 흉내가 아닌, 정직한 사람의 소리를 담은 글이 써질 것이다.

'참말' '참글'에 대한 어른들의 터무니없는 오해는 《현복이의 일기》에 대해서도 나왔다. 그 일기는 학급 문집으로 아이들의 삶을 가꾸는 교사가 지도한 것이다. 지도하였다기보다 현복이 마음을 이해하고 지켜 주었다고 하는 것이 정확하다. 그런데 "초등학생이 그런 글을 쓸 수 있나?" "어른이 써 준 것 아닌가?" 하는 따위의 말을 심지어 교육 잡지를 만든다는 사람들이 한다니 어처구니가 없다. 현복이가 대학 공책에다 연필로 꼬박꼬박 쓴 일기장 원본은 한 자도 고치지 않은 그대로 보관하고 있다. 우리 어른들이 얼마나 아이들과 아이들의 글을 모르고, 잘못된 교육으로 그 마음과 생각이 비뚤어져 있는가 하는 것을 여기서도 보게 된다.

　아이들은 그림을 그릴 때도 집이든지 개든지 결코 추상의 개념을 그리지 않는다. 집이라면 '우리 집'이 아니면 '민수네 집'이요, 개라면 '오늘 아침 대문을 나오다가 머리를 쓰다듬어 준 검둥이'거나 '조금 전 골목을 지나오다가 마주친 그 무서운 개'다. 아이들은 개념을 그리지 않고 어디까지나 체험을 그린다. 그러나 실제로는 개념을 그리는 아이가 많은데, 그것은 어른들에게서 흉내를 내도록 강요받고, 훈련이 되어서 그렇다.

　글도 마찬가지다. 아이들은 글을 머리로 만들어 내는 것이 아니고 자기의 삶을 그대로 쓴다. 그래서 아이들의 글은 싱싱하다는 느낌이 들고, 아이들은 시인이라고도 말하는 것이다. 이런 아이들이 거짓 꾸미기와 비참한 흉내 내기를 글짓기 공부라 하여 하고 있으니 가슴 아픈 일이다.

아이들 글에 나타난
어머니 모습

나 같은 사람은 아이를 키우는 어머니들을 만나는 일이 좀처럼 없다. 가끔 책방에 들렀을 때 아이에게 책을 사 주러 온 어머니들을 보는 것밖에는.

울긋불긋 요란한 만화 그림 표지로 된 온갖 책들이 널려 있는 어린이 책 진열대 앞에서 나는 어리둥절하다 못해 그만 머리가 핑 도는 판인데, 아이의 손목을 잡고 온 어머니는 아이를 보고 쾌친다.

"빨리 아무거나 골라!"

그러면 아이는 어찌할 줄 몰라 이 책도 들어 보고 저 책도 펴 보고 한다. 나는 이런 어머니와 아이를 한두 번 본 것이 아니다. 책을 사 주러 왔다면 어머니 자신이 책을 살펴보고 골라 줘야 할 것인데, 이렇게 아무것이나 빨리 고르라고 다그치기만 하다니! 그 아이가 온통 오염된 말과 그림으로 된 공해물밖에 안 되는 책들을 앞에 두고 어떻게 읽을 만한 책을 찾아낼 수 있겠는가? 나 같은 사람도 못 찾아내는데, 시험공부만 하라고 채찍을 치는 어머니가 아니라 동화책이라도 읽히고 싶어 하는 어머니 밑에서 자라고 있는 아이조차 이렇게 불행하다.

그런데 어린이들이 쓴 글 속에서는 좀 더 자주 어머니들을 만난다. 다음은 4학년 어느 어린이가 쓴 시다.

산수 공부하기 싫어 초 4학년

산수 공부는 싫어.
산수 공부하고 나면 마음이 불안 불안
채점할 땐 엄하신 엄마

"이것도 모르겠어
머저리 병신 대답도 못 해 벙어리네
정말 병신 같은 짓하네
정말 원수지간이야
내가 죽으면 너 때문에 죽은 줄 알아"
하시는 엄마 말씀

엄만 엄만 내 마음을 몰라 잉잉잉
얼굴에 코피 나고 상처 나고

4학년 산수는 어려워서 하기 싫은 내 마음을

엄만 엄만 알아주지도 않을 거야.

이 시의 둘째 연에는 어머니가 평소 이 아이에게 공부를 가르치면서 하고 있는 말이 그대로 아주 생생하게 적혀 있고, 셋째 연에는 이 아이가 어머니한테 덩하는 처참한 모습이 나타난다. 그리고 전체로 보아 어린이의 말이 살아 있는 시가 되었다.

그런데 이 시는 학교 교실에서 쓴 것이 아니고 글짓기 학원에서 쓴 것이다. 학교 교실이나 글짓기 학원이나, 아이들에게 정직한 자기표현을 가르치지 않고 억지스런 말 꾸며 만들기를 가르치고 있는 사정은 같은데, 이런 글이 나왔다는 것이 기적처럼 놀랍다. 학원 선생님 가운데서도 올바른 교육을 하려고 하는 분이 있다는 사실을 알겠지만, 이런 글을 쓰는 아이는 개성이 남달리 뛰어난 아이일 것이다. 부디 그 개성이 꺾이지 말고, 귀한 재질이 짓밟혀 시들어 버리지 말기를 바랄 뿐이다.

이 글을 보여 준 분에게 나는 물었다.

"이런 글이 어떻게 해서 나왔는가요? 이 아이 어머니가 읽으면 아이를 너그럽게 대해 주지 않을 것 같은데……."

"어머니가 알면 큰일 납니다. 절대로 이 글을 공표해서는 안 됩니다."

학원 선생님은 이렇게 말하면서 이 아이가 평소에 산수 공부를 아주 싫어하는데 시는 무척 쓰고 싶어 한다는 말을 덧붙였다. 이 아이의 재능이 본디부터 산수 공부 같은 것을 잘하는 쪽으로 되어 있지는 않은 것인지, 그것은 잘 모르지만 앞에 들어 놓은 글을 읽으니 이 아이가 가령 산수 공부를 잘할 수 있는 아이라 하더라도 산수를 싫어하게 되어 있구나, 그래서 산수 공부를 못하게 되어 있구나, 하는 생각을 안 할 수 없다. 그 지경으로 공부를 해야 하는데 어떻게 산수 공부를 잘할 수 있겠는가. 그리고 사람이란 산수 잘하는 아이, 노래 잘 부르는 아이, 손으로 무엇을 잘 만드는 아이…… 이렇게 사람마다 그 재능이 다 다르다. 이름난 화가인 밀레도 어렸을 적 학교에서 산수 공부를 할 때 더하기는 그런대로 했는데 빼기를 아주 못했다고 한다. 그런데 산수 공부를 못한다고 아이를 이렇게 마구 몰아붙이고 때리기까지 한다는 것은 어처구니가 없다. 이것은 어느 모로 보아도 인권유린이요, 부모라는 무지막지한 절대 권력을 가진 어른이 아무런 힘도 없는 어린 자식에게 휘두르는 폭력이다. 아이들은 이래서 죽어 가는 것이고, 죽지 않고 살더라도 그 아까운 재능이 다 시들고 성격은 병들어 영원히 돌이킬 수 없게 되는 것이다.

"절대로 발표해서는 안 됩니다"고 했는데 그만 발표하고 말았다. 다만 이름을 적지 않았으니 아이한테 화가 가지는 않겠지. 어찌 이 아이와 이 어머니뿐이겠는가. 이 글을 읽는 수많은 어머니들이 아이를 죽이는 교육이 아니라 아이를 살리는 참된 교육을 해 주기 바란다.

억지로 쓰는 글
쓰고 싶어 쓰는 글

∙
∙

앞서 보기로 들었던 '산수 공부하기 싫어'라는 글에 대해 더 보태어 할 말이 있다. 학원 선생님은 그 글을 절대로 공표해서는 안 된다고 했다. 아이가 어머니한테 어떤 벌을 받을지 모르기 때문이다. 이 시험 점수 쟁탈의 미치광이 교육 시대에는 교사들의 폭력에서 아이들 목숨을 지키는 일을 어머니들이 해야 할 경우도 있지만 반대로 부모들의 폭력에서 아이들의 목숨을 지키는 일을 교사가 해야 할 경우도 있는 것이다.

사실 그 글은 누구보다도 먼저 그 어머니가 읽어야 한다. 그래서 그 글에 나타난 자신의 모습을 마치 거울에 비친 자기 얼굴을 보듯이 깨닫고 뉘우쳐야 할 일이다. 아이들이 쓴 글은 이래서 참으로 귀한 교육의 자료가 된다. 아이들이 쓴 글은 같은 아이들뿐 아니라 어른들도 읽어서 많이 배우게 되는 까닭이 이러하고, 또한 아이들에게 글을 정직하게 쓰게 하는 까닭이 이러하다.

그런데 꼭 읽어야 할 그 어머니는 읽어서 안 되는 사람으로 되어 있으니 이것이 문제다. 반드시 읽어야 할 사람이 읽어서는 안 되는 글이지만, 지도한 선생님은 그런 글을 쓰게 했다. 그렇게 짓눌려 있는 아이의 마음을 풀어 주어야 그 아이가 살아날 수 있기 때문이다. 먼저 그 글은 이렇게 해서 선생님이 받아 주신다.

　그다음에 선생님은 이 글을 그 아이와 같이 공부하는 다른 아이들에게 보여 주었다. 그 아이들도 이렇게 쓰고 싶은 것을 정직하게 써서 짓눌려 있는 마음을 풀어 버리도록 해 주고 싶었던 것이다.

　그런데 다른 아이들이 이 글을 읽은 다음에 보여 준 반응은 아주 뜻밖이었다고 한다.

　"그런 생각은 마음속에 가지고만 있어야 하는 것이지 어쩌자고 글로 쓰는가. 바보 같은 아이!"

　모두가 이런 태도였다고 하니 참으로 어이가 없다.

　답답하고 괴로운 마음은 속에서만 가지고 있어야 하는 것이지 그것을 밖으로 나타내어서는 안 되는가? 그래서 글로 쓰는 것은 보기 좋은 것, 남에게 자랑할 거리가 되는 것, 선생님이나 부모님들이 칭찬해 줄 것 같은 이야기라야 되는가? 그러니까 남의 흉내나 내고 근사한 이야기를 꾸며 만들고 하는 거짓글 쓰는 재주 부리기를 글짓기로 알고 있는 것이다.

　아이들이 글쓰기로 정직하게 자기표현을 해서 삶을 가꾸어 가는 것이 아니라 어른들을 위해서 자기를 감추고 어른들

의 장난감이 되어 자기를 죽이는 괴상한 거짓글 짓기를 공부
라 하여 온갖 시달림을 받으면서 하고 있다. 마치 어떤 동물에
게 서커스 훈련을 시키는 것과 조금도 다름없는 이 비참한 말
재주놀이는 아이들에게 '꿈을 준다' '어휘 구사 능력을 개발
한다' '문예 창작 특기를 가르친다'는 따위 말로 광고 선전되
고 있다. 이런 교육을 교실에서나 학원에서 받은 아이들이 어
쩌다가 정직하게 쓴 글을 보게 되면 "그런 글을 써서 누가 칭
찬해 주겠는가. 손해날 짓만 하는 바보 같은 아이"라고 비웃는
것이다.

아이들이 모조리 꼭두각시가 되고 기계가 되었다면 아이들
은 모두 죽은 것이다. 스스로 죽은 것이 아니라 어른들이 죽인
것이다.

그러나 아무리 어른들이 아이들을 짓밟아도 끝내 살아남는
아이들이 있으니, 이래서 우리는 희망을 갖는다. 앞에서 든 '산
수 공부하기 싫어'를 쓴 아이는 다시 다음과 같은 시를 썼다.

시 쓸래요 초 4학년

"시 쓸래요. 선생님.
전 독서감상문 쓰기 싫어요.
네 제발."
겨우겨우
시를 쓰게 되었다.

내가 시를 쓸려고
하는 이유는
난 시 쓰기를
좋아하고, 속상함과 화풀이를
시에게
시야, 너 왜 내 화 안 갖고 가?
바보 취급하듯
화를 풀어도
시는
오히려
내가
시를 쓰도록
인도해 주니!

시야 고마워!
앞으로
더!
잘 쓰도록 노력할게.
"시 쓸래요오, 아앙!" (1992. 3. 3.)

　장난기가 조금 있기는 하나, 이것은 훌륭한 시론이다. 시는
이렇게 해서 이 아이에게는 단순한 자기표현에 그치지 않고
꽉 막혔던 목숨의 숨통을 터뜨리는 행위가 된다. 이 세상에서

자기를 지켜 주어야 할 단 한 사람인 어머니가 그렇게 사납게
대해도 이 아이는 시를 써서 마음의 숨을 쉬면서 그 가슴속에
맺힌 병든 멍울을 풀어 버린다. 이 얼마나 슬기로운 어린이인
가!

글짓기 대회 당선 작품을
어떻게 볼까

다른 아파트도 마찬가지겠지만, 내가 있는 아파트에도 문틈이나 문 앞, 그리고 우편함에 날마다 온갖 상품광고지가 끼어 있고, 떨어져 있다. 그 가운데 지난해부터 여러 차례 똑같은 광고지가 날아드는 것이 있는데, 그것은 '어린이 글짓기 지도'를 선전하는 종이다. 이 광고지에 한 어린이가 쓴 글짓기 작품이 실려 있기에, 이 작품에 대한 내 생각을 말해 보려 한다.

아이들의 글이 문집이나 신문 잡지에 실려 나오는 것은 얼마든지 볼 수 있고, 무슨 백일장이나 글짓기 대회에서 상을 탔다는 작품도 가끔 보게 되지만, 이렇게 발표된 작품을 논평하는 일은 좀처럼 없었다. 그런데 내가 여기서 한 광고 종이에 실린 아이의 글을 따져 보려고 하는 까닭이 세 가지다.

첫째는, 이 광고 종이가 여러 번 문틈이나 우편함에 끼어 있었을 뿐 아니라 발에도 자주 밟히어 안 볼래야 안 볼 수 없었고, 그래서 적잖이 신경을 건드렸기 때문이다. 둘째는, 한 일간 신문에서 최우수작으로 뽑힌 글이라고 되어 있어서 수많은 어른들과 아이들이 훌륭한 본보기 글로 알고 있을 것이고, 따라서 이런 글이 아이들 교육에 미칠 영향을 생각할 때 걱정하지 않을 수 없었기 때문이다. 셋째는, 아이가 쓴 글을 과연 이런 광고지에 실어서 되겠는가, 하는 생각이다. 그것도 벌써 20년 전에 쓴 글이다.

작품을 들어 보이기 전에 또 적어 둘 것이 있다. 이 작품 앞에는 좀 굵은 글자로 다음과 같이 써 놓았다.

1972년 5월 11일(목) 〈소년조선일보〉에 최우수작으로 뽑힌 글짓기 선생님의 글솜씨

이게 무슨 말인가? 글짓기 선생님이 이 글을 썼다는 말인가? 그럴 리 없다. 그다음에 나온 글의 제목 밑에는 분명히 6학년 아무란 이름이 적혀 있다. 그렇다면 '…… 최우수작으로 뽑힌, 본 학원 글짓기 선생님의 어렸을 적 글솜씨'라고 쓰든지, 아니면 '…… 최우수작으로 뽑힌 글, 이 글을 쓴 어린이가 자라나서 우리 학원의 글짓기 선생님이 되어 가르칩니다'고 쓸 것을 잘못 쓴 것 아닌가? 아마도 그런 것 같다.

아무튼 20년 전에 글을 써서 최우수작으로 상을 받은 사람이, 지금도 그 작품을 자랑해서 글짓기란 것을 가르치고 있으니, 지도하는 방향이나 방법을 어느 정도 짐작할 수 있다.

이제 그 작품을 들어 본다.

청소 시간에   이현구 충남 아산 오목초 6학년

3월도 거의 다 지났는데, 몹시 추운 어느 날이었다.

그날 넷째 시간이 끝날 무렵 학교 일을 보는 급사가 종이쪽지를 들고 오셨다. 선생님께서 그것을 읽으시더니 "오늘은 날씨가 추워서 독감이 유행하기 때문에 오늘 수업은 이것으로 그친다. 청소도 쓰레기 줍는 것으로 그쳐라."선생님 말씀이 끝나자 동무들은 "야!"하면서 좋아했다. 내 책상 밑을 내려다보니 휴지가 잔뜩 떨어져 있었다. 나는 줍기가 싫어서 내 앞에 앉아 있는 종곤이 자리로 종곤이 모르게 살그머니 내려놓았다.

종곤이는 눈치채고 "왜 남의 자리에 종이 버리니?"하면서 눈을 흘기고 욕을 했다. "내가 언제 종이를 네 자리로 보냈니?"하면서 시치미를 뗐다. 그래도 종곤이는 투덜거리며 욕을 했다. 종곤이의 투덜거리는 모습을 보고 속으로 웃었다.

그런데 내 뒤에 있는 준섭이가 휴지를 내 자리로 밀어 놓고 있었다. 화가 나서 준섭이를 한 대 때리니 얼굴이 빨개지며 종이를 제자리로 도로 가져갔다. 다시 책상 밑을 보니 내 자리엔 아직도 휴지가 있었다. 바로 내 옆에 앉아 있던 승호 자리로 종이를 밀어 보냈다. 그래도 승호는 눈치채지 못했다. 그때 종이를 밀어 넣는 내 모습을 보고 종곤이가 벌떡 일어났다.

"선생님, 이현구는 청소도 않고, 제자리에 있는 휴지를 남의 자리에 밀어 놔요."

종곤이가 말하자 "이현구 일어서, 반장이 뭐하는 짓이야? 오늘 청소는 이현구가 다 해라. 나머지 사람은 전부 집에 가."선생님 말씀에 동무들은 집에 가려고 모두 일어났다. 집에 가면서 종곤이는 혀를 쏙 내밀며 "약 오르지?" 하면서 달아났다. 조금 꾀부리다가 되게 걸렸다.

간신히 청소를 끝냈을 때 교무실에 가셨던 선생님께서 교실에 오셨다.

"조금 편하려다 혼났군. 나중에도 또 그런 짓 할래."

선생님 말씀에 "그러지 않을래요."

"암, 그래야지. 집에 가."

선생님께 인사드리고 집으로 오면서도 오늘 한 짓이 우스웠다.

이 글을 말하기 전에 우리 나라 교육 사정부터 말하고 싶다. 글짓기 대회나 백일장에서 상을 받은 작품을 보면 흔히 이야기를 거짓스럽게 꾸며 만든 글이 되어 있다. 그래서 나는 가끔 글짓기 대회를 거짓말 짓기 대회라고 말해 왔다.

거짓말 글짓기가 아이들 교육에 해독을 주는 까닭은, 현실을 외면하는 병든 심성을 기르고, 제 것을 부끄러워하고 남의 것을 부러워하는 종살이 성질을 갖게 하며, 살아 있는 우리 말을 쓸 수 없게 한다는 것 따위를 먼저 들 수 있다. 그래서 이런 '머리로 만들어 내는 글짓기'를 가르쳐서는 절대로 남에게 감동을 주는 글을 쓰게 할 수는 없다. 그런데도 우리 나라에서는 이런 병든 교육이 아이들에게 꿈을 심어 준다는 '문예 교육'과 '창작 교육'의 이름으로 오랫동안 행해져 왔던 것이 사실이다. 이런 교육 풍조가 이제는 아주 교과서의 글짓기 방법으로 자리 잡게 되었는데, 그것은 한편 아이들이 현실을 바로 보고 정직한 생각을 쓰는 사람다운 심성을 지니고, 비판의 눈을 뜨는 것을 두려워하는 행정 당국의 속뜻과, 백일장이나 글짓기 대회 따위로 이런 허망한 겉치레 교육을 장려하는 사회의 틀과 분위기가 원인이 되기도 했던 것이다.

여기 들어 놓은 '청소 시간에'는 이와 같은 거짓 이야기를 꾸며 쓴 글은 아니다. 이 글은 정직하게 썼다는 점에서 먼저 잘 썼다고 말해 주어야 한다. 그러나 무엇이든지 정직하게만 쓰면 다 좋은 글인가? 그렇지 않다. 이 글에 나타난 이 아이의 생활 태도는 결코 그냥 넘어가서는 교육이 될 수 없는 문제를 안고 있다. 이 아이가 있는 반은 아이들 전체가 책임감이 없고 들뜬 분위기로 꽉 차 있다. 담임교사의 태도도 문제다. 아니, 담임교사가 이런 교실 분위기를 만든 것이다. 이 아이는 반장이면서 이런 자기중심의 들뜬 분위기를 앞장서서 일으키면서 조금도 반성이 없고 도리어 그런 태도를 자랑스럽게 여기고 있다. 이런 글을 최우수작으로 뽑아 상을 준다는 것은 이런 아이의 태도와 이런 학급 사회를 칭찬하고 장려하는 것이 된다.

나는 앞에서, 이 글을 정직하게 썼다고 해서 먼저 칭찬해 줄 수 있다는 말을 했다. 아이들이란 본래 그 천성이 정직한데, 거짓말을 안 썼다고 칭찬하다니 어디 그럴 수 있는가? 그렇다. 그래서 나는 이 글과 상관이 없는 거짓글 쓰기 교육에 대해 길게 말했던 것이다. 우리 교육이 얼마나 기막히게 잘못되어 있기에 아이들이 거짓말 안 했다고 칭찬해야 하는가!

아이들 글에 나타난
동물

●

●

집에서 기르는 짐승이라면 옛날에는 소가 가장 중요했고, 개가 사람과 친근했다. 지금은 농촌에서 농사를 짓기 위해 소를 기르는 집은 별로 없다. 개는 쇠창살 안에 가두어 놓거나 목에 쇠사슬을 달아매어 둔다. 닭도 놓아먹이는 집이 없고, 모두 닭장에 가두어 달걀만 낳도록 한다. 고양이도 방에서 쫓겨났다. 사람 가까이 있는 모든 짐승들의 삶이 비참하게 변해 버렸다.

이들 집짐승 가운데서 고양이가 아이들 글에 어떻게 나타나 있는가 좀 살펴보려고 한다. 고양이는 아직도 아이들에게 가장 가까이 있는 짐승이기 때문이다.

고양이 전용걸 경북 울진 온정초 3학년
누나가 방에서 밥을 먹었다. 고양이도 밥을 먹을라고 하니 누나가 고양이를 때렸다.

나는 누나보고 "니는 밥 먹는데 때리면 좋나?" 하니 "좋다 왜"
했다.

나도 누나를 한 차리 때렸다. 고양이가 불쌍했다. 고양이는 가만
히 있었다. 밥을 주니 막 먹었다. 누나는 고기를 먹다가 고양이
한테 뼈당기만 주었다.

"나는 살키만 먹고 누나는 뼈당기만 먹으면 좋나?"

누나는 안됐다고 했다.

"그러마 왜 고양이한테 뼈당기만 주노?"

누나는 고양이에게 살키를 막 줬다. 고양이는 막 먹었다. 나도
먹고 싶어서 숟가락을 들고, 고기 한 개 고양이한테 주었다. 고
양이는 좋아서 막 먹을라고 했지만 잘 못 먹어서 내가 뜯어 줬
다.

고양이 밥그릇에는 고기만 있었다. 엄마한테 말 들을까 겁이 나
서 고양이보고 빨리 먹어라고 했다.

고양이가 좋았다. (1985. 12. 19.)

＊차리: 차례. ＊뼈당기: 뼈다귀. ＊살키: 살코기.

나는 이 글을 읽고 내 어릴 때 생각이 났다. 나도 어머니 아
버지 몰래 고양이에게 밥을 주었다. 고양이든지 소든지 개든
지, 집짐승을 한 식구로 여기는 마음, 이것이 본래 사람들이 가
지고 있던 마음이고 생활이었다.

어른들이 고양이에게 밥을 조금씩밖에 주지 않으려고 한 것
도 이해가 된다. 고양이가 너무 배가 부르면 쥐를 잡지 않기

때문이다. 또 밥이고 곡식이고 그렇게 아껴야 살 수 있었다.

그런데 지금은 고양이가 잡아먹을 쥐가 거의 다 없어졌는데도(사람들이 약을 놓아 쥐를 잡아 없앴다) 어른들은 고양이에게 먹이를 주지 않으려 한다. 옛날같이 먹을 것에 궁하지 않은데도 그렇다. 아이들도 어른들을 닮아 간다.

고양이　최화숙 경북 의성 하령초 4학년

우리 집에 고양이
한 마리 있다.
우리 고양이는
밥하고 라면하고
다 훔쳐 먹고 나간다.
엄마가 신발로 때렸다.
또 작대기로 때려도
또 맹 그 지랄했다.
밤에는 꼭 상방에서
자지요. (1985.)

고양이가 어른들에게 얻어맞는다. 밥과 라면을 훔쳐 먹기 때문이다. 왜 훔쳐 먹는가? 먹을 것을 주지 않으니 그럴 수밖에 없다.

고양이가 잡아먹을 쥐가 없다고 했지만, 쥐가 있어도 이제는 쥐를 잡을 줄 모르는 고양이가 점점 많아져 간다. 앞으로 머지않아 우리 나라의 고양이는 모두 쥐를 잡을 줄 모르는 고양이로 되어 버릴 것 같다. 그 까닭은, 새끼를 낳은 고양이가 배가 고파 돌아다니다가 흔히 약 먹은 쥐를 먹는다. 그래서 어미가 죽으면 그 새끼들은 그냥 굶어 죽지만, 더러는 사람이 먹여 주는 우유로 자라나거나 개의 젖을 얻어먹고 큰다. 이렇게 해서 자란 고양이는 쥐를 잡는 법을 그 어미한테 배우지 못하기 때문에 쥐가 바로 앞을 지나가도 보고만 있는 것이다. 그래서 사람이 주는 밥이나 고기를 얻어먹는 수밖에 없다. 그런데 사람들은 이와 같이 고양이의 삶이 달라진 것을 모르고(사람 자신이 고양이를 이렇게 만들어 놓고도) 고양이에게 먹을 것을 주지 않으니, 고양이는 살아가기 위해서 훔쳐 먹는 도리밖에 없다.

고양이는 풀이나 나무 열매를 먹는 동물이 아니고 고기를 먹는 동물이다. 그 고기가 바로 쥐였다. 쥐는 사람 곁에 있어야 곡식을 얻어먹었고, 그 쥐를 잡는 고양이도 따라서 사람 곁에 있을 수밖에 없었다. 고양이가 밥을 먹게 된 것은 사람 곁에 너무 오래 살다 보니 그런 버릇이 든 것이다. 아무튼 고양이는 사람한테 붙어 있지 않으면 굶어 죽게 되어 있다.

또 한 가지 고양이가 사람의 집에 들어와야 살 수 있는 까닭은, 고양이라는 짐승은 별나게 추위를 타기 때문이다. 그래서 겨울철에는 사람이 자는 방 안에 들어와야 하고, 봄이나 가을에도 밤이면 바깥이 추워서 견디지 못한다. 추위로부터 자기 목숨을 지키기 위해서도 고양이는 사람 곁에서 살아야 한다.

이 시를 보면 맨 끝에 "밤에는 꼭 상방에서/ 자지요"라고 써
놓았다. 그렇게 얻어맞고도 방에 들어가야 하는 것이다. 그런
데 이 아이는 "또 맹 그 지랄했다"고 썼다. 고양이를 모르는
것이다. 어른들 따라 아이들도 점점 이렇게 사람다운 마음을
잃어 가고 있다.

고양이   김수경 경북 의성 하령초 2학년

우리 집 고양이는
새끼를 물고 도망갔어요.

새끼를 물고 산으로
도망갔어요.

그러나 밤이 되면
몰래 새끼를 물고
마루 밑으로 살곰살곰
들어오지요.

아침이 되면 또
산으로 도망을 가지요.

고양이가 도망을 쳐도

나는 고양이가 좋아요.

아버지 엄마 내 동생은
고양이를 잡을라고 하지요.
그러면 나는 고양이를
잡지 못하게 하지요.

고양이가 부엌에
들어오면 엄마는
빗자루로 막 때리지요. (1985.)

고양이가 낮이면 새끼를 물고 산으로 도망갔다가 밤이면 다
시 물고 집으로 와서 마루 밑으로 들어간다고 한다. 왜 그럴
까? 사람들이 새끼를 해칠까 봐 고양이는 새끼를 물고 안전한
산으로 데리고 가는 것이다. 그런데 밤에는 산이 추워서 견딜
수 없다. 사람의 집으로 와서 마루 밑에라도 들어가 숨어 있어
야 밤을 날 수 있다.

여기서도 고양이가 부엌에 들어간다고 얻어맞는다. 고양이
의 수난 시대가 온 것이다. 고양이의 수난은 바로 자연 전체의
수난이다. 사람이 일으킨 재앙이 모든 살아 있는 목숨을 덮고
있다.

이 글을 쓴 아이는 2학년이다. 나이가 어려선지 깨끗한 마음
을 잃지 않았다는 생각이 든다.

그런데 고양이가 더러는 사람의 눈을 피해 지붕 위에 올라가 새끼를 낳아 기른다는 사실도 아이들의 글에서 알게 되었다. 고양이를 자꾸 때려서 집 밖으로 내쫓고, 그래도 들어오면 산에 갖다 버리고, 또 산에서 내려와 집에 찾아오면, 다시는 못오게 차를 타고 아주 멀리 가서 산에 버리고 온다는 글도 몇 편을 읽었다. 사람이 저희끼리도 생명을 가볍게 여기는 부도덕한 사회가 되었으니, 고양이고 또 무슨 짐승이고 어찌 귀하게 여기겠는가.

　도시에서는 쌀가게 같은 데서 고양이가 나일론 끈을 목에 달고, 추운 밤에도 방에 들어가지 못하고 밤새도록 무섭게 울어 대는 것을 흔히 볼 수 있다.

　다음은 도시 아이가 쓴 글이다.

　오늘 저녁때 내 방 앞에 있는 마루에서 우리 집 고양이가 마루 밑을 기어가고 있었다. 그런데 자꾸 내 방에 들어갈려고 해 끄집어냈다. 그런데 '야옹야옹' 하는 모습이 참 불쌍했다. 그래서, 내 방에 들어가서 놀라고 했는데 고양이는 처음 만져 봐서 징그러웠다. 그래서 그냥 두고 방에 들어갔다. 그런데 자꾸 내 방문을 긁을라고 해서 고양이 집에다가 내쫓았다. 그리고 내가 한 짓이라도 고양이가 불쌍했다. (서울 구의초 4학년)

　고양이가 징그러웠다고 했고, 추워서 방에 들어오려고 하는 것을 기어코 내쫓았다고 했다. 이 아이는 고양이가 왜 방에 들어가려고 하는지를 모른다. 그래 방문을 긁는 것도 밉기만 했던 것이다. 고양이를 이해하지 못하니 징그럽기만 했을 것이다. 불쌍했다는 말은 말에 그치고 있다. 이것이 도시의 아이들이다. 자연을 멀리하고 자연과 아주 떨어져 있는 세상, 자연이 없고 있어도 병든 자연만 있는 세상에 살아가고 있으니 자연을 알 리가 없고 자연에 정을 느낄 리가 없다. 사람이 콘크리트 벽 속에 갇혀 살게 되면 이렇게 해서 사람이 본래 가지고 있던 마음, 사람다운 마음을 아주 잃어버린다. 무서운 일이다.

삶을 빼앗긴
아이들의 글

여기 어린이 글 두 편을 논평하려고 한다. 이 두 아이의 글은 며칠 전에 있었던 어느 아이들을 위한 모임에서 발표했던 것이다.

눈 초 2학년

나는 아빠랑 목욕을 갔다.

학교 때문에 빨리 오게 되어서 내가 아빠보다 일찍 집으로 돌아갈 수 있었다. 올 때 문을 열자마자 하얀 물체가 내 머리 위에 떨어졌다.

자세히 보니 눈이었다. 나는 깜짝 놀랐다.

참으로 이상한 것이라고 생각했다.

"왜 눈이 겨울엔 별로 안 오고 봄에는 많이 올까?" 하고 혼잣말을 하기도 했다. 오늘은 역시 재미있었다. 하지만 눈에 대해서는 이상하게 생각한다.

이 글은 어느 날 어디에서 누구하고 무엇을 했다는 이야기를 쓴 글, 곧 서사문이다. 이렇게 자기가 바로 보고 듣고 한 것을 쓰는 글이 가장 많이 쓰는 글이고, 또 많이 쓰도록 해야 하는 글이다. 글쓰기로 삶을 가꾼다는 것은 이와 같이 자기가 한 것을 정직하게 쓴 다음 그 글에 나타난 생각이나 태도가 어떤가? 그 글이 정말 거짓 없이 자세하고 정확하게 써졌는가를 살피고 비판하고 반성하여 더 나은 생각과 태도를 가지게 되고 더 나은 글을 쓰게 되도록 하는 것이다.

그런데 요즘은 많은 아이들이 자기가 실제로 한 이야기를 잘 쓰려고 하지 않는다. 그 까닭은, 무엇보다도 학교의 국어교육이 어른들이나 남의 글을 따라 흉내를 내게 하기 때문이고, 다음은 더구나 도시 아이들이 심하지만, 자기가 겪은 일은 재미가 없다고 생각하여 쓰기 싫어하는 것이다. 사실 도시 아이들이 쓴 글을 읽으면 대체로 재미가 없다. 날마다 하는 일이 똑같고, 어른들이 시키는 대로 언제나 짜여진 일과를 되풀이하기 때문이다. 자기가 임자가 되어 그날그날 할 것을 계획하고, 그 계획한 것을 실행하는 동안에 실패하기도 하고 잘되기도 하는 괴로움과 기쁨을 맛보고, 실패하면 다시 또 궁리를 해서 잘하려고 애쓰는 생활, 이러한 자기의 삶이 없는 것이다. 아이들은 삶을 빼앗겨 버렸다. 아이들은 기계가 되어 점수 따기를 위한 지식이나 외우고, 그러다가 그 비참한 시간에 잠시 풀어놓으면 텔레비전을 보거나 만화를 본다. 아니면 전자오락실에 달려간다. 이러니 아이들의 삶이 모두 비슷비슷하여 그것을 글로 써도 재미가 없고, 쓸 마음조차 안 나는 것이다.

그러나 이것은 대체로 그렇다는 것이지, 아무리 틀에 짜인 생활이라도 모든 아이들의 하루 생활이 결코 똑같을 수 없다. 잘 살펴보면 같은 집에 사는 형제라도 그 삶이 다 다르고 생각도 감정도 다 다르다. 삶이 틀에 짜여 있다고 생각될수록 그 삶을 잘 살피고 돌아보아서 자기의 마음과 행동을 자세하고 분명하게 나타내어야 한다. 물론 삶 그 자체도 될 수 있는 대로 틀에 박혀 있지 않도록, 자유롭게 살아가도록 애써야 함은 말할 것도 없다.

이 글이 '한 일을 잘 알 수 있게' 틀리지 않게 쓴 글인가 살펴보기로 한다.

둘째 줄에 "학교 때문에 빨리 오게 되어서"라고 썼는데, 어디서 어디로 오게 되었다는 말인가? "나는 아빠랑 목욕을 갔다"고 시작했으니 목욕탕에 갔던 이야기가 나올 것으로 알고 다음 줄을 읽게 되고, 따라서 목욕탕으로(학교 때문에 빨리) 가기 위해 어디에서 집으로 급히 오게 된 것일까, 하는 느낌이 든다. 그러나 그다음에 목욕탕에 갔던 이야기는 아주 안 나온다. 그러니 이것은 목욕탕에서 집으로 오게 된 것을 이렇게 쓴 것 같다. 글이란 무엇보다도 남들이 잘 알 수 있게 써야 한다.

"올 때 문을 열자마자 하얀 물체가 내 머리 위에 떨어졌다."

여기서 어느 문을 열었다는 말인가? 아마 이 말은 집에서 학교에 가기 위해 방문을 열고 바깥에 나갔다는 말이겠는데, 그렇다면 "올 때 문을 열자마자"로 쓸 것이 아니라 '학교에 가려고 방문을 열자마자'로 써야 한다. 또 "하얀 물체", 이것은 아이들의 말이 아니다. 어른들도 이런 말을 입으로 하지는 않는다. 입으로 하지 않는 말은 안 쓰는 것이 좋다. 어린애들이 유식한 말을 쓴다고 놀라워하고 반가워할 어른들이 있을까 걱정이다. 요즘 아이들은 자기의 삶을 잃어버리고, 그 대신 책으로만 공부를 하고 말을 배우기 때문에 살아 있는 말을 자꾸 내버리고 어른들을 닮아서 죽은 글, 죽은 말을 쓰기 좋아한다.

"자세히 보니 눈이었다."

이건 좀 억지스런 말이다. 방에서 바깥으로 나가려고 문을 열었을 때, 하얀 그 무엇이 머리에 떨어지는 것에 놀라 자세히 보니 눈이었다는 말은 아이답지 않게 말을 꾸며 만들어 거짓스럽게 되었다. 먼저 하늘에서 떨어지는 눈을 보았을 것이고, 그다음에 머리에 내려앉는 것을 느꼈을 것이다. 왜 말을 이렇게 만들었을까? 어쩌면 큰 학생이나 어른이 이 대문을 써 주었을 것 같기도 하지만, 큰 학생이나 어른들의 잘못된 글을 흉내내어 쓴 것인지도 모른다. 문예부 아이들에게 글짓기 기술을 가르치는 교사들은 흔히 이런 괴상한 글재주를 익히게 한다.

"오늘은 역시 재미있었다."

무엇이 재미있었다는 말인가?

전체를 통틀어서 말하면, 이 글은 자기가 한 일을 차근차근 자기의 말로 쓸 줄 모르고, 잘못된 글을 읽거나 잘못된 글짓기 재주를 익힌 아이가 마구 거칠게 써 버린 글이 되어 있다.

그리고 또 하나, 이 글은 벌써 여러 달 전에 쓴 것이다. 왜 하필 이렇게 쓴 지 오래된 글을 발표할까? 날마다 쓰는 일기라면 어제오늘 쓴 글을 발표하는 것이 듣는 사람의 관심도 모으게 되고 재미도 있다. 그래야 교육이 된다. 일기를 한 해에 단 며칠밖에 안 쓴다면 모르지만.

고생을 하신 아버지 초 3학년

나는 아버지가 얼마나 고생을 많이 하신 줄 압니다. 아버지는 우리에게 잘해 줍니다. 나는 아버지에게 혼이 날 때마다 화를 냈습니다. 그러나 아버지는 우리가 잘되라고 하신 것입니다.

나는 아버지에게 효도하는 방법을 생각했습니다.

나는 공부를 잘하는 게 효도하는 것이나 다름없다고 생각했습니다. 나는 공부를 못한다고 생각합니다. 나는 공부를 다음부터 열심히 해 나의 영원한 등불이신 아버지에게 효도하고 싶습니다. 지금 트럭을 운전하시는 아버지가 훌륭한 사람은 아니시지만 나에게는 훌륭한 분으로 보입니다. 나는 아버지보다 더 훌륭한 사람이 되어 아버지께 효도하고 싶습니다.

이 글은 먼저, 여기에 나타난 이 아이의 삶을 논의해야 할 것이다. 이 아이의 아버지는 이 아이를 자주 심한 꾸중을 해서 혼을 내는 모양이다. 그것은 공부를 안 한다고, 시험 성적이 나쁘다고 그러는 것이 틀림없다. 그런데 이 아이는 아버지가 혼내 주시는 것이 "우리가 잘되라고 하신 것"이라 말하고 있다. 그래서 효도하는 방법은 다만 공부를 잘하는 것이라 생각한다. "나는 공부를 못한다"라든지, "다음부터 열심히"라든지, "영원한 등불이신 아버지에게 효도하고 싶습니다"든지 하는 이런 말들을 보면 이 아이가 얼마나 아버지의 그릇된 교육열에 압도당하고 있는가를 알 수 있다. 그래서 자신의 사람다운 느낌이나 생각은 아주 짓눌러 버리고 다만 아버지께 순종함으로써 살아갈 길을 찾고 있는 것이다.

이 아이는 공부를 왜 해야 하는지, 어떤 공부가 참공부인지, 어떻게 살아가는 것이 옳은지, 3학년이라 아직 이런 문제를 생각하기에는 이르지만, 그래도 3학년 정도의 아이들이 가질 수 있는 소박한 생각조차 가져 본 일이 없는 것 같다.

이 글 끝에는 아버지의 직업에 대한 생각이 적혀 있다.

"지금 트럭을 운전하시는 아버지가 훌륭한 사람은 아니시지만 나에게는 훌륭한 분으로 보입니다."

이것은 앞뒤의 논리가 안 맞는다. 어떻게 보아야 할까?

'트럭 운전사인 아버지가 훌륭한 사람이 아니지만 나는 훌륭한 분으로 보아야 한다'는 말인가? '세상 사람들이 보기에는 우리 아버지를 훌륭하다고 안 보겠지만 나만은 훌륭하다고 본다'는 뜻인가? 아니면 '운전사란 직업은 훌륭한 직업이 아니지만 우리 아버지가 내게는 소중한 분이다'라는 뜻인가? 아무래도 이 마지막 쪽인 듯하다. 그 까닭은 마지막에 나오는 말이 "나는 아버지보다 더 훌륭한 사람이 되어 아버지께 효도하고 싶습니다" 이렇게 되어 있기 때문이다. 또, 아이들을 채찍질해서 입신출세의 길로만 달려가도록 하는 부모들이, 그 자식들에게 심어 주는 생각이라는 것이 결코 '일하는 사람은 훌륭한 사람'이라는 생각일 수 없기 때문이기도 하다. 어쨌든 이런 모든 잘못된 생각에 대한 논의와 지도가 있어야 할 것이다.

다음은 표현에 관한 문제다.

이 글은 아버지에 대한 생각을 쓴 감상문이다. 감상문은 그 감상을, 어느 때 어디서 무엇을 보고(무슨 일을 하고) 얻었는가 하는, 감상이 우러난 근본이 된 이야기부터 먼저 해 놓고 쓰는 것이 좋다. 이 글에서 아버지가 날마다 일하시는 것이야 언제나 듣고 본다고 하더라도, 그래도 어느 때 특별히 우러난 생각을 쓰자면 그런 생각을 하게 된 사정을 자세하게 밝혀야 할 것이다. 가령 어젯밤에는 12시가 다 되도록 공부를 하고 있는데, 그제야 아버지가 일을 마치고 아주 피곤해 보이는 얼굴로 들어오셨다. 그래서 나는 공부할 생각도 안 하고 멍하니 앉아서 아버지에 대해 이러이러한 생각을 하게 되었다든지 하면 그 생각이 한결 더 읽는 이의 마음을 사로잡을 것이다. 그렇지 않고 그저 누구나 흔히 쓰는 태도로 아버지께 효도해야 한다는 말만 쓴다면 그것은 진정으로 쓴 것이 아니라, 부모님께 감사하는 생각을 글로 쓰라는 선생님의 지시를 받아 할 수 없이 별로 마음에도 없는 것을 썼다고 볼 수밖에 없다. 이 글은 그런 의심을 지워 버릴 수가 없다. 글에 나타난 생각을 하게 된 원인을 조금도 써 두지 않았으니 말이다.

이 밖에 이 글에는 "영원한 등불이신 아버지"와 같은 어른들이 흔히 쓰는 말이 나와 있는 것도 지적해야 한다.

지금까지 글 두 편을 두고 얘기했는데, 이 두 글을 견주어서 함께 말할 것도 있다.

첫째, 2학년생이 쓴 '눈'이란 글은 "갔다"와 같이 보통의 글체로 썼는데, 3학년생이 쓴 '고생을 하신 아버지'는 "갔습니다"와 같은 경어체로 썼다. 아이들이 글을 쓸 때 경어체로 쓰다가 보통체로 옮겨 가는 것은 초등학교 2학년에서 3학년 사이다. 그런데 여기서 2학년 아이는 일기를 이런 보통체로 쓰는 버릇을 들인 것 같고, 3학년 아이는 어른 앞에서 말하는 기분으로 쓰다 보니 경어체로 된 것 같다.

둘째, 2학년 아이는 "아빠"라 했는데, 3학년 아이는 "아버지"라고 썼다. 이 3학년생은 평소에 교사나 부모의 특별 지도를 받았으리라. 특별한 교육을 받지 않으면 중고등학생이 되어도 '아빠'라 말하는 것이 요즘의 아이들이다.

셋째, 어른스런 말이 글 두 편에 다 들어 있다. 저학년 아이들의 글은 더구나 순진해야 하는데, 여기에서는 모두 순진한 마음의 바탕을 어느 정도 어른들한테 빼앗긴 글이 되어 있다. 앞의 글은 잘못 익힌 글재주로, 뒤의 글은 자기를 부정하는 효도로, 모두 얼마쯤 병들어 있는 글이라 말하지 않을 수 없다.

어린이신문에
실린 글

●

●

어른들이 보는 몇몇 일간 신문사에서 초등학생들을 상대로
〈소년○○〉라는 이름으로 신문들을 낸 지는 벌써 오래되었다.
대관절 아이들에게 신문이라는 것이 필요한지 생각해 봐야 할
일이지만, 설혹 있어야 한다고 하더라도 시험문제와 만화 정
도를 실어서 신문이란 이름으로 내고 있다면 장삿속만 차리는
짓이라고밖에 할 말이 없다.

그런데 얼마 전부터 '어린이신문'이란 것이 주간으로 두 곳
에서 나온다. 신문 앞머리에 내걸어 놓은 표어가 하나는 "어린
이들에게 꿈과 희망을 심어 주는……"이고, 다른 하나는 "어
린이에게 꿈과 사랑과 소망을 드립니다"로 되어 있다. 두 곳에
서 다 교육에 관한 짧은 글 한 편을 써 달라고 하도 조르기에
써 보냈더니 신문을 한두 번 보내온 적이 있기에, 그 신문의
기사에 대해 내 의견을 적어 보려고 한다.

이 두 신문은 시험문제를 실은 신문은 아니고 나라 안팎의

재미있는 소식, 별난 일들, 문화와 체육에 관한 화보, 각 학교와 유치원들에서 하고 있는 교육 선전, 무슨 대회에 어느 학교에서 어느 학생이 상을 탔다든지 하는 일, 텔레비전에 나오는 인기 스타들의 소개 같은 것으로 지면을 채워 놓았다. 이쯤 말하면 내용을 더 이상 살피지 않더라도 이런 어린이신문의 성격을 짐작하겠지만, 한마디로 어린이의 참된 문화를 만들어 가는 것이 아니라 어른들이 하고 있는 것을 아이들에게 보여 주어서 아이들이 어른들의 문화를 따르고 흉내 내도록 하는 것임을 환히 알 수 있다. 다만, 여기서는 신문에 써진 문장이 어떻게 되어 있는지 알아보려고 한다.

먼저 ㄱ어린이신문에 나온 글이다.

독서의 중요성은 누구나 알고 있지만 독서 풍토가 좋아질 여건이 마련되지 않아 독서 교육에 큰 문제점으로 드러났다.

독서 지도의 첫째 요건은 도서관 이용을 권장하는 것이다.

독서는 지식과 정보, 경험을 얻고 생각하는 사람으로 성장시키는 가장 좋은 선생님이다.

위의 보기글들은 '기획 특집'으로 낸 '초등학교 도서관 너무 부족'이라는 제목의 글 몇 대문이다. 이것으로 알 수 있듯이, 아이들이 읽으라고 쓴 글이 아니라 어른들에게나 읽힐 글이다. 글에 쓰인 낱말이 어른들의 것이고, 기사를 취재한 눈이 아예 어른의 눈으로 되어 있다. 이래서 무슨 어린이신문인가? "독서는…… 선생님이다"라는 것도 말법부터 틀려 있다. 중간 제목에는 "독서 교육 재인식"이라는 말도 눈에 띈다.

> ○○ 공설 운동장 옆에 위치한 우리 학교(○○○ 교장 선생님)는 개교한 지 22년째 되는 학교로서 2천4백여 꿈나무들이 장차 나라의 큰 기둥이 되기 위해 오늘도 힘차게 자라고 있어요. 우리 학교는 여러 가지 면에서 자랑거리가 많지만 올해 '탐구적 종합 교재원'이 새롭게 꾸며졌습니다.
> 이 '탐구적 교재원'을 꾸미기 위하여 교장 선생님을 비롯하여 여러 선생님들께서 3월부터 6월까지 거의 석 달 반에 걸쳐 땀 흘려 애쓰셨답니다. 그중에서도 '암초 화단식 암석원'을 꾸미기 위해 교장 선생님께서 전라남북도와 충청남북도 그리고 경상남북도 일대를 두루 답사하시면서……. (줄임)

'어린이 기자석'에 실려 있는 이 글은 초등학교 6학년의 어느 아이가 쓴 것이라고 이름까지 나와 있다. 가엾은 아이들! 아무리 글을 모르는 사람이라도 이것을 어린아이가 썼다고는 보지 않을 것이다. 장사꾼이 된 학교 관리자들이 윗사람들에게 교육 잘했다는 것을 보이기 위해 그 실적 보고를 할 때 흔히 쓰는 천편일률의 글투란 것을 학교 선생 노릇을 잠시라도 해 본 사람이면 다 알 것이다. 다만 모르는 사람은 학교 밖에서 아이들 상대로 신문이라는 것을 만드는 사람들뿐이어서, 이런 어른들이 대신 써낸 글을 아이의 글이라고 신문에 싣고 있는 것일까? 아니면 이런 속사정 다 알면서도 장삿속으로 이 따위 글을 싣는 것일까? 그 어느 편이든 상처받는 쪽은 아이들뿐이다.

제2차 세계대전에서 일본이 패망하고 해방을 맞은 우리 나라는 독립 정부를 실현시키는 과정에서 무엇보다도 중요한 것 중의 하나는 국가의 주권을 영원히 보전할 기초로서 국군을 창설하는 것이었다.

군사교육 훈련 제도의 개선, 병영 시설의 현대화, 합리적 과학적 부대 운영 등을 통하여 자주적인 전쟁 억제력을 확보하고, 2천 년대 전략 환경에 능동적으로 대응할 수 있는 동적인 정예 군대의 건설을 위해 전진을 계속하고 있다.

위의 글은 '국군의 날 기념 특집 화보'에다 '자유·평화 수호의 용사들'이라는 제목으로 쓴 기사에 나온 두 대목이다. 마치 국방부 장관이 국회나 대통령에게 보고하는 문서의 글 같다.
이런 신문이니까 '어린이 주주 모집'의 광고문 같은 글도 '저희 회사는 앞날의 일꾼인 어린이들에게……'라고 쓸 줄은 모르고 "당사는 미래의 주역인 어린이들에게……"라 쓰고, '지금은 이름 그대로 이 나라 어린이들을 위하는 참된 독립 신문으로서 그 자리를 굳게 다져'라고 쓰지 못하고 "지금은 명실공히 이 나라 어린이들을 위하는 진정한 독립 언론기관으로서의 위치를 확고하게 다져"로 쓰는 것이다. 이런 어려운 말을 써야 부모들이 신문을 사 줄 것이라 생각하는지도 모르겠는데, 장사꾼들의 이런 어리석음과 잘못된 버릇을 학부모들이 깨우치고 뜯어고치는 수밖에 없겠다.

다음은 ㄷ어린이신문이다. 이 신문은 초등학교에도 들어가지 않은 아이들과 초등학교 저학년 아이들을 상대로 만들고 있다고 들었다. 그래서 그림과 놀이가 여러 면을 차지하고 있다.

경기도 김포군 대곶면 소재 어린이 농장에서의 고구마 캐기.

1면을 가득 채운 사진을 설명한 글이다. 아무리 어린 아기들이 글을 읽지 못한다고 하더라도 글은 쉽게 써야 하고 우리 말이 되도록 써야 한다. 아이들에게 바른말을 가르쳐야 할 것이고, 어른도 바른말을 배워야 하기 때문이다. 더구나 초등학교 저학년이면 모두 글을 읽게 된다. "대곶면 소재"는 마땅히 '대곶면에 있는'으로 써야 하겠고, "어린이 농장에서의 고구마 캐기"는 '어린이 농장의 고구마 캐기'로 쓰든지 '어린이 농장에서 고구마 캐기' '어린이 농장에서 고구마 캐는 모습'으로 써야 우리 말이 된다. 어린 아기들에게 일본 말법이나 서양 말법을 그대로 옮겨 놓은 말을 가르친다는 것은 얼마나 큰 죄를 짓는 일인가?

나의 이름은 계순철입니다.

2면에 나오는 글이다. 이것도 우리 말이 아니다. '내 이름'이지 '나의 이름'일 수 없다. 살아 있는 모국어를 가르쳐야 한다.

즐거운 놀이로써 유아의 권태로움이나 싫증을 해소하여 주자.

3면에 나오는 어느 분의 글 제목이다. "권태"와 "싫증"은 어떻게 다른가? "유아" "권태" "해소" 이런 중국글자말이 들어가야 글이 될까? 아무리 어른들만 읽는 글이라 하더라도 아이를 위한 글이고 아이들에 관한 글이니 쉽게 쓸 수는 없는가? 어째서 '아기'라는 말을 안 쓰고 "유아"로만 쓰는가? 나로서는 이해가 안 된다.

푸르른 가을날 원의 친구들과 소풍을 갔어요. 여름 내에 가꿔 놓은 무들이 꽃보다 탐스럽게 영글었어요.

16면 위쪽에 나온 사진을 설명한 글이다. "여름 내에"라니, 냇물에 무를 심어서 가꾼다는 말인가? '여름내'를 이렇게 잘못 썼거나 교정을 잘못 본 것일까? 하긴 이 신문은 띄어쓰기가 엉망으로 되어 있다. 그리고 "무들이 꽃보다 탐스럽게 영글

었어요" 했는데, '영글다'라는 말은 어떤 열매가 익어서 단단하
게 된 것을 말한다. 무가 영글었다니! 더구나 그것이 "꽃보다
탐스럽게" 했으니 어이가 없다. 우리 나라 사람이 아니고 우리
말과 글을 처음 배우는 어느 외국 사람이 썼다고 해도 그 게으
름과 불성실함을 나무라야 할 것이다.

실용성뿐 아니라 어린이들만의 귀여움과 깜찍함을 더욱 부각시
킴으로써 새로운 아동 패션 세계를 창조하려는 움직임이 일고
있습니다.

신문 한 면의 반 이상을 차지하는 '우리는 멋쟁이'라는 제목
이 붙은 원색 화보에는 위와 같은 글로 시작하는 광고문이 나
오는데, 결국 그것은 어떤 옷을 선전하는 글이었다.
이래서 어린이신문에 어린이는 간 곳 없고, 어린이의 얼굴
과 어른의 병든 목소리만 가득할 뿐이다.

어깨에 힘주는
말과 글

지난 겨울 몇 분의 선생님들한테서, 어느 회사가 차려서 하는 글짓기 강좌에 나갔던 이야기를 들은 적이 있다. 아이들을 상대로 장사를 해서 돈을 많이 번 회사라 아주 으리으리하게 지어 놓은 집에다가 방학 동안 학교를 쉬고 있는 아이들을 불러 모아 강좌를 벌이고 있더라 했다.

그런 글짓기 지도가 다른 미술, 음악, 영어, 주산…… 따위 과외 공부와 마찬가지로 문제가 너무너무 많고 아이들을 병들게 하는 노릇이 됨은 말할 나위도 없지만 여기서 그 병폐를 다 말할 수는 없다. 다만 먼저 한 가지만 적어 둘 것은, 어른들이 쓰는 책걸상을 그대로 아이들이 쓰고 있다는 문제다. 책상 면의 높이가 앉아 있는 아이들의 가슴쯤이나 되어, 1, 2학년 아이들은 두 팔을 그 높은 책상에 올려놓고 눈을 책이나 원고지에 바짝 가까이 대어서 읽거나 쓰지 않으면 안 될 형편이더란다. 거기에다 난방은 땀이 날 지경으로 덥게 해 놓았는데, 부모님의 성화로 하루에 보통 서너 곳 이상을 끌려다니는 아이들이 아무 의욕도 없이 정신이 다 나간 상태의 눈동자로 멍하니 앉아 있거나 졸면서, 그저 시간이 빨리 끝나기만을 기다리더라니!

아이들은 방학이 되어도 즐거운 시간을 보내지 못하고 이렇게 가엾게 시달리고 있다. 그리고 어른들은 아이들을 조금도 모르고, 교육이라는 것도 어른 중심으로 제멋대로 하고 있다. 어른들 책걸상에 아이들을 앉혀 놓고 태연한 어른들이 무슨 교육을 한다는 말인가? 그런 데서 하고 있다는 교육은 그 내용을 살피지 않아도 아이들의 마음을 짓밟고 어른들 흉내나 내도록 하고 있을 것이 뻔하다.

'수업'이라는 말이 있다. 이 말은 학업을 가르쳐 준다는 말, 곧 어른의 처지에서 하는 말이다. 배우는 아이들의 말로는 학습이라거나 공부라고 해야 한다. 그런데 학교의 선생님들이 공부니 학습이니 하는 말보다는 수업이라는 말을 더 많이 쓰고, 아이들에게도 예사로 수업이라고 한다. 이것은 단지 말 하나를 옳게 쓰지 못한다는 문제가 아니고 교육을 한다는 어른들이 얼마나 아이들을 잊어버리고 자기중심으로 하고 있는가를 말해 주는 보기가 된다.

"수업 시간에 그런 장난을 하다니!"

"넷째 시간에는 자연보호를 하러 나가기 때문에 수업을 한 시간 단축합니다."

이런 말만 듣게 되니 아이들의 말도 "영애야, 우리 수업 마치고 곧 거기로 가자!"이렇게 될 수밖에 없다.

선생님들이 아이들 앞에서 자기 자신을 가리켜 "선생님이⋯⋯"라고 알뜰히도 높여서 말하면서(그런 것이 아이들 중심으로 쓰는 말이라 잘못 생각하면서) 수업이라는 말은 아무 반성도 없이 쓰고 있다는 것은 우리 교육이 얼마나 민주교육에서 멀어져 있는가를 잘 말해 준다.

'백일장'이라는 말이 있다. 이 말은 사전에 나온 대로 '유생들의 학업을 장려하려고 각 지방에서 베풀던 시문을 짓는 시험'이란 말인데, 지금은 아이들을 모아 어떤 제목을 주어 글짓기 내기를 하는 행사로 되어 흔히 쓰고 있다. 그런데 중국글을 쓰던 시대가 다 지나가 버린 오늘날에 와서는 이런 말이 맞지 않다. (백일장이니 글짓기 대회니 하는 행사 자체도 그 폐단이 아주 많다.) 백일장이라는 말이 우리 말 우리 글을 쓰는 시대가 된 오늘날에 맞지 않다는 것은 다음에 드는 어느 아이의 글을 봐도 곧 깨달을 수 있다.

> 오늘 우리는 학급 백일장을 열었다. 아이들은 "백일 동안 열리는 시장"이니 하여 다소 어리둥절했지만, '과거'란 걸 알고 모두 함께 웃었다⋯⋯. (부산 연지초 6학년)

'백일장'을 '백일 동안 열리는 장날'이란 뜻으로 알았다는 아이들이 무식하다고 하는 어른이 있다면, 중국글자만 알았지 우리 말은 모르는 그야말로 진짜 무식한 사람이다. 백일장을 백일 동안 열리는 장이라 느끼고 아는 그 마음이 깨끗하고 바른 우리 아이들의 마음이요, 우리 겨레의 마음이다.

나는 우리 글쓰기회 선생님들이 애써 내고 있는 학급 문집을 참 소중히 여기고 자랑한다. 그런데 문집을 볼 때마다 대개는 몇 가지 좀 섭섭하고 안타까운 생각을 하기도 한다. 그것은 그 문집에 실려 있는 선생님의 머리글이나 뒷글이 왜 그렇게 어려운 말로 써져 있는가 하는 것이다. 좀 실례일는지 모르지만 아이들 글보다도 못하다. 아이들 앞에서 말을 할 때는 결코 그런 말로 하지는 않을 듯한데, 글을 쓴다고 하니 공연히 마음이 굳어져서 근사한 말재주를 부리고, 그래서 어렵고 재미없는 글이 된 것이겠다. 아이들이 이런 선생님의 글을 읽고 닮아 갈 것이 아닌가 싶어 걱정된다. 글쓰기 교육을 남달리 연구한다는 선생님들이 이래서 어찌 되겠는가? 그런데 옛날에 내가 만들었던 학급 문집을 펴 보니 나도 그렇게 써 놓았다. 참 얼굴이 화끈거리도록 부끄럽다. 이게 바로 접장들이 빠지기 쉬운 가장 큰 함정이라는 생각이 든다.

하긴 이 함정에 접장들만 빠져 있는 것이 아니다. 우리 나라의 모든 글쟁이들이 다 빠져 있다. 그러나 다른 어떤 글쟁이들보다 접장들이 이 함정에서 가장 먼저 벗어 나와야 하는 것은 바로 아이들 때문이다. 아이들이 선생을 따라 그 구덩이에 마구 빠져들어 가는 것이다. 자기 스스로 그것을 알든지 모르든지 어깨를 재는 어른들이 빠져 있는 함정에 아이들이 어떻게 따라서 빠져 있는가 알아보자. 다음은 6학년 아이가 쓴 글이다.

엄마는 우리 학교에서는 시험이 그 학생의 채점 수단이 된다는 것이 가슴 아픕니다. 성적이 좋고 나쁨을 떠나서 우리 아이들은 자체의 가치를 보여 받을 수 있어야 합니다. 그러나 성적이 그 아이의 전부인 양 공부를 잘하면 우등생이고 모범생이며, 공부를 잘하지 못하면 말썽꾸러기이고 문제아로 정의되는 현실이 자살을 하는 학생들을 만드는 것이 아닌가 생각하게 됩니다.

우리 아이들은 무엇인가 그들만이 할 수 있고 하고자 하는 것을 해야 합니다. 그들은 더없이 내일을 꿈꾸고 자신들의 순수함을 순수하게 표시하며 살 수 있어야 합니다. 그러나, 우리 아이들은 공부라는 것을 할 수 있지만 하기 싫은, 혹은 지독히 하기 힘든 무서운 또 거대한 짐으로 받아들이고 있으며, 그 공부라는 것은 단지 좋은 학교에 가서 살아야 한다는 것에 목표를 두고 있습니다. (초 6학년)

이건 도무지 아이들의 말이 아니고 아이들의 글이 아니다. 잘못된 글을 읽었거나, 그런 글을 쓰고 있는 어느 어른의 글을 그대로 베껴 낸 것이겠지 싶어 담임선생님한테 물었더니, 그 아이가 공부를 잘하는 아이인데 늘 그런 글을 쓴다고 했다. 맙소사! 이게 아이의 글이라니, 참 어처구니가 없다.

공부란 것을 잘한다는 아이들은 이래서도 문제다. 내가 겪은 바로도 대체로 교과서 중심의 점수 따기 공부를 잘하는 아이들이 어른들의 흉내를 잘 내고, 글재주를 부리고, 재미없는 글을 쓴다. 공부를 잘하지 못해도 순진한 아이들이 감동을 주는 글을 쓴다.

위의 글을 읽으면서 나는, 이 아이를 지도한 선생님이나 부모님들이 여느 때 이 아이에게 얼마나 유식한 말을 하고 있었던가를 생각하지 않을 수 없다. 아무리 좋은 생각을 말하더라도 그 말 자체가 어렵고 공중에 뜬 말일 때는 그 생각이 죽은 관념으로 되어 버린다. 흉내를 잘 내는 우등생은 삶을 익히는 것이 아니라 이런 죽은 관념을 재빨리 암기하는 재주를 보인다. 바로 함정에 빠지는 것이다.

앞의 글은 너무 심한 보기가 되었는지 모른다. 그런데 다음에 드는 글 정도로 어른스럽게 쓰는 아이들은 흔히 볼 수 있다.

내 책은 〈이 땅의 어린이문학〉 2호이다. 서점에 아무리 돌아다녀도 없어서 마침내 선생님 손에 의해 구입되었기 때문에 더욱 더 애착이 간다. 내가 이틀째 간 날은 점원이 화를 내었다. 없는 책을 자꾸 찾는다고. 이렇게 점원의 신경질까지 받으며 구입한 귀한 책이니 53주간의 귀한 여정을 보내기가 좀 안타깝다. 꼭 어머니가 아들을 떠나보내는 기분이다. 이 책을 모두 깨끗이 보아 주었으면 좋겠다. 부디 53주의 기나긴 여정을 무리 없이 다녀왔으면 좋으련만……. (초 6학년)

어른스런 말, 잘못된 말로 써 놓은 글은 대개 그 내용도 어른들의 생각, 남의 의견을 그대로 따른 것이 대부분인데, 이 글은 그렇지 않고 자기 이야기, 자기 생각을 썼다. 그런데도 아이들이 보통으로 하는 말을 쓰지 않고 어른들의 글에서나 나오는 말을 썼다. 이렇게 써야 가치가 있고 유식한 글이 되겠지 생각한 것이다. 여기 나온 말에서 "선생님 손에 의해 구입되었기 때문에"는 '선생님이 사셨기 때문에'로 써야 하고, "구입한"은 '산'으로, "여정"은 '여행길'이나 '나그네길'로 써야 한다. "서점"도 '책방'이나 '책가게'로 쓰면 더 좋겠지.

4장

아이들에게
배우는 글쓰기

아이들에게
배우자

오늘 이 새해 아침에는 우리 모두 어린이 마음으로 돌아갔으면 하는 생각이 들어서, 아이들이 쓴 글을 두 편 읽었다.

첫 번째로 읽은 글은 '할아버지와 참꽃'이라는 제목이다. 이것은 30년 전 시골 초등학교 2학년 아이가 쓴 글이다. 벌써 옛날이 된 이 글을 읽어 보고 싶은 것은, 이 글에 나타난 농촌의 자연과 삶, 인정 같은 것이 그립다는 생각이 들고, 새해 아침에 우리 겨레가 살아온 이 땅의 자연과 그 자연에 어울려 살아온 겨레의 마음을 한번 생각해 보는 것이 뜻이 있겠다는 생각이 들었기 때문이다. 여기 '참꽃'이라는 것은 물론 진달래꽃을 말한다. 북한은 모르지만, 남한 일대에서 옛날부터 참꽃이라 했다.

할아버지와 참꽃 임도순 경북 상주 공검초 2학년

학교에서 공부를 마치고 집에 가니 나뭇군들이 우리 집 마당으

로 지나갑니다. 나뭇군들이 지나가는데 언뜻 보니 나뭇군 지개에 활짝 핀 참꽃이 꽂혔습니다. 그래서 나는 "벌써 참꽃이 피었네" 하고 말하니 내 동생이 방에서 울다가 갑자기 나옵니다. 내 동생이 나오더니 참꽃이 나뭇군 지개에 꽂혀 있으니까 막 돌라합니다. 그래 노인 한 분이 지개를 내루더니 "아가야, 참꽃 빼가지고 가거라" 하셨습니다. 나하고 내 동생 젖먹이하고 나뭇군한테 가서 내가 활짝 핀 참꽃 두 송이를 빼 주니 그 나뭇군이 "야야, 아기 참꽃 더 빼 주어라" 하셨습니다. 그래 나는 세 송이를 빼 주었습니다. 그래 나뭇군이 있다가 "너는 왜 그래 빼 주나?" 하면서 지개에 꽂은 참꽃을 다 빼 주면서 "나는 집에 가도 어린아이들도 없다" 하셨습니다. 그래 나뭇군은 그만 집에 가셨습니다. 나는 그 할아버지가 우리 할아버지만침 고마웠습니다. 왜 그런가 하면, 우는 아이를 달래서 그럽니다. (1959. 2. 27.)

지개에 진 나뭇짐 속에 꽂혀 가는 이른 봄의 진달래꽃, 그 꽃을 보고 울음을 그친 아기, 그 꽃을 다 빼 주고 싶어 하는 할아버지―이 아이와 꽃과 할아버지, 한 폭의 그림같이 아름다운 풍경이다. 우리들 모두의 마음속에 새겨져 있는 고향의 모습이라 할까.

다음에는 '공부'라는 제목인데, 이 글 또한 산골 초등학교 3학년 아이가 썼지만, 옛날에 쓴 것이 아니고 바로 올해에 쓴 글이다.

공부 함명옥 경북 봉화 석포초 3학년

공부는 어린이에게만 필요한 것인가? 어른들도 공부를 하시겠지. 공부는 자기 실력대로 하면 된다고 생각한다.

그렇지만 부모님들은 우리들의 능력도 생각해 보지 않고 무조건 공부를 잘해야만 된다고 하신다. 공부를 조금이라도 못하면 야단치시고, 또 공부를 안 해도 야단치신다.

이 세상 아이들이 공부만 잘하면 어떻게 될까? 똑똑한 아이들만 생기면 어떻게 될까?

나는 너무 똑똑한 사람들만 이 세상에 산다면 지금보다 살기가 더 나빠질지도 모른다는 생각이 든다. 어른들은 그런 생각이 조금도 없나 보다. (1988. 11. 7.)

이 글은 후반부에서 "이 세상 아이들이 공부만 잘하면 어떻게 될까? 똑똑한 아이들만 생기면 어떻게 될까?" 하고 묻고 있다. 그런 다음에 스스로 대답하기를 "너무 똑똑한 사람들만 이 세상에 산다면 지금보다 살기가 더 나빠질지도 모른다는 생각이 든다"고 말하고 있다. 그러고는 어른들은 그런 생각을 조금도 못 한다고 끝을 맺고 있다. 이 아이의 이런 생각은 평소의 학교생활에서 얻은 것으로 참 훌륭하다. 생각해 보면 우리 어른들은 '똑똑한 아이'로만 만들려고 교육을 한다. 학교에 다니는 아이가 뭘 좀 많이 알아서 지껄이면, "고놈, 제법 똑똑하구나!" 하고 칭찬한다. 그런데 착한 행동을 하는 아이를 보고는 어수룩하다고 한다.

정말 이 아이의 말과 같이, 세상에 똑똑한 사람만 산다면 얼마나 재미없고 답답하고 쓸쓸할까?

아이들은, 우리 어른들이 오랫동안 애써 연구한 끝에 겨우 알아낸 진리를, 그들의 생활 속에서 아주 직감으로 느껴 알고 는 쉬운 말로 표현한다. 이래서 아이들은 이른의 스승이라고 한다.

올해는 아이들에게 배우는 한 해가 되기를 바란다.

제 것을 업신여기는
이 못난 버릇

다음은 초등학교 2학년 아이가 쓴 시다. 제목은 '집'.

나는 매일마다
집에만 앉아 있어요.
어디 놀러도 안 가고
집에만 있어요.
나는 너무너무 심심해서 줄넘기만 해요.

어느 자리에서 아이들의 시 이야기를 하면서 작품 여러 편
들어 보이는 가운데 이 작품을 두고 나는 다음과 같이 말했다.
"여기 나오는 '매일마다'라는 말은 잘못된 어른들 말을 따라
서 쓴 것입니다. '날마다'라고 써야 되지요. 그리고 이 시는 꼭
하고 싶은 말을 하려고 했던 시라고 봅니다. 다만 좀 더 절실
한 말이 나올 수도 있었을 텐데……."

그랬더니 마침 이 작품을 지도한 학원의 선생님이 바로 앞에 앉아 있다가 이런 말을 들려주었다. (이 작품은 어느 학원에서 낸 아이들의 문집에 실렸던 것이다.)

"이 글에는 '집에만'이라고 되어 있는데, 본래 이 아이가 쓰기로는 '집구석에만'이라고 썼습니다. 제가 참 좋은 시라고 칭찬하고 이 작품을 문집에다 실으려고 했지요. 그런데 아이 엄마가 알고, 그대로는 절대로 못 신는다고 했습니다. '집구석'이란 말을 '집'으로 고쳐서 실으란 말이었지요. 그래서 아무리 그 어머니를 설득해도 안 되어 할 수 없이 '집'으로 고쳐서 책에 낸 겁니다. 그 어머니 말버릇이 늘 '이 집구석에는' 한답니다. 이 아이가 쓴 말은 엄마가 한 말을 그대로 쓴 것이지요. 그런데 그 어머니 소원대로 아이 글을 고쳐서 문집에 실어 주었는데도 그 뒤 아이를 다른 글짓기 학원으로 데리고 가 버렸습니다."

생각했던 대로 그랬구나. 아무래도 말맛이 좀 덜하다 싶더니 어른들이 고쳐 놓은 것이다.

이 작품에서 두 번이나 나오는 "집에만"이라는 말은, 아이가 본디 쓴 대로 "집구석에만"이라 바로잡아 놓고 읽어 보면 이 아이가 살아가는 감정이 복잡한 생활환경까지 겹쳐서 훨씬 더 짙은 실감으로 가슴에 와닿는다. 그런데 살아 있는 아이의 말이 이렇게 어른들의 수작으로 생매장당했다. 말을 죽이는 것은 곧 마음을 죽이는 것이요, 목숨을 죽이는 것이다. 더구나 이 경우에는 바로 그 어머니 자신의 말 그대로인데도 말이다.

어찌 이 아이뿐이랴. 이 나라에서 나오는, 아이들이 읽는 모든 신문과 잡지와 문집 들에 실려 있는 아이들의 글이 모조리 그게 그것 같고 도무지 맛이 없는 죽은 말, 죽은 글로 되어 있는 까닭이 이러하다.

여기서 보기로 든 이 이야기는 아주 특수한 경우다. 도시의 그 많은 글짓기 학원에서 거의 모두 교과서의 방법을 그대로 따라 가르치고, 어른들이 써 놓은 글을 흉내 내게 하고 있다. 그래서 참 어쩌다가 진짜 교육을 학원 같은 데서도 좀 해 보려고 하면 이번에는 부모들이 이 지경이 되어 못 하게 하는 것이다.

그 어머니는 기어코 아이를 다른 학원으로 데리고 가 버렸단다. 그대로 두었다가는 언제 또 이 아이가 정직한 글을 쓰게 하는 선생님 때문에 자신이 부끄러운 꼴을 당할지도 모른다는 불안한 마음 때문이었으리라. 그래서 그만 아주 마음 놓고 자기 아이를 병신으로 만들어 주는 학원으로 데리고 간 것이겠지. 그런 학원은 얼마든지 있을 테니까.

앞에서 나는 '집'이라는 말을, 아이가 본디 쓴 대로 "집구석"으로 바로잡아 놓고 읽어 보면 훨씬 더 짙은 실감이 난다고 말했다. 그런데 이 경우, 지도교사가 글의 내력을 설명하지 않았더라도 웬만큼 아이들의 말과 글을 이해하는 사람이라면 이 '집구석'이라는 말이 아이들의 말은 아니란 것을 짐작할 것이다. 그래서 아, 이 아이는 부모들이 늘 하는 말을 그대로 받아써 놓았구나 하고 깨닫게 될 것이다. 아이가 살아가는 감정이

'복잡한 생활환경까지 겹쳐서'라고 한 것은 이 때문이다.

여기서 이 '집구석'이란 말을 우리 겨레가 일반으로 가지고 있는 어떤 마음의 상태에다 이어서 생각해 볼 필요를 느낀다.

이 아이의 어머니는 집에만 오면 흔히 "이놈의 집구석" "집구석에 안 있고 어디를 가" 하고 말했다고 한다. '집'과 '집구석'이 어떻게 다른가? '집구석'은 '집'을 낮추어 한 말이다. 이것은 남 앞에서 자기 집을 겸손한 마음으로 낮추어 하는 말이 아니다. 자기 집을 보잘것없고 부끄러운 것으로 생각하여 멸시하는 마음으로 하는 말이다. 이 경우 실제로 그 집이, 식구들이 들어가 앉고 쉬고 잠자기에 불편할 만큼 좁다든지, 건물이 허술해서 비라도 샌다든지 냄새가 나거나 시끄러운 환경이 되어 있다든지 한 것은 아니다. 내가 알기로 오히려 가난한 사람들일수록 자기들의 집을 아끼고 사랑하는 것이 우리 겨레의 마음이었다.

　바다 건너 오천 리 가기만 하면
　울타리에 호박 넝쿨 시들어지고
　지붕 위엔 흰 박들이 고이 잠자는
　오막살이 우리 집 한 채 있지요.

일제강점기만 해도 이런 노래를 지어 부르고 아이들에게도 가르치면서 우리는 고향 집과 겨레에 대한 사랑을 가슴에 품고 살았다. 그런데 지금은 어떠한가? 여유가 있는 방과 널찍한 뜰을 가진 사람일수록 그 마음의 상태는 '이놈의 집구석' 하는 꼴이 되어 있다. 그래서 더 넓은 집, 더 화려한 뜰을 가지고 싶어 한다. 이런 사람들은 자기 것이면 무엇이든지 궁색하고 천하게 보여서 멸시하는 정신 상태가 되어 있으니, 아이들을 키워도 남의 흉내만 내게 하고, 먹는 것 입는 것 배우는 것 모조리 서양 아이같이 기르고 싶어 온통 미쳐 있다. 이래서 남의 것만 쳐다보는 얼빠진 정신병이 온 겨레에 번져 간다. 옛날에는 일부 선비들이나 양반들이 중국을 '큰 나라'라 하여 쳐다보고 섬기더니, 요즘은 국민 전체가 일본과 미국과 서양 나라들을 우러러보고 따라가는 괴상한 바람에 휩쓸려 있다. 모두가 돈에 눈이 멀고 환장한 것이다. 으리으리한 것, 번쩍번쩍한 것을 천당으로 숭배한다. 의로운 감정이고 사람의 도리고 다 팽개치고 먹자판 놀자판 관광판 세상이 되고, 향락하는 것이 오직 하나 삶의 목표가 되었다. 망국 망족의 '이놈의 집구석' 병이 걸린 현실을 바로 보아야 한다.

그런데 예나 지금이나 아이들은 가장 믿을 만한, 우리 어른들의 스승이다. '이 집구석'이라고 하는, 자기를 업신여기는 종살이 본성에서 벗어나려면, 이런 말을 하면서도 안 한 것처럼 덮어 두고 숨기고 할 것이 아니라, 이런 말을 하고 이런 병든 마음을 가지고 있다는 사실을 솔직하게 인정하고 거기서 뛰쳐나오는 마음의 혁명을 일으켜야 할 것이다. 정직하게 쓴 아이들의 글을 보고!

어른을 깨우치는
아이의 글

●
●

  다음에 들어 보이는 글은 중고등학생들의 글을 모은 책《밥
먹으며 시계 보고 시계 보며 또 먹고》(1989)에 나오는 어느 고
등학교 1학년 학생이 쓴 '매'라는 제목의 글이다. 이 글에 대해
서 생각해 보기로 한다.

  나는 중학교 때부터 말썽을 약간 피웠던 터라 매와는 그리 서먹
서먹한 사이가 아니다. 고등학교에 들어와서도 심심치 않게 매
를 맞아 보았고 지금도 언제 무슨 숙제를 안 해서 매를 맞을지
두렵다.
  까짓 몽둥이 몇 대로 때리는 것은 눈을 꼭 감고 참아 넘길 수 있
는데, 지난번에는 그것을 참지 못하고 분출해 버릴 일보 직전까
지 갈 뻔한 적이 있다. 일시적인 호기심에 의해서 피우게 된 담
배를 어느 날 3층 화장실에서 피우다가 학생부 선생님에게 들켰
다. 일단 따귀를 쌈박하게 맞은 후 학생부로 연행(?)되었다. 학

생부 교실에서 무릎을 꿇게 하고 나를 앉힌 선생님들은 나를 개 패듯이 패기 시작했다. 어느 선생님(?)은 주먹으로 어느 선생님 (?)은 발로 앞에서 뒤에서 차고 밟고 후려치기를 어떠한 반항도 할 수 없는 나에게 퍼부었다. 쓰러지면 다시 앉히고 그러기를 몇 번, 디저트로 나중에 온 선생님께 쌍따귀를 맞은 후 비로소 나는 한숨을 내쉴 수 있었다.

담배를 피운 나의 잘못이 가장 크겠으나, 이것은 '대공수사본부' 에서 하는 간첩 고문인지, 아니면 허울 좋은 '사랑의 매'인지 분 간이 안 간다.

또 이러한 방법을 쓴다고 해서 진짜로 탈선의 길을 걷던 학생이 선도될 수 있는 것인가?

아니다. 결단코 그렇지 않다. 내 생각으로는 선생님은 '매'로 다 스리는 감시원이 아닌 '대화'로 학생의 고민과 여러 문제를 풀어 나가는 '동반자'가 되어야 한다고 생각한다.

나는 이 글을 읽고 교육 문제의 심각성을 또 한번 생각하게 되었다. 입신출세를 목표로 하는 시험 점수 쟁탈 경쟁의 교육 은 학생들의 삶을 철저하게 빼앗아 버리고 완전히 군대식 훈 련으로 길을 들이는 노릇만을 되풀이하고 있다. 그런데도 인 간을 기계로 찍어 내는 일에만 미쳐 있는 이 훈련소의 교관인 교사들은 말 그대로 폭력으로 아이들을 마구 짓밟는 것이다. 아무리 담배를 피웠다고 하더라도 아이들을 이렇게 대할 수 있을까? 이 글에 쓰여 있는 대로 힘에 기대는 방법으로는 아이들을 결코 "선도"할 수 없을 것이다. 폭력을 쓰는 어른들은 아이들을 선도하기는커녕 도리어 아이들의 비행을 부추길 뿐이다. 폭력은 폭력을 가르치는 것밖에 아무것도 될 수 없다. 또 담배를 피우는 어른들이 어떻게 아이들에게 '나는 담배를 피우지만 너희들은 피우지 마라'고 가르칠 수 있을까?

아이들을 이렇게 때릴 수 있는가 했지만 사실은 나도 이와 비슷한 야만스런 체벌의 광경을 여러 번 보았고, 말로는 더 많이 들어 왔다. 고등학교뿐 아니고 중학교와 초등학교에서도 폭력을 쓰는 딱한 선생님들이 더러 있다.

몽둥이나 주먹보다 한층 더 나쁜 것이 있다. 이 학생의 말대로 몽둥이나 주먹으로 좀 얻어맞는 것쯤 문제가 아니다. 패고 때리는 것보다 더 견딜 수 없는 것은 인격을 모욕하는 온갖 형태의 벌이다. 그리고 끊임없이 온갖 잡동사니 지식을 머리가 터져 나가도록 외우게 하여 사람을 비참한 점수 따기의 동물로 만드는 짓이야말로 견딜 수 없는 사람 모독이다.

이 글에서 두 번째로 생각한 것은 글쓰기 교육의 중요함이다. 이 학생은 자기가 쓴 이 글이 책에 실려 나오게 된 것을 얼마나 기뻐했을까 상상해 보았다. 아무런 힘이 없고 언제나 당하기만 하여 온 이 학생이 자기의 처지를 이렇게 글로 써서 수많은 사람들에게 알리게 되었다고 생각할 때, 그 마음에 쌓였던 억울하고 답답하고 꽉 막혀 있던 심정이 한꺼번에 확 트여 가벼운 마음이 되었을 것이 틀림없다. 그래서 이 학생은 착해지고, 정말 담배 같은 것도 피우지 말자고 마음속으로 작정했을 것 같기도 하다. 글쓰기란 이래서 귀한 교육의 수단이 되는 것이다. 글쓰기란 이래서 그 누구보다도 짓눌려 있는 사람, 붙잡혀 있는 사람들에게 필요한 것이다.

이런 글이 나왔을 때 교육자들도 크게 눈을 뜬다. 교육자들은 자기를 반성하고 몸가짐을 바로 하게 된다. 그래서 이런 글을 쓴 아이들을 고맙게 생각한다. 교사가 아이들한테 배우는 것이 바로 이것이다. 가르치면서 배우는 것이 참교육이요, 참교육자임을 글쓰기 교육을 하는 교사들은 잘 알고 있다.

그런데 이 책이 나온 뒤 문제가 일어났다. 이 학생이 있는 학교를 경영하는 분이 이 학생의 글을 가지고 '학교의 이름을 욕되게 하였다'고 해서 그 학생을 여러 번 데리고 가서 따져 묻고, 글을 쓰고 발표한 경위도 조사하였다고 한다. 그래서 학생을 지도한 교사에 대해서는 학교의 이름을 떨어뜨린 사람으로, 또 불온한 생각을 학생들에게 넣어 준 교사로 점찍어 여러 가지 견디기 어려운 형편으로 몰아가고 있다고 한다.

이 학생을 불러 조사한 결과 나타났다는 새로운 사실은 이 글에 써 있는 이야기가 실제로 겪은 일이 아니고 이 학생이 지어낸 이야기인데, 다만 근거가 아주 없는 이야기는 아니라는 것이다. 이 학생은 평소에 공부를 성실하게 하지 않고 선생님들이 시키는 일도 고분고분 듣지 않아 늘 밉게 보여서, 야단맞고 꾸중 듣는 학교생활만 되풀이했다고 한다.

나는 이 새로운 사실을 전해 듣고 모든 것을 알아차렸다. 초등학생이든 중고등학생이든 아이들이 쓰는 글은 거의 모두 자기가 바로 겪은 사실을 쓴 것이지만, 어쩌다가 이렇게 자기가 바로 겪지 않은 사실을 쓰는 경우가 있다. 이럴 때 바로 겪지 않은 그 이야기는, 그 아이가 간절하게 바라는 어떤 일이거나, 평소에 언제나 마음이 사로잡혀 있어서 그것을 밖으로 터뜨리지 않으면 견딜 수 없는 그 무엇으로 되어 있다. 이 학생은 학교생활에서 언제나 따돌림받고, 멸시당하고, 쫓기고, 벌서고 하는 처지를 이렇게 압축해서 글로 쓴 것이다. 그래서 자기를 미워하는 교사들에게 복수를 하였던 것이다. 그러니 이 글은 사실을 꼭 그대로 쓴 것은 아니지만 이 학생의 마음과 삶에서 우러난 진실의 표현임이 확실하다. 이쯤 되면 이 글의 내용이 사실이냐 아니냐를 가려서 글의 가치나 글쓴이의 행동의 옳고 그름을 말할 수 없다. 그만큼 이 글은 글쓴이의 심리와 오늘날 학교교육의 어떤 단면을 잘 보여 준다고 생각한다.

교육자들은 이런 글과 이런 글을 쓰는 아이들을 이해해야 한다. 그래서 교육은 전문 지식과 교양을 요구하는 것이고 높은 인격을 갖추어야 해낼 수 있는 직업이다. 그렇지 않고 담배를 피웠다고 해서 마구 잡아 족치고, 선생님들이 잘못했다는 글을 썼다고 해서 모조리 불량 학생으로 불도장을 찍는다면 그게 무슨 교육자라 하겠는가? 군대를 훈련하는 교관일 뿐이다.

나는 이 '매'라는 글이 아주 훌륭한 작품이라고 칭찬하고 싶다. 문장이 간결하고, 살아 있는 말을 정확하게 썼다. 다만 "분출해 버릴 일보 직전"이라든지 "일시적인 호기심에 의해서"와 같은, 좀 더 쉬운 말로 썼으면 싶은 말이 있지만, 이런 말이야 선생님들부터 예사로 쓰는 말 아닌가.

이 학생이 공부하는 학교를 경영하는 분은 학생들이 글쓰기를 통해 자기표현을 하는 활동을 이해해 주기 바란다. 어른들은 거짓말 이야기를 마음대로 지어내는 글을 문학이란 이름으로 얼마든지 발표할 수 있는데, 어째서 아이들은 자기의 울적한 마음을 짧은 글로 쓰는 일조차 할 수 없는가? 그런 글을 쓴 것이 벌을 받아야 할 죄가 되는가? 나는 오늘날 학생들이 좀 더 그 마음속에 쌓여 있는 온갖 사연들을 시원스레 밖으로 내뿜도록 해야 한다고 본다. 그래야 아이들이 병드는 것을 막을 수 있고, 이른바 불량 청소년이 크게 줄어들 것이다. 밖으로 표현하는 길을 꽉 막아 놓고 온갖 잡동사니 지식과 어른들 멋대로의 생각을 쑤셔 넣기만 할 때 아이들의 목숨은 시들어 버리거나 폭발해 버린다. 이런 사실을 모른다면 교육할 자격이 없다.

들으니 내가 예상한 대로 '매'를 썼던 학생은 자기의 글이 책에 실렸을 때 얼마나 기뻐했는지 모른다 했다. 그럴 것이다. 그렇게 기뻐한 학생을 또다시 절망의 구렁텅이로 몰아넣는다면 교육자의 죄는 용서될 수 없을 것이다.

일하는
아이들의 글

오늘 ㄷ일보에서 '도서 벽지 어린이 "방학이 괴로워요"란 제목으로 부모를 도와 일하는 아이들 이야기가 기사로 나왔다. 아직도 이런 아이들이 있는가 놀라워하면서, 옛날 내가 산마을에 있을 때 가르쳤던 아이들이 써 놓은 글을 찾아보았다.

마굿간 치기 김성환 경북 상주 청리초 4학년

1964년 5월 26일 화요일 흐림

마굿간에 마웃똥이 많다. 할머니가 마구 처자고 소시랑을 좀 얻어 오라고 하신다. 강눅이네 집에 소시랑을 좀 돌라 캐 가지고 할머니 갖다 주고 또 내가 달영이네 집에 가서 소시랑을 달라 하니 달영이네 아버지가 "있거든 찾아 가지고 가"하시면서 삽짝으로 나가신다. 나는 소시랑을 찾으니 다락 밑에 있다. 소시랑을 가지고 오니까 할머니가 마웃똥을 꺼면서 나오신다. 나는 마굿간에 가서 마웃똥을 꺼내서 소시랑으로 찍어서 끌며 "이 이"

하면서 억지로 문지방 밖에 나왔다. 소시랑으로 팍 쫓아서 끌고 거름 자리에 가서 빼 놓고 또 마굿간에 가니까 할머니가 "자, 이거 끌고 가" 하신다. "아유, 이거 못 끌고 가겠어요" 하니까 "못 가지고 가겠거든 거기 나도. 할매가 갖다 주는 거 끌고 가" 하신다. 나는 할머니가 끌고 가라 카는 것을 끌고 갔다. 할머니가 20번 쳐고, 나는 24번 쳐니까 다 쳐 간다. 한 번 가지고 나오니까 썰 것도 없고 탑새기도 없다. 내가 비짜리로 쓸어 논 탑새기를 동생이 삽으로 끌어 담아서 거름 자리에 갖다 놓는다. 다 쓸고 나서 짚 좀 마굿간에 갖다 놓고 손을 씻고 저녁을 먹었다.

＊처고: 치자고.

＊소시랑: 쇠스랑. 땅을 파헤쳐 고르거나 두엄, 풀 무덤 따위를 쳐내는 데 쓰는 갈퀴 모양의 농기구.

＊삽짝: 사립문. ＊껴면서: 끌면서. ＊탑새기: 쓰레기.

＊비짜리: 비짜리. 비짜락. 빗자루.

그때는 농촌 아이들이 이렇게 일을 많이 했다. 일을 하지 않는 농촌 아이를 상상할 수 없었다. 일을 너무 많이 해서 일에 시달리는 것이 문제였다. 이 글에는 "마웃똥" "소시랑" "탑새기" "삽짝" 같은 시골말이 나와 있다.

요즘 아이들이 이런 글을 읽으면 어떻게 생각할까? 참 힘든 일, 냄새나고 더러운 일을 하면서 살아가던 불쌍한 아이들이었구나 할 것 같다. 그러나 나는 요즘 아이들이 그때 굶주리면서 일하던 아이들보다 훨씬 더 불행하게 살아간다고 본다.

다음은 3학년 아이가 쓴 시다.

꽁 지키기   이승영 경북 안동 대곡분교 3학년

아침마다 지게를 지고 꽁 지키로 앞밭에 간다.
꽁은 온 산에서 껄껄 하고 운다.
밭에서 워, 워, 하고 쫓으니
꽁은 예쁜 소리로 울며 날아가고 있다.
콩 잎사귀들은 모두 해님을 쳐다보고 있다. (1970. 5. 30.)
* 꽁: 꿩.

일하는 것이 힘들고 고되었을 터이지만, 자연에 어울려 살
아가는 이 삶은 얼마나 맑고 아름다운가!

눈   김순자 경북 안동 대곡분교 2학년

눈이 오면 나뭇가지가 전체 하얗다. 눈이 오면 온 세상이 환하
다. 눈이 꽃 덩거리 같다. 꺾으러 가면 미원 같은 게 와르르 으
러진다. 집에서 보면 꺾으로 가고 싶다. (1969. 12.)
* 덩거리: 덩어리.
* 으러진다: '무너진다' '내려앉는다'에 가까운 말.

이 시에 "으러진다"란 말이 나온다. 이 말이 지금은 사투리

로 대접받고 있다. 표준말은 '떨어진다'로 되어 있다. 그런데 나뭇가지에 쌓인 눈이 '와르르 떨어진다'고 해 보라. 영 말맛이 달라져서 제대로 표현이 안 된다. 어제는 안동의 권정생 선생하고 이 얘기를 전화로 했지만, 경상도에서는 "새야 새야 파랑새야" 하는 노래도 "녹두꽃이 으러지면"이라 했다. 그런데 표준말을 조사하여 잘못된 것을 바로잡았던 우리 나라 학자란 사람들은 살아 있는 수많은 말들을 사투리란 딱지를 붙여 학살하는 죄를 저질렀다. 정작 없애야 할 온갖 남의 나라 글자말은 모조리 사전에 올려놓으면서 말이다.

구기자   이현숙 경북 상주 이안서부초 2학년

구기자 밑에
비가 와 갖고
빗방울이
매달려 있다.
참 예쁜 게
매달렸다.
어쩌면 조렇게
매달렸을까?
조금 있으니
땅에 널쩌고 한다.
참 재미있구나.

동생이

내가 구기자 밑에 빗방울을

한번 만치 보아야지, 한다.

가만히 나도.

지대로 떨어져.

가만히 나도. (1966. 11. 13.)

＊널쩌고: 널쩌고. 떨어지고.

여기는 "널쩌고"라는 말이 나온다. 나는 이 '널쩐다'도 훌륭한 우리 말로 대접해서 마음대로 글을 쓰고 말로 할 수 있어야 된다고 본다.

아이들의 글을 보기로 드는 것은 이쯤으로 하고, 좀 다른 이야기를 해 보자.

얼마 전에 어느 분이 우리 글쓰기회에 보태어 쓰라고 꽤 많은 돈을 보내 왔다. 알고 보니 그분이 올해 회갑이었는데, 자녀들이 잔치를 하려고 준비해 둔 것을 그렇게 보낸 것이었다. 너무도 고마워서 만나 인사를 하면서 교육계에 얼마나 계셨습니까 하고 물었더니, 자기는 교육계에 있었던 사람이 아니고, 교육이고 학문이고 하는 것은 아주 모른다면서 지금까지 살아온 이야기를 대강 들려주었는데, 참 많은 것을 배웠다.

그 가운데서 어렸을 때 이야기를 한 것이 이렇다. 서울 변두리에서 자랐는데 소학교 때 학교 갔다 오면 아버지가 날마다 길에 다니면서 소똥과 개똥을 주워 오라고 해서, 다른 아이들은 모두 학교에 가서 공 차고 노는데 그 일을 했다는 것이다. 또 산에 나무를 하러 간 이야기며, 토마토밭에 똥오줌을 지고 가서 퍼 준 이야기도 했다.

"그렇게 일하면서 자란 것이 지금 생각하면 가장 귀한 재산을 물려받은 것이 되었습니다. 요즘도 이렇게 장사를 하고 있지만, 새벽에 일어나 아내와 같이 시장에 가서 채소 같은 걸 사서 들고 오고, 하루 종일 집안일을 쉬지 않고 해도 즐거운 것이 모두 그때 그렇게 일하면서 자라난 덕분이지요."

교육에 관한 책을 한 권도 안 읽었다는 사람이지만, 이분이 야말로 누구보다도 훌륭한 교육관을 가졌고, 삶의 철학을 가진 분이라 생각한다.

나는 여기서 오늘날의 아이들 교육 문제를 두고, 모든 교육자와 부모들, 더구나 교육행정가와 학자들에게 다음과 같은 네 가지 질문을 하고 싶다.

첫째, 아이들에게 일하는 삶을 주지 않고 어떻게 세상의 참 이치를 깨닫게 할 수 있는가?

둘째, 아이들에게 일하는 삶을 체험하게 하지 않고 어떻게 사람다운 생각과 감정을 가지게 할 수 있는가?

셋째, 아이들을 자연 속에서 자연과 함께 자라나게 하지 않고 어떻게 고향을 생각하고 나라를 사랑하는 마음을 가지게 할 길이 있는가?

넷째, 아이들을 자연 속에서 일하고 뛰놀게 하지 않고 어떻게 살아 있는 모국어를 가르칠 수 있는가?

아이들이
쓰는 시

●

●

    1945년 '해방'이 되고부터 수십 년 동안, 우리 한국의 초등
학교 국어 교과서에 가장 많이 실렸던 운문 교재가 윤석중 선
생의 동요였다. 오늘날 우리 사회를 움직이는 중요한 일을 하
는 사람치고 윤석중 동요를 읽지 않고 어린 시절을 보낸 사람
은 없을 것이다. 아이들이 써 온 동요·동시란 것도 윤석중 선
생의 작품을 흉내 내는 것에서 시작했다고 할 수 있다.

기차는 바보   윤석중

길을 잃을까 봐
철로 위로만 다니지요.
기차는 기차는 바아보.
……

어린이 마음과 재미있는 말재주가 한데 어울린 이런 동요를 읽으면서 우리 아이들은 한글을 익혔다. 그리고 선생님들은 문예 교육이라 해서 이런 동요를 아이들이 흉내 내어 쓰도록 했다. 그 결과 아이들은 시를 잃어버리고 말재주만 흉내 내어 '나무는 나무는 바보' '거울은 거울은 바보' '그림자는 흉내쟁이' 따위를 썼던 것인데, 이런 상태는 1970년대까지 이어 왔다.

그러다가 하도 '그게 무슨 교육이냐?'고 비판하니까 이번에는 어른들이 쓰는 동시를 또 흉내 내도록 가르쳤다.

다음은 초등학교 3학년생이 쓴 것으로 되어 있는데, 어느 어린이 잡지에 실렸던 글이다. 이런 글은 1980년대에 나왔던 어느 어린이신문이나 잡지에서도 흔히 볼 수 있었다.

여름 초3학년

우뚝 선 포플러,
흐르는 냇물.

포플러 이파리가
생선 비늘처럼 반짝인다.

시원한 냇물.
따뜻한 햇볕.

맑고 고운 매미 소리.

물씬한 흙냄새가
즐거운 여름을 애기한다.

   이 작품의 둘째 연은 어른의 시에서 빌려 온 말로 되어 있
다. 그 밖에는 죄다 개념으로 쓴 말이다. 이것은 시가 될 수 없
다. 아이들은 원래 이런 글은 안 쓴다. 어른이 대신 써 주었거
나 어른의 글을 베껴 쓴 것이다. 물론 이것은 어른이 썼다고
하더라도 시가 안 되는 것은 말할 나위가 없다.
   이런 상태는 1990년대로 넘어와서도 다름이 없다.

벼 베는 날   초 6학년

오늘은
벼 베는 날

품앗이로
이웃 간에 정을 나누며
꿀떡 같은 새참에
한숨 돌린다.

낫질하는 사람들 이마에

땀방울 떼구르르.

생활 속에서 몸으로 겪은 살아 있는 감동을 그대로 쏟아 놓게 하지 않고, 머리로 말을 만들어 내도록 하니까 이런 우스운 글을 동시라고 쓴다. 오늘날 아이들이 읽는 모든 신문과 잡지에 실려 있는 동시, 어린이가 썼다는 동시가 대부분 이런 꼴로 되어 있다. 교과서부터 흉내 내기를 가르친다. 동시인들이 쓰는 동시와 똑같은 이름의 '동시'를 쓰게 하는 것부터 아주 잘못되었다.

진짜 아이들이 쓴 시라면, 동시 쓰는 지도를 받지 않고서도 정직하게 자기 생활과 마음을 쓸 수 있게 된 아이들의 글에서 어쩌다가 발견할 수 있다.

어머니 박진희 경북 영천 영천초 2학년

어머니는 리아카 빵 장사를 한다.
어머니는 동생을 업고 빵 장사를 한다.
어머니는 빵 장사를 하며 밤을 깎는다.

이 글은 이것을 쓰게 한 담임교사조차 시라고 보지는 않았을 것이다. 그러나 이 얼마나 훌륭한 시인가?

얼마 전 어느 지방에서 한 어머니가 전화로 물어 왔다. "선생님, 2학년인 저희 아이가 학교에서 동시를 써 오라는 숙제를 받아 왔습니다. 연을 몇 개로 나누고, 한 연을 몇 줄씩으로 하고, 한 줄은 또 몇 자씩으로 맞추어서 써 오라는 숙제입니다. 아이는 울고, 어떻게 하면 될까요?" 이래서 교육이 아이들을 잡는다.

참된 시를 아이들에게 쓰게 하려면, 무엇보다도 먼저 아이들이 지금까지 강요받아 온 그 형식에서 시원스럽게 벗어나도록 해야 한다. 형식에 갇혀 있으면 흉내밖에 낼 것이 없다. 그래서 남들이 흔히 쓰는 내용과 말을 쓰지 않았다면, 그리고 엉뚱한 말이 되었다면, 그런 글을 주의해 보아야 하고 소중히 여겨야 한다. 시는 그런 엉뚱한 말, 뜻밖의 말에 있으니까.

올해 초등학교 2학년을 맡은 주순중 선생이 낸 학급 문집에는 '시험'이라는 제목의 시가 10여 편 실려 있는데, 그 글들이 모두 시험에 짓눌려 있는 마음을 쓴 것이지만, 거의 모두 흔히 할 것 같은 말로 되어 있었다. 그런데 그 가운데 좀 남다르게 쓴 두 편이 있기에 여기 소개한다.

시험 전혜민 초 2학년

시험은 아주 무섭다.
시험을 시작하면 시험 귀신이 와서
내 마음을 때린다.
그 시험 귀신은 나를 문제 아무거나
틀리게 한다.

시험 최익환 초 2학년

나는 시험이 좋다.
시험은 숫자가 써 있다.
나는 숫자가 말을 하는 것 같다.
나는 시험이 재미있다.

앞의 글은 귀신 이야기가 나온 것이 아주 뜻밖이고 엉뚱하다. 이 아이의 참마음은 어른이 도무지 상상할 수 없었던 이런 말로 나타났다. 뒤의 글은 모두가 시험을 싫어하고 원수처럼 여기는데, 시험이 재미있다고 했다. 어디 이럴 수 있나? 예사 아이가 아니겠다 싶어 담임선생에게 알아보았더니, 이 아이는 늘 치르는 시험 성적이 별로 좋지 않지만 책은 아주 많이 읽는다고 했다. 이날도 웬일인지 시험지를 반만 써서 그대로 내놓더라고 했다. 말하자면 시험에 매달리고 끌려가면서 살지 않고, 아주 자유로운 마음으로 살아가는 특이한 아이다. 이런 아이가 있다는 것이 신통하고, 그래서 희망이 있구나 하는 생각이 든다.

아이들 글에 나타난
농촌의 어제와 오늘

이 글은 분단 이후 오늘날까지 농촌의 아이들이 어떻게 살아왔는가를, 아이들이 쓴 글로써 대강 살피는 것이 목적이다. 1950년대부터 10년씩 구분해서 보기로 하며, 아이들의 글은 최근의 것 몇 편을 제쳐 두면 모두 내가 지도한 것이다.

가난하지만 참되게 살려고 하던 때(1950년대)

참혹한 전쟁이 온 강산을 할퀴고 지나간 다음에는 가난과 굶주림이 또 모든 마음을 덮쳤지만, 그래도 아이들은 허리띠를 졸라매고 자라났다. 다음은 1955년 봄에 쓴 한 중학생의 시 '쑥죽'이다.

쑥죽　성우경 경남 함안 군북중 3학년

오늘도 소년은

왼종일
고내 너머 산골짜기에서
쑥을 캐고 있었다.

칼자루에
손이 아파 견디지 못해도
불쌍한 어린 동생
고생하시는 어머니, 아버지…….
쑥을 말없이 캐고 있었다.
        ×   ×
쑥죽을 먹을 때면
입이 별안간 쑵쓰럼해
그럴 때면
쑥죽을 먹는 동생들도
마구 얼굴을 쩌푸린다.

그러다가도
소년의 머리에 선뜩 떠오르는
주야로 살길 찾아 애쓰시는
아버지와 어머니…….

쑥죽은 쓰어도
매일같이 먹어야 한다.

꿀맛같이 맛이 있게 먹어야 한다.

아! 쑥죽
그것이 아니었더라면
누가 이 불쌍한 길을 조금이라도
구해 주랴…….

학교에 다니는 아이들이 점심 굶기를 예사로 알았던 그때,
씁쓰름한 쑥죽을 꿀같이 먹어야 했던 그때를 요즘 아이들은
까마득한 옛날의 불행한 시대로 여길 것이다. 그러나 나물죽
을 먹던 아이들에 견주어 공해 식품만을 먹는 요즘 아이들이
행복하다고 말할 수 있을까?

신 걱정   안남숙 경북 상주 공검초 2학년
나는 양말도 떨어졌고 신도 떨어졌습니다. 그래 나는 양말은 내
가 집지마는 신은 질 수가 없습니다. 그래 신을 사 달라고 하면
"공부도 못하는 기 신은 디 잘 딸구네."
"그만 신이 떨어졌는 걸 우쩨여."
"요분에는 시커먼 신을 사 조야지."
"시커먼 신이래도 좋아여. 신에 물만 안 올라오면 좋아여."
나는 이렇게 말했습니다. (1958. 12. 13.)
＊집지마는: 깁지만은.   ＊디: 아주.

양말이 떨어지면 기워서 신을 줄 알고, 신은 검정 고무신이 든 뭣이든 물만 안 올라오면 좋다던 아이들과 요즘 아이들을 견주어 본다. 넉넉하게 사는 것이 사람을 병들게 하는 것이라 생각한다.

우리 집 임도순 경북 상주 공검초 2학년

우리 집은 다 쓰러져 가는 오막살이집입니다. 나는 꺼버질까 봐 밤에는 잠도 잘 못 잡니다. 나는 언제나 좋은 집에 살까 울음이 나옵니다. 어머니께서는 돈 많이 벌어서 좋은 집에 살자 하십니다. 나는 우리 집이 다 쓰러져 가지만 그래도 우리 집이 제일 좋습니다. 학교 갔다 집에 오면 어머니가 밥도 주고 참 좋습니다. (1959. 2.)

* 꺼버질까: 찌그러질까.

찌그러질 것 같은 초가지만 어머니가 밥을 먹여 주는 우리 집이 제일 좋다고 한다. 도시의 높은 집들만 쳐다보는 요즘 아이들과는 너무 다른 세계에 살던 아이들이다.

농민이 되는 것을 당연하게 여기던 때(1960년대)

다음은 상주 청리초등학교 4학년 김성환 군이 쓴 일기다. 김 군은 부모가 안 계시고 할머니와 같이 살았기에 힘든 일을 많이 했지만, 그 무렵 농촌 아이들은 부모들과 함께 일하는 것을 당연하게 여겼다.

똥 퍼다 주기 김성환 경북 상주 청리초 4학년

1964년 4월 13일 월요일 맑음

학교에 갔다 오다니 할머니가 똥장군을 저고 밭으로 올라가신
다. 밤새 밭에 고추 갈라고 똥을 퍼다 준다. 나는 할머니를 보고
집에 빨리 와서 점심을 먹고 나니 할머니가 "개골마 가서 똥장
군 좀 돌라 캐라" 하며 똥을 푸신다. 나는 개골마 가서 똥장군을
좀 달라 하니 할머니가 "오좀 들었다" 하신다. 나는 "누구네 집
에 가면 똥장군이 있어요?" 하니까 "요 우에 집에 가마 나무 똥
장군이 있어. 그것 좀 얻어 가이고 가" 하며 알이키 주신다. 나
는 부끄러버서 못 들어간다고 하니 "그러만 내가 얻어 주께 가
자." "오카 어미야, 똥장군 좀 달라네." 가이고 가라 하신다. 똥
장군이 가볍다. 집에 와서 할머니한테 좀 버 주요 하며 지게를
지고 가니 똥이 출렁거린다. 몸이 이리 갔다 저리 갔다 한다. 몸
을 못 이기 내겠다. 나는 지게 탈고래를 꼭 잡아댕기 가이고 간
다. 그랭개 좀 낫다. 다섯 번 저니 어깨가 아프다.

＊똥장군: 똥을 담아 나르는 오지나 나무로 된 그릇.

＊저고: 지고.   ＊개골마: 개골마을.   ＊오좀: 오줌.

＊가이고: 가지고.   ＊탈고래: 짐을 묶은 끈.

＊그랭개: 그러니까. 그렇게 하니까.

　요즘은 어른들도 똥을 퍼다가 거름으로 밭에 주는 일을 힘
쓰지 않는다. 그래서 사람의 몸에서 나오는 더러운 것들이 도
시는 말할 것도 없고 농촌에서도 끊임없이 강으로만 쏟아져

나오고 있다. 똥을 퍼다 나르는 아이가 부끄러운 일을 하는 것이 아니라 가장 사람다운 일을 하는 것이다. 자기 몸에서 나오는 더러운 물건을 스스로 깨끗이 할 줄 모르는 사람이야말로 사람 노릇을 못 하고, 동물 노릇조차 하지 못하는 괴상한 동물이라 하지 않을 수 없다.

봄이 오면 박희복 경북 상주 청리초 3학년

참새는 겨울이 지나간다고
지저거리며 얼마나 좋아할까?
나도 봄이 오면 일요일 날은
보리밭 매로 간다.
들로 호미를 들고 가면
참새도 보리밭에 앉아서
땅을 쫏으며 벌레를 잡는다. (1964. 2. 23.)
 * 매로: 매러. 영남에서는 '밭매로 간다' '놀로 간다' 이렇게 말한다.
 * 쫏으며: 쪼으며. 쪼며.

봄이 오면 새 학년에 새 담임선생을 만나 공부할 걱정, 숙제 걱정을 하는 것이 아니라, 일요일마다 참새 소리를 들으면서 보리밭을 매러 갈 것을 생각하는 이 건강한 마음! 그 참새들은 보리밭에 앉아 벌레를 잡고 있는 것이다.

우리도 크면 농부가 되겠지 최인모 경북 상주 청리초 4학년

1964년 7월 20일 월요일 맑음

오늘 소 뜯기로 가니까 어디서 논매기소리가 들려왔습니다. 우리도 크면 저런 농부가 되겠지 하는 생각이 들었습니다.

산과 들에서, 논밭에서 일을 하면서 살던 아이들은 이렇게 자라나서 농부가 되는 것을 당연하게 여겼다. 논매기소리를 들으면서 농부가 된 먼 훗날을 즐겁게 생각하는 이 아이들이 자라던 시대에는 비록 아무리 곤궁해도 그래도 이 땅에는 희망이 있었던 것이다.

농촌의 삶이 무너지게 된 때(1970년대)

1970년대에 들어서고부터 농촌은 갑자기 무너지기 시작한다. 농사짓는 사정도 달라지고, 농민들은 농촌을 떠나 도시로 모이게 되었다. 농촌이 무너지기 시작한 사정을 상징처럼 잘 보여 준 것이 '촌'이란 시다.

촌 김종철 경북 안동 대곡분교 2학년

우리는 촌에서 마로 사노?
도시에 가서 살지.
라디오에서 노래하는 것 들으면 참 슬프다.
그런 사람들은 도시에 가서

돈도 많이 벌일 게다.

우리는 이런 데 마로 사노? (1969. 10. 6.)

＊마로: '머하로'를 줄인 말. 머(뭐, 무엇)하러. 뭐할라꼬. 무엇 때문에.

여기 나타난, 이 시를 쓴 아이의 심정은, 어른 아이 할 것 없이 그때 농촌에 살던 모든 사람들의 심정을 너무나 잘 나타내었다. 농민들이 농촌을 떠나도록 부추기는 것이 라디오(이때는 텔레비전이 아직 보급되지 않았다)란 것도 주목할 만하다.

밤에 담배 엮기   김미영 경북 안동 길산초 6학년

여름방학에 한 일 중에서 밤에 담배 엮은 것이 제일 중요한 일이었다. 못난 담배지만 가장 중요한 우리 농사다. 제일 많이 힘을 기울였기 때문이다.

밤하늘에는 별이 수천 개나 빛난다. 그래도 우리는 그 별을 쳐다볼 새도 없이 밤마다 담배만 엮어야 되었다.

아랫밤에는 작은집 작은어머니와 할머니가 우리 담배를 조금 엮다가 작은집 것을 엮으러 가 버리고 우리 식구만 엮는데 어머니는 며칠 저녁 잠을 못 자서 방에 가서 주무시고 언니, 나, 아버지 셋이만 엮었다.

처음에는 빨리 엮었는데 밤이 자꾸 깊어지니 느릿느릿거렸다. 거의 12시가 다 되었는데 아직 구르마에는 담배가 그득 실려 있었다.

그런데 우리 집에는 모기도 별로 많다. 긴 옷을 입어도 옷 위에 물어뜯었다. "웃, 따가워! 이놈 모기가" 하며 때렸으나 죽지도 않고 날아가 버리곤 했다.

나도 이제는 졸려서 엮을 수가 없었다. 그만 엮고 내일 엮으면 좋을 텐데, 하는 생각이 한없이 들었다. 요 발 빨리 엮고 드가 자겠다고 생각해도 아버지가 덜 엮고 자면 야단칠까 봐 참고 엮는데, 내가 엮는 무데기를 다 엮으니 아버지가 또 한 아름 갖다 주시며 "기숙이와 미영이 좀 빨리 엮어라, 아이들이 왜 이래 손이 늦노?" 하시며 꾸중하셨다. 그때마다 속으로 아버지 내일 엮읍시다, 하는 생각이 들었다. 그렇지만 말은 못 했다. 조금 있으니 어머니가 눈을 비비며 많이 엮었구나 하시면서 엮기 시작했다. 나는 그 말을 듣고 어머니도 계속 엮었으면 다 엮었을 텐데 밤에 누구는 안 졸릴까 봐 생각도 들었다. 나도 모르게 눈이 감겼다.

고개를 숙이고 졸다가 모기가 꼭 찝어 버리면 놀라서 "아이고 따가라!" 하며 눈을 번쩍 뜬다. 아직 발은 반의 반도 못 엮어서 화가 머리끝까지 나서 엮은 것을 한 방 앉은 채로 차 버렸다. 낮에도 언니와 둘이 한 구르마 엮어 놓아서 손이 아픈데 하면서 눈물을 글썽했으나 누가 알아주질 않았다.

1시 10분쯤 엮어서 구르마에 가니 6발쯤밖에 남지 않았다. 나는 눈이 번쩍 띄어서 한 아름 안고 이 사람 저 사람 나눠 주고 흐튼 것과 나머지는 내가 엮었다. (줄임) (1978. 8.)

* 아랫밤: 그저께 밤.　* 드가: 들어가.

* 흐튼: 흩은. 흐트러진.

식구의 식량을 생산하기 위한 농업에서 돈벌이를 위한 농사로 바뀐 농촌에서는 이토록 가혹하게 어린아이들까지 일을 시키게 되었다. 이렇게 일을 해도 이 글을 쓴 아이는 중학교 공부를 못 하고 결국 도시에 나가 공장 일을 하게 되는 것이다. 담배 농사뿐 아니라 고추 농사, 마늘 농사들이 다 그렇다.

텔레비전   김복환 경북 안동 길산초 5학년
우리 집은 텔레비전이 없다. 그래서 텔레비전을 건호네 집에 가서 본다. 우리 아버지는 내년에 텔레비전 한 대를 산다고 하시지만 나는 텔레비전을 안 사면 좋다. 왜냐하면 전기세가 올라가기 때문이다. 이전에는 지례가 전기가 없어서 호랑불을 켜고 있었다. 요사이에는 발달이 되어 전기가 들어왔다. 나는 처음에 전기가 들어왔을 때는 형이 다마를 몇 개 터잤다. 이전에는 전기가 없어서 호랑불이 좀 컴컴했다. 요사이에는 아주 밝다. 방에 있는 것은 다 보인다. 이전에는 잘 안 보이였다. 나는 텔레비전을 사면 좋겠는데 전기세가 올라가기 때문에 걱정이다. (1978. 11. 24.)
* 호랑불: 호롱불.   * 다마: 전구.   * 터잤다: 깨뜨렸다.

전기가 들어와 좋지만 전기세가 올라가니 텔레비전을 안 샀으면 한다. 집안 살림을 걱정하는 것이다. 또한 농촌이 그토록 허물어지고 지쳐 버렸다.

지금은 전기세쯤 별로 걱정하지 않는다. 농촌 경제가 나아져서 그런 것이 아니고, 빚을 내어서도 텔레비전이나 냉장고들을 마구 사들이는 풍조가 되었기 때문이다.

농촌은 어디로 갔는가(1980년대)

1980년대에 들어서도 농촌인구는 계속해서 도시로 옮겨 가고, 농사일을 할 사람이 모자라 농번기에는 도시의 노동자들이 농촌으로 나와 품팔이를 하는 현상이 나타나고, 어린아이들의 노동이 더욱 심하게 강요되었다.

봉지 넣기   박규원 경북 성주 대서초 5학년

나는 요즘 우리 마을에서 봉지를 넣는다. 어저께 호식이 집에서 봉지를 넣어 주었다. 아침에 400개를 넣어 주었다. 100개에 100원이니까 400원이다. 또 그전 때 한덕이 저거 꺼 200개 넣어 주어서 600원 벌었다. 600원 가지고 5학년 때 내 용돈으로 써야겠다. 지금 누나가 2명인데 중3, 중1이다. 그러면 돈을 내기 어려우니까 내 용돈을 아껴 써야겠다. (1984. 1. 1.)

이 '봉지 넣기'란 것은 참외, 수박 농사일의 한 과정인데, 조그만 비닐봉지에 흙을 담아 넣는 일로서, 이 안에 참외씨나 수박씨를 심게 되는 것이다. 이런 일은 어른보다 아이들이 더 많이 한다. 아이들은 12월부터 1월까지, 그러니까 겨울방학 동안에 돈 버는 재미로 이 일에 매달린다. 아이들이 돈을 받아 일을 하게 된다는 데 여러 가지 교육 문제가 따르기도 하고, 농촌이 이제는 농한기도 없어지고 일 년 내 일에 쫓기고 시달리는 형편이 되었다.

이 '봉지 넣기'는 '봉다리 넣기' '홍서리 넣기'라고도 한다.

홍서리 여운미 경북 성주 대서초 2학년

오늘 혜경이네 비닐하우스에 가서 홍서리를 넣었다. 거기에는 아이들이 조금 있었다. 나는 거기 들어가서 홍서리를 넣었다. 조금 있다가 아이들이 많이 왔다. 나는 400개를 넣었다. 우리 오빠도 왔다. 오빠는 200개를 넣었다. 다 넣고 혜경이 아버지가 돈을 주었다. 나는 200원, 오빠는 100원을 받았다. 돈을 많이 받은 아이도 있었다. 집으로 와서 손발을 씻고 방으로 들어와 저녁을 먹었다. (1985. 12. 3.)

2학년 아이들도 이처럼 돈 받는 재미로 온종일 일을 한다. 도시 아이들이 시험공부와 학원과 숙제에 시달리고 있을 때 농촌 아이들이 일을 하면서 살아간다는 것은 사람 교육으로 보아 다행하다고 하겠으나 그 일이 너무 지나쳐 또한 아이들의 몸과 마음을 해친다. 돈에 정신이 팔린다는 것도 물론 문제다.

텔레비전 성은주 경북 성주 대서초 6학년

우리 어머니는 우리가 텔레비전을 보는 것을 싫어하신다. 일도

안 하고 공부도 안 한다고 만날 우리가 텔레비전을 보면 화를 내
신다.
그래도 우리는 텔레비전을 하루도 빠뜨리지 않고 계속 본다. 어
머니는 만날 우리가 텔레비전을 볼 때마다 텔레비전이 원수다
하고 말씀하신다. (1986. 1.)

이래서 농촌에서도 교육은 텔레비전이 다 하는 판이 되었
다. "텔레비전이 원수"라고 하는 말은 아이들과 농촌을 생각
하는 깨끗한 농민들의 말이다. 그러나 이런 농민들도 어느덧
그 텔레비전에 길들어 가고 있다. 농민들의 대부분이 도시만
바라보면서 초등학생조차 도시에 보내고 싶어 하고, 아이들을
점수 따기의 동물로 만들고 있는 것 아닌가.

지겨운 공부 남학생 경북 울진 온정초 4학년

학교에서 죽도록 공부하고 왔는데
오늘도 책상에 앉아
공부를 해야 한다.
엄마는 부엌에서
눈을 이리저리 돌린다.
우리 집 위의 동산에서
노는 아이들의 소리가 난다.
살짝 문을 열면 엄마는

니 공부 안 하고 또 놀러 가제.

매일매일 공부는 안 하고

노는 데만 정신 파노, 이놈 새끼.

나는 또 책상에 쪼그리고 앉아

억지로 공부를 한다. (1986. 6. 16.)

가만히 앉아 공부만 해야 하는 아이들이야말로 불쌍하다. 아이들은 뛰어노는 데서(몸을 움직여 활동하는 데서) 그 몸과 마음 이 자라나기 때문이다. 얼마나 많은 아이들이 이렇게 방 안에 갇혀 지긋지긋한 공부를 하고 있을까? 하기 싫은 공부를 열 시 간 하는 것보다 하고 싶을 때 단 5분을 하는 것이 훨씬 더 효 과가 있다는 것을 부모들은 모르니 딱하다. 교육에 대한 무지 함은 농민들까지 지배하고 있다. 내가 보기로 온종일 들에서 일하는 아이들보다 온종일 방 안에 갇혀 점수 따기 공부를 해 야 하는 아이들이 훨씬 더 불행하다.

희망과 기대

1960년대 끝에 내가 경북 안동 임동동부초등학교 대곡분교 장에 있었을 때(앞에서 보기로 든 '촌'이란 시를 쓴 아이들이 공부하고 있 었을 때), 그 학교 1학년 학생이 69명이었다고 기억하고 있다. 그런데 며칠 전 ㅎ신문의 기사를 보니 바로 그 학교의 1학년 학생 수가 단 네 명이다. 1학년이 69명이었던 그때는 면 소재 지가 있는 버스 길에서 30리를 걸어 들어가야 그 학교에 다다를 수 있었는데, 지금은 하루에도 버스가 다섯 번이나 들어간다고 한다. 사람은 그렇게 줄었는데 버스는 그토록 드나드니, 이것만 보아도 농촌이 얼마나 철저하게 해체되었는가 알 수 있다. 결국 산골에 난 버스 길은 그 산골 사람을 거의 모두 도시로 데려가 버리고, 남아 있는 사람조차 도시 사람이 되게 해 버린 것이다.

그러나 우리는 희망을 포기해서는 안 된다. 그 희망은 어디 있는가?

빚 김형삼 경북 울진 온정초 3학년

우리 집은 무슨 일인지
빚을 졌다.
논 몇 마지기 팔고도
빚을 다 못 갚아서
재판장한테 가서
재판을 받았다.
그런데 아버지께서
울면서 오셨다.
아버지께서
"형삼아, 너들 잘 살아라.
형삼아, 니가 크면
돈 없는 사람 도와주어라"

하며 울었다.

나도 울었다. (1985. 6.)

농민들이 왜 빚을 져야 하는가는 뻔하지만, 3학년인 이 아이는 그 까닭을 모르겠지. 그런데 그 빚 때문에 재판을 받고 온 아버지는 아들에게 악착같이 돈 벌어서 부자 되어 잘살라고 하는 것이 아니라 눈물을 흘리면서 "너들 잘 살아라" "니가 크면/ 돈 없는 사람 도와주어라"고 하는 것이다. 정말 눈물이 날 만큼 깨끗하고 아름다운 마음이다. 이런 마음이 바로 땅을 파며 살아가는 농민들의 마음일 것이라고 나는 믿고 있다.

할아버지   김수정 경북 울진 온정초 3학년

학교 갈 때 현정이가
할아버지한테 돈 달라고 졸랐다.
할아버지는
돈주머니를 살펴보시고
툭툭 털으셨다.
돈 십 원밖에는
아무것도 떨어지지 않았다.
할아버지께서는
언제 죽노
죽어라 죽어 하셨다.

엄마, 할배한테 돈 좀 주소.
눈물이 나왔다.
할배한테 조르는
현정이와 오빠가
죽도록 미웠다. (1985. 9.)

모든 삶이 돈으로 바꿔지는 시대에 집안의 어른 자리에서 여지없이 밀려난 할아버지의 불행한 처지를 옹호하는 이 아이의 마음은 얼마나 참되고 아름다운가? 결국 우리는 농촌과 이 나라 전체 사회가 나아갈 길을 깨끗한 사람 정신의 회복에서 찾을 수밖에 없고, 이러한 사람 정신의 회복은 아직도 다행스럽게 많은 농촌 어린이들이 잃지 않고 있는 사람다운 감정과 생각을 잘 지키고 키워 가는 데 그 길이 있다고 본다.

아기 김은정 경북 울진 온정초 3학년

아기가 남자가 아니라고 집안 식구들은
매일 욕을 한다.
그때마다 어머니께서 수건을 들고
우는 모습을 본다.
"어머니, 왜 우셔요?"
하고 물으면
"아무것도 아니다. 걱정하지 말아라."

할머니께서는 아기 얼굴마저도

돌아보시지 않는다.

여자 놓든 남자 놓든

엄마 마음대로 놔,

나는 속으로 이렇게 중얼거린다.

차라리 태어나지나 말지.

설움만 받고 크는 아기,

어째서라도 나는

아기를 키우고 말겠다. (1985. 4.)

　여기 나타난 이 아이의 눈물겹도록 믿음직한 마음, 이 마음은 어디서 온 것일까? 이것은 학교나 책에서 배운 것이 아니다. 어른들을 비판하는 마음을 그 어른들이 가르쳐 줄 리가 없다. 이 마음은 다만 타고난 것이다. 타고난 것은 하느님이 준 것이고, 하느님이 준 것이야말로 참되고 아름답다. 그래서 희망이 있다. 어린아이들을 지키는 일만이 희망이다. 어린이의 눈은 우리 역사의 모든 꽉 막혀 있는 것들을 꿰뚫어 본다. 그리고 이 어린이 마음은 농촌에서 태어나 자라는 아이들이 더욱 잘 가지고 있다. 겨레의 교육과 문화 창조도 어린이 마음 가꾸기를 가장 큰 과제로 삼아야 할 것이다.

자기를
잃지 않은 아이

●

●

최근 서울 변두리에 사는 한 초등학생의 일기가 책으로 나와 아이들도 어른들도 많이 읽고, 신문과 방송으로 널리 알려져 이야깃거리가 되었다. 바로 신현복 군이 쓴 《현복이의 일기》(1987)다.

아이들이 어떤 책을 강요받거나 점수를 따기 위해서 할 수 없이 읽는 것이 아니라 즐겨 읽고 있다고 할 때는 그것이 어떤 책이든지 한 차례 검토해 볼 만하다. 어른들은 아이들에게 재미있고 유익한 책을 만들어 주어야 하며, 그러기 위해서 아이들이 읽는 책들을 살펴서 그 책이 아이들에게 주는 영향에서 좋은 면과 좋지 못한 면을 알아낼 필요가 있다. 그래서 좋은 책은 부모들과 아이들에게 알려서 많이 읽게 하고, 좋지 못한 책은 읽지 않도록 해야 한다. 이것은 아이들이 건강하게 자라나도록 하기 위해 어른들이 반드시 해야 할 중요한 일이다.

그런데 《현복이의 일기》는 언론에서 지금까지 나온 그 어느 어린이 책에서도 보지 못했던 특별한 대우를 해서 다뤘지만, 그 모두가 '가난한 아이가 쓴 놀라운 글솜씨' 정도로 그야말로 수박 겉핥기의 소개에 지나지 않았다. 내가 보기로 이 책은 부모들에게나 아이들에게나 또 교육자들에게 하나의 이야깃거리를 제공하면 그만인 그런 정도의 책이 결코 아니다. 이 일기에 나타난 현복이의 정신 상황을 알아보는 것은, 오늘날 입신 출세식 교육의 경쟁장으로 아이들을 내몰아 채찍질하고 있는 모든 교육자와 부모들에게, 아이들의 참세계가 어떤 것인가, 아이들은 어떻게 해서 자라나는가를 깨우쳐 주는 것이 되리라 믿는다.

생각이 많은 아이

나는 이 책을 읽은 많은 아이들로부터 "지금까지 읽었던 어떤 책보다도 재미있게 읽었다"는 말을 들었다. 날마다 하루도 빠짐없이 쓴 일기가 이렇게 어른이고 아이고 재미있게 읽힌다는 것은 무엇을 말해 주는가? 그것은 이 일기를 쓴 아이가 정말 쓰고 싶어서 쓴 것이지 결코 강요받아서, 선생님의 검사를 맡기 위해서 쓴 것이 아니란 것이다. 그러면 강요받지 않고 썼다는 것은 또 무엇을 말하는가?

오늘날 우리 나라의 모든 초등학생들은 일기를 쓰게 되어 있고, 그 일기장은 검사를 받게 되어 있다. 곧 모든 아이들이 일기 쓰기를 강요받고 있다. 그 결과 아이들은 그 어떤 공부보다도 일기 쓰기를 가장 싫어한다. 이것은 아이들에게 물어보면 환히 알 수 있는 사실이다.

현복이도 결코 이런 상황 밖에서 살고 있지 않다. 그런데 현복이는 일기를 자진해서 즐겨 썼다. 어째서 즐겨 쓸 수 있었을까? 무엇보다도 쓰고 싶은 이야기가 많았기 때문이다. 쓰고 싶은 이야기가 많다는 것은 생각이 많다는 것이다. 현복이 일기를 읽어 보면 참 생각이 많은 아이구나, 하고 느껴진다.

'생각'이라고 한마디로 말했지만, 이 우리 말 가운데는 중국 글자말로 말해서 여러 가지 개념이 들어 있다. 공상, 상상, 환상, 추억, 내성, 자성, 반성, 후회, 감상, 감동, 비판, 주장, 소원, 원망, 예견, 예상, 추측…… 따위다. 이 여러 가지의 '생각'들이 현복이의 글에는 섬세하고 깊이 있게 나타나 있다.

책 첫머리에 나오는 글 '나의 여동생'과 '여동생과의 대화'(176쪽)에는 있지도 않은 여동생이 있다고 생각하여 말을 주고받은 것을 써 놓았다. 이것은 간절하게 바라는 상황을 상상한 것인데, 소년다운 공상의 세계가 엿보인다. 그러나 현복이가 실제로 있지도 않은 사실을 머릿속에 그려서 그 속에 빠져 공상을 즐기고 있는 일은 이것뿐이고, 다른 글에서는 볼 수 없다. 가령 '기쁨의 새'(105~118쪽) 이야기에 나오는 것처럼 상상을 하더라도 어디까지나 사물을 보고 있는 그 자리에서 자연스럽게 느끼고 생각하는 실감의 세계가 되어 있는 것이다.

'내가 보고 싶은 책'(196쪽)에는 신문에 난 책 광고를 보고, 읽고 싶은 책 번호에다 빨간색 동그라미를 그려 놓는다. 그렇게라도 하면 그 누가 자기 심정을 알아줄 것 같아서 그랬다는 것이다.

'모든 것을 저 바람 속에'(165쪽)에서는 온갖 내용의 낙서를 한 "백지"들을 접어서 종이비행기를 만들어 뒷산에 가지고 가서 그것을 바람에 날려 보낸다. 그것은 "코앞에 다가온 학력고사 시험, 허무하게 지나만 가는 무정한 시간들, 심심한 하루 등이 모든 고민들이 모여 우울증이 된" 심정을 달래기 위한 "스트레스 해소"의 행위라고 자각하고 있다.

현복이의 글 가운데 가장 많이 나타나 있는 '생각'이 둘레의 사람들에 대한 자기 나름의 느낌을 나타낸 것이다. '심심한 날을 보내는 아버지'(46쪽)에는 노동일을 짜증스러워하시던 아버지가 정작 일자리가 없으니 심심해서 못 견뎌 하시는 것을 보고, 모처럼 맞는 방학을 고독으로 보내는 제 마음과 견주고 있다. '아버지의 어리광'(58쪽)에는 목욕탕에 가는데 뒤에서 뚜따닥 소리가 나서 돌아보니 아버지가 입에서 소리를 내고 있다. 그래서 아버지는 60세가 된 나이에도 다시 어린애로 돌아가 어리광을 하고 싶어서 저러는구나, 하고 생각한다. 힘들게 살아온 어른들은 어린아이의 시절이 그리운 것이구나, 만약 저 들판에 아버지가 서 있고, 누군가 눈 장난을 한다면 즉시 아버지는 눈을 뭉쳐 장난을 치겠지. "그러한 아버지가 가엾다면 나는 지금 한창 행복한 나이인 것이다. 아버지와 똑같이 될 날은 지금으로부터 10년 뒤……"라고 생각한다. 10년 뒤에는 저도 아버지같이 살아가기 위해 어린 시절을 다 청산해 버리고 서

글픈 어른이 될 것이라고 생각하는데, 이런 대문에서도 현복이가 얼마나 현실을 바로 보고 있는가, 현복이의 생각이 얼마나 건강한 삶에서 우러난 것인가를 알 수 있다.

스스로를 살피는 생각

'어쩔 수 없는 것'(202쪽)은 파리를 잡다가 쓴 글이다. "내가 살아 있는 생물이라면 파리도 살아 있는 생물"이라고 한다. 그러나 파리를 죽이는 것이 덮어놓고 나쁘다는 것만은 아니라고 하면서, 사람이 살기 위해서 어쩔 수 없이 파리를 죽이는 것이라면 "파리도 어쩔 수 없이 우리에게 해를 끼치는 생활을 해야만 한다는 것을 알 수 있다"고 하여 결국 "이것을 쉬운 말로 표현한다면 피장파장인 것이다"고 한다. 이래서 모든 생물을 창조하신 하느님께 이 수수께끼를 묻고 있다.

'앞이 막막해지는 내 인생'(51쪽)을 보면 "나의 꿈은 작가"라고 하면서 "작은 글재주로나마 순수한 나의 글을 쓰고 싶"다고 했다. 그런데 현복이는 그런 작가 생활이 처음부터 쉽게 되는 길이 아님을 잘 알고 있다. 그래서 "처음엔 이름 없는 무명작가로 출발해서 자신의 능력을 발휘해야 한다. 그때면 생활이 빈곤해질 게 뻔한 일이 아닌가" 하고 쓴다. "지금의 우리 집 형편은 매우 쪼들려 있다"면서 작가가 되고 싶어 하는 자기의 꿈은 어리석은 짓이라고 생각하니 눈앞이 아찔하다고 했다.

그러나 그는 여기서 단념하지 않는다. "나의 인생을 운명쪽에만 맡길 수 없는 일"이라 하면서 그 운명을 개척하기 위해 계획을 세운다. 그 계획은 무엇인가? "무조건 작가 생활에 들어갈 것이 아니라 생활이 나아질 때까지 열심히 일을 하다가" 작가가 된다는 것이다. 그런데 그렇게 생활의 토대를 쌓으려면 "3년이 넘고 5년이 넘고 10년이 넘"을지도 모른다. 그러면 그때는 정작 글재주가 아주 없어지고 말 것 아닌가. 그래서 "그것이야말로 진짜 눈앞이 막막한 일이 아니겠는가" 하고 맺는다. 현복이는 이와 같이 앞날을 생각할 때도 어디까지나 발을 땅에 든든하게 밟고 있는 상태에서 자기를 살피고 생각하는 것이다.

'현복이에게'(178쪽)에는 "현복아, 너와 이렇게 마주 보며 이야기하기도 참 오랜만인 듯싶다"고 시작하여 자기가 자기에게 타이르는 재미있는 형식의 글을 써 놓았다. '나 하나 이외에는 몰랐던 이기주의자'(167쪽)에는 밤에 아버지, 어머니가 지쳐 있는 모습을 보고 "정신적 육체적 노동에 시달리고 계시는" 부모님들은 "고독이니 하는 따위의 고민을 할 틈도 없으시지만" "그런데 나는 '고독' '쓸쓸함'의 낱말들을 누구네 개 이름처럼 나불나불거렸으니, 내가 얼마나 한심한 놈이었는가" 하고 깨닫는다. 그래서 "다시는 '고독'이라는 그 한심스러운 낱말을 이 일기장 위에 사용하지 않겠노라"고 맺고 있다.

주체성을 어떻게 보여 주고 있는가?

'허위'(155쪽)란 글에서는 도서관에서 돌아오는데 육교 위에 거지가 엎드려 있다. 거지의 동냥통 앞을 지나가는 순간의 마음을 현복이는 이렇게 쓰고 있다.

　담임선생님의 "거지에게 동냥을 해 주는 것은 그 사람을 나쁜
　사람으로 만드는 것이다" 하시는 말씀도 있었지만, 그보다는 쑥
　스러움 때문이었다. 남들 앞에서 거지에게 동냥을 해 줄 때의 남
　모르는 쑥스러움이었던 것이다.

　이 대문을 좀 생각해 보자. 누구든지 도시의 거리를 걸어갔
을 때 한두 번은 겪게 되는 이런 불행한 사람 앞을 지나가는
행위, 이 일상의 체험을 현복이는 쑥스럽다고 표현했다. 이것
은 아주 깨끗하고 정확한 표현이다. 얼핏 보아 아무것도 아닌
것 같지만 그렇지 않다. 더구나 아이들은 온갖 교훈과 의식이
주입되어 깨끗한 자기감정이 피어나지 못하고 생각이 비뚤어
져 있거나 거짓스럽게 나타나기 쉬운 상태가 되어 있기 때문
이다. 사실 현복이도 담임선생님의 그럴듯한 가르침을 받았다.
그러나 현복이는 선생님의 그 교훈을 받아들이지 않았다. 이
치로 따져서 그랬던 것이 아니고 현복이의 깨끗한 감정이 그
것을 거부한 것이다. 이것이 어린이 마음, 동심의 승리가 아니
고 무엇인가. 현복이는 다만 자기의 행위가 쑥스러움 때문이
었다고 분명하게 말하고 있는 것이다.
　그런데 거지 앞을 지나왔을 때 뒤에서 말소리가 들렸다. "쟤
도 그냥 지나쳐 버린다." 깜짝 놀라 돌아보니 잘 아는 아이들
이, 거지 앞을 지나가는 사람들이 어떻게 하는가를 보고 있었

던 것이다. 그래서 "뒤통수를 한 대 얻어맞은 기분"이 된다. 다시 되돌아가서 거지에게 동냥을 주고 싶지만 그 애들에게 그런 자기 행동을 보여 주고 싶지 않아서 못 가고 있다가, 그 애들이 다 가고 난 다음에야 가서 동냥을 해 준다. 그런데 현복이는 여기서 또 자기를 바라본다. 이게 뭐냐? 정말 거지를 위해서 한 짓인가? 아니다. 자존심 때문이다. 이건 순전히 허위다. "실속은 없는, 겉으로만 꾸며 놓은 어리석고도 헛된 허위였던 것이다."

여기서 내가 드러내고 싶은 것이 현복이의 주체성이다. 현복이의 생각, 사물에 부딪쳤을 때 현복이의 마음에 일어나는 느낌은 어디까지나 현복이가 스스로 임자가 되어 느끼고 생각하는 것이지, 결코 그런 느낌이나 생각이 어른들의 가르침이나 교과서를 학습한 결과, 곧 밖에서 들어온 관념이나 교훈이나 지식을 그대로 좇거나 제 것처럼 행사하는 것이 아니라는 것이다. 이것은 아주 중요하다. 오늘날 모든 아이들이, 어른들이 강요하는 공부, 어른들이 마구 쑤셔 넣는 지식, 관념들을 그대로 외어서 그것을 제 것처럼 마구 휘두르고 거기 매달려 있다. 이런 형편에서 한 초등학생이 자기의 깨끗한 마음을 조금도 다치지 않은 그대로 간직해 가지고 있다는 것은 놀라운 일이다.

더구나 현복이는 아주 가난한 집에서 태어나고 자라났다. 보통의 아이 같으면 열등감을 가지고 자기를 완전히 잃고 있을 것인데, 막벌이 늙은 부모가 겨우 이어 가는 셋방살이의 곤

궁함도 현복이의 앞길을 가로막고 현복이를 괴롭히기는 했지만 현복이의 주체성을 꺾어 버리지는 못했다. 오히려 그 가난 속에 현복이의 따스한 사랑의 정과 삶을 키울 수 있었다. 현복이의 개성과 풍부한 감성과 살아 있는 말을 자유롭게 쓰는 표현의 재능은 바로 이 주체성에서 오는 것이다.

비판하는 눈

현복이 일기에는 부모와 사회에 대해서 비판하는 글도 나온다. 술에 취해 밤늦게 돌아오신 아버지에 대해 격분하기도 하고('아버지'), 어머니가 아파서 약을 지으러 갔다 오는 날 "한쪽의 여인은 잘 먹고 잘사는데, 다른 한쪽 여인은 못 먹고 못사는 불공평한 세상"에서 어머니는 인생을 홀로 눈물지으며 사신다고 하면서 사회를 비판하고 있다('어머니'). 결혼 축하금을 분수에도 맞지 않게 내는 것을 보고 도시에 사는 사람들의 허세를 보기도 한다('도시 속의 저것은').

'한심한 사람들'(214쪽)에서는 교통 당번을 서다가 "모내기 일손 돕기"란 광고 글씨를 크게 써 달고 가는 버스를 본다. 그것을 보고 그 광고문을 쓰게 한 사람을 이렇게 비판하고 있다. "그런 훌륭한 일에 큰 광고문을 내걸어서 남들에게 굳이 알릴 필요는 없다. 그것은 결국 상대방에게 자신들의 잘난 일을 자랑하는 것밖에 안 되는 것이다. 아마 저 사람들은 명목만 일손 돕기일 뿐, 모내기 일손 돕는다는 것을 자신의 일이나 사업에 이용하려는 약아빠진 사람들일 것이다. '우리는 이렇게 좋은 사람들이니 우리 회사를 신임하라'는 영악한 머리를 쓸 것이다. 그러니 흙에는 손을 대 보지 못한 그들은 농사일이 힘들다는 엄살만 부리다가 기념사진이나 실컷 찍고 돌아올 것이다."

종교에 대한 태도는 어떤가? 현복이는 다른 아이들과 마찬가지로 아이들의 권유에 못 이겨 몇 번 교회에 가 본 것 같다. 그런데 그렇게 억지로 나가다가 그만둔다. 왜 교회에 다니는 사람들은 남을 억지로 데리고 가려 하는가? 목사님과 전도사님은 사랑과 믿음을 강요할까? 그것은 먹기 싫은 음식을 억지로 먹이는 것과 같은 것이 아닌가? 억지로 먹은 음식은 결국 소화가 안 되어 토해 낸다고 말한다('억지로 먹을 수만은 없다' 26쪽). 그런데 현복이는 다른 글에서, 잡지의 추리 기사를 믿는다고 했다. 비행접시, 유령, 외계인, 마의 삼각지대, 4차원의 세계, 죽은 뒤의 세계…… 이런 이야기들을 믿는다. 그러면서 하느님은 믿어지지 않는다고 했다('별난 아이' 160쪽). 이것은 분명히 이치에도 안 맞는 마음인데, 실제 마음이 그러니 어쩔 수 없다는 것이다.

이러한 현복이의 마음을 어떻게 풀어야 할까? 나는 이렇게 본다. 잡지에 나오는 온갖 추리 기사는, 그것을 이야기로 들려 줄 뿐이지 결코 믿으라고 강요하지 않는다. 그래서 재미있게 읽을 수 있다. 그런데 교회는 그렇지 않다. 믿으라고 강요한다. 현복이는 이렇게 강요하는 하느님을 거부한 것이다. 나는 여기서 하느님을 거부한 현복이의 마음을 깨끗한 마음이라고 말하고 싶다. 만약 아이들이 어른들의 잘못된 삶의 태도, 생각,

관념, 주의, 사상 들 그 모든 것에 잘못 물이 들지 않은 상태라면, 아이들의 마음이야말로 하느님의 마음에 가장 가까이 있는 마음이 아니겠는가? 아니, 아이야말로 하느님이다. 현복이는 이렇게 해서 그 소박한 말과 태도로 오늘날 기독교의 문제점을 정확하게 찌르고 있다고 생각한다.

그런데 이와 같이 현복이는 어른 사회의 문제를 정확하게 잡아 비판하고 있는데, 정작 학교와 선생님에 대해서는 생각을 드러내지 않고 있다. 초등학생의 일기에 그들 하루의 거의 전부를 보내는 학교생활의 현실이 별로 나타나지 않았다면 이것은 어딘가 문제가 있다. 오늘날의 학교생활이 아주 이상에 맞게 진행되고 있어서 글을 쓸거리가 아무것도 없는가? 결코 그렇지 않다. 만약 학교생활을 정직하게 쓴 글이라면 비록 1, 2학년이 썼다고 하더라도 교육 현장의 온갖 문제점이 생생하게 드러날 것이다.

이 책 끝부분에 나온 '어두운 나'(222쪽)를 읽어 보면, 담임 선생님이 현복이에게 왜 일기를 그렇게 어둡게 썼나, 모든 사물을 밝은 쪽으로 보고 생각하라고 말한다. 여기에 대해서 현복이는 당연히 자기가 쓰고 싶은 것을 썼다든지, 어둡게 보았다고는 생각하지 않았다든지, 무엇이 어둡고 무엇이 밝은 것인가를 되묻고 따진다든지 해야 할 것인데, 그런 잘못된 선생님의 말에도 비판은커녕 자기 자신을 살피고 있다.

"처음 깨닫게 된 사실이었다. 선생님께서 나서실 만큼 그렇게 어두운 일기였다니……. 일기는 곧 내 생각이다. 선생님께서 질문하셨던 것처럼 어째 내 생각은 그리도 어두울까? 가난 때문일까? 아니 그럴 리가 없다. 나처럼 가난한 애는 우리 반에 얼마든지 있다……"하고. (이런 대문을 읽어 보면 현복이가 글을 이만큼 쓰게 된 것은 1학년부터 담임을 해서 가르친 여러 선생님들이 현복이를 잘 보살펴서 그 마음을 다치지 않게 해 준 결과로구나, 하는 생각이 든다. 만약 앞에 나오는 6학년 선생님같이 "왜 이런 어두운 생각을 했나?" "왜 하필 이런 가난한 얘기를 썼나?" 하고 기를 죽이는 선생님이 2학년이나 3학년 때 담임을 했더라면 어찌 되었을까? 현복이의 일기는 나오지 못했을 것이란 생각이 든다.)

현복이의 이런 태도는 현복이가 너무 착한 때문이라고, 현복이가 들어 있던 '문예반'을 지도한 주순중 교사는 말한다. 그런 면도 있겠지. '이것도 부모님께 하는 효도'(62쪽)에 보면 방에서 아버지와 같이 텔레비전을 보는데, 아버지가 번번이 물으신다. "저 사람, 죽었지, 저 사람이 내일 간다고 했지, 1985년에 있었던 일이라고 했지……"하고. 같이 들으면서 자꾸 물으니 여간 귀찮은 게 아니다. 그런데 돌아앉아 일기를 쓰고 있는데도 그렇게 자꾸 묻는 것이다. 그래서 "아버지, 난 이것을 쓰느라 못 봤어요" 해도 또 그러기에 할 수 없이 물어도 고개만 끄덕이거나 흔들거나 한다. 그걸 본 어머니가 현복이를 나무란다. 이럴 때 보통의 아이들 같으면 으레 부모님이 잘못이라고 말할 것인데 현복이는 이렇게 생각한다. "아버지는 그 옛날 기초 교육 이외에는 배우지 못한, 머리가 조금 비어 있는 분이시다. 그러나 나는 그렇지 않다. 충분한 교육을 받은 나다. 그러한 나는 배우고 싶어도 가정 살림으로 배우지 못하신 아버지를 가르칠 의무가 있는 것이다. 그것은 곧 부모님께 드리는 효도이기 때문이다"고 생각한다. 이 얼마나 착한 아이인가.

그러나 아무리 착하다고 하더라도 현복이가 교회에 대해서 가졌던 그 깨끗한 태도를 생각하면, 학교와 선생님에 대한 태도는 많이 다르다는 느낌이 든다. 덮어놓고 따르고 복종하도록 되어 있는 그 특수한 울안에서 현복이같이 깨끗한 정신도 짓눌려 제대로 살아나지 못하고 만 것이 아닌가 생각된다. 이것은 오늘날의 학교교육이 얼마나 아이들의 심리와 정신의 그 깊은 곳까지 해독을 뿌리고, 엄청난 무게로 작용하고 있는가를 깨닫게 한다.

꾸며 썼다는 말

'알 수 없는 성일이'(208쪽)란 글에서는 현복이 짝 성일이가 현복이 일기를 두고 "네 일기는 느낀 점을 꾸며 놓고 쓰는 것 같애" 하고 천연덕스럽게 말한다. 순간 현복이는 "급소를 찔리는 것만 같았다"고 한다. "내게 조용히 충고하는 말로 보였다. 나의 오만해 보이는 행동을 꾸짖기라도 하는 듯한, 깊은 의미가 숨겨져 있는 알 수 없는 말……"이라고 생각한다. 그래서 성일이가 철인으로 보이기도 했다고 한다. 이런 글에서도 현복이의 착한 심성이 엿보인다. 그 누가 자기를 비판하면 언제나 그것을 받아들여서 자신을 반성하려고 하는 것이다.

그런데 성일이의 말에 현복이는 놀랐지만 "그 말의 의미를 알 수 없다"고 한다. 남에게 보이기 위해 일부러 꾸며 쓴 글은 아니라고 스스로 믿었기 때문이리라. 그런데 왜 성일이의 말에 현복이는 놀랐는가? 성일이의 비판이 옳았는가?

내가 보기에 현복이의 글이 꾸며 쓴 것이라고는 할 수 없다. 현복이는 절실한 마음으로 썼고 깨끗한 태도로 썼다. 그런데 현복이가 날마다 글의 제목을 한 가지씩 정할 때, 그러한 제목의 선택에는 의식으로나 무의식으로나 어떤 한계를 그어 놓은 것이 아닌가 하는 생각이 든다. 한계라는 말이 적당하지 않다면 제목 선택에서 어떤 방향 같은 것이 작정된 것은 아닐까? 가령 현복이의 일기에 학교생활이 별로 나타나지 않았다는 것도 그 하나의 증거가 될 것이고, 현복이의 일상이 좀 더 잘 나타날 수는 없었는가 하는 생각도 든다. 현복이로서는 그런 자질구레한 일상보다 내 마음의 세계, 생각의 세계가 중요하다고 말할지 모르고, 그런 생각의 세계가 현복이를 지탱해 온 것도 사실이다. 그러나 글을 쓰는 것은 삶을 가꾸는 행위이고 그 삶이란 자기의 심정 속에 파묻히는 것이 아니라 바깥 세계, 자기 마음이 우러난 현실 세계를 살아가는 것이다. 그러니까 마음과 사물이 서로 떨어져 있지 않고 하나가 되는 것이어야 한다.

현복이는 답답하고 괴롭고 울적하고 고독하고 쓸쓸하다고 한다. 그 답답함과 울적함과 쓸쓸함과 고독함이 어디서 오는가? 어떤 학교생활의 현장에서, 어떤 가정생활에서, 이웃 사람들과 맺은 만남에서 우러났는가를 좀 더 자세히, 심정보다는 그 심정이 우러난 삶에 무게를 두어 나타내었더라면 아마도 성일이가 그런 말을 하지는 않았을 것이 아닌가? 이것을 다시 되풀이하면, 먹고 입고 잠자고 일하는 일상에서 웃고 울고 원통해하는 삶이, 외롭다느니 쓸쓸하다느니 하는(현복이는 어쩌면 이런 것이라야 근사한 문학다운 글이 된다고 생각했을지 모른다. 사실 그는 이런 값싼 기분의 표현이 사치한 태도였다고 반성했다) 것보다 훨씬 더 가치가 있다는 사실을 깨달아 주었으면 하는 것이다. 현복이가 이 점을 깨달았을 때, 어쩌다가 나오는 다음과 같은 글 버릇도 고쳐서 시원스럽게 읽히는 문장을 쓰게 될 것이다.

나는 누군가가 다시 나에게 기회를 준다 해도 시간을 알차게 보내지 못하는 나 자신을 탓함으로 해서 진력이 나는 그 시간들에 다시는 고독을 느끼고 싶지 않다('심심한 날을 보내면서도' 61쪽).

현복이의 울화와 고독

현복이가 자기 속에 갇혀 있다고 한 것은 심정의 표현을 한 글이 많다는 것이지 결코 바깥 세계를 아주 외면해 있다는 것이 아니다. 끊임없이 자신을 짓누르는 바깥 세계를 외면하기에는 현복이의 삶이 너무 절박했고, 그 마음이 너무 깨끗했다. 그래서 그는, 다른 것은 몰라도 적어도 자기를 견딜 수 없게 압박하는 것에 대해서만은 여러 차례 언급하고 있다.

'지겨운 공부'(198쪽)라는 글이 있다. 시험 철이라 고민을 하고 있는데 아버지까지도 걱정을 하시면서 "공부에 대해 더한

층 압박"을 주신다고 했다.

'울화가 터진다'(56쪽)에서는 한겨울의 어느 날 눈으로 덮힌 산에 올라가 혼자 큰 소리로 "도대체 뭐야!" 하고 울화를 터뜨린다. "요즈음은 시험 철이다"로 시작되는 '죄어드는 것'(171쪽)이라는 글의 마지막은 이렇다.

나는 울고만 싶다. 현재 가슴 깊이 파묻힌 그 절망과 좌절을 토해 내기 위해 실컷 울고만 싶다. 할 수만 있다면, 저 푸른 하늘과 대지를 향해서 고독한 외톨이로서 있는 힘을 다해 악을 쓰고 싶다. 얼굴에는 눈물이 하염없이 흘러내리게 놔두어 버린채…….

현복이에게 울화를 터뜨리게 하고, 현복이를 울리는 것은 무엇인가? 현복이를 짓누르고, 현복이의 몸을 죄어들게 하는 그 정체는 무엇인가? 바로 '시험'이다. '시험'이란 또 무엇인가? 그것은 어떤 뜻이 있는가? 시험이 과연 사람을 행복하게 할 수 있는가? 공부는 무엇 때문에 하는가? 사람은 어떻게 살아야 하는가? 그런 것은 모른다. 현복이만 한 아이라면 시험과 공부의 정체에 대해, 참되게 살아가는 사람의 길에 대해 한번 생각해 봐야 하는데 현복이는 그것을 모른다. 부모와 선생님들과 모든 어른들이 공모해서 만들어 놓은 이 어마어마한 아이들 잡는 기계장치를 현복이인들 어찌 꿰뚫어 볼 수 있었겠는가. 다만 뿌연 안개 속 같은 세상에서 자기를 붙잡아 놓고 꼼짝도 못 하도록 하고 있는 것이 시험이란 것만 알고 있을 뿐이다. 아까운 시간과 행복과 재능을 빼앗고, 모든 아이들을 악다구니로, 적으로, 비참한 몰골로 만들어 놓은 것이 시험이란 것만 알고 있다.

그래서 현복이는 울화가 터진다. 그 울화를 마음껏 표현할수도 없다. 일기에조차 마음대로 쓰지 못한다. 검사를 하는 담임선생님은 왜 이렇게 세상을 부정으로만 보나, 왜 어두운 걸썼나, 하고 나무란다. 현복이같이 착하고 이른바 명랑한 아이의 글조차 어둡다고 한다. 그러니 어디에다 마음을 호소하겠는가? 종이에다 온갖 낙서를 해서 비행기로 접어 어디론지 날려 보내는 것밖에 못 한다. 한겨울 산에 올라가 소리치는 것밖에 표현할 길이 없다. 그래서 현복이는 답답하고 외롭고 울화통이 터지고 절망하고 한다. 이러한 고독과 고뇌와 절망이 안으로만 움츠러들어 자기를 응시하고 내성하기만 하지 말고 바깥을 향해 적극스런 몸가짐으로 맞서 나가는 길을 찾으려고 애쓸 때 현복이의 정신은 더욱 건강해질 것이고, 글쓰기로 표현하는 세계도 한결 더 풍성해질 것이다. 현복이의 구원은 바로 여기에 있다.

이 책을 대하는 어른들의 태도

끝으로 이 책에 대한 어른들의 태도를 논평하고 싶다. 먼저 교육행정을 하는 분들인데, 이 책(하필 이 책뿐 아니지만)을 두고 왜 가난한 얘기를 썼는가, 세상을 부정만 하면서 보는가, 불평을 하였나, 하고 말하는 분들이 있다고 한다. 이런 말은 논평할 가치도 없지만 한마디 안 할 수 없다. 가난한 얘기는 쓰지마라, 불평도 쓰지 말라는 말을 정확하게 말하면 다음 세 가지 가운데 어느 하나가 될 수밖에 없다.

첫째, 우리 나라에는 가난한 사람이 없다. 불평할 일도 아주 없다.

둘째, 가난한 사람이 있더라도 가난하지 않은 사람같이 써야 한다. 불평이 있어도 없는 것같이 써야 한다. 곧 거짓으로 써야 한다.

셋째, 가난한 사람이나 불평이 있는 사람은 글을 써서는 안된다.

이런 말이 어떤 계급에 봉사하는 말인가, 그리고 이런 말이 아이들을 얼마나 해치고 있는가, 하는 것은 누구든지 환하게 알 수 있을 것이다.

다음은 학부모와, 그 밖의 온갖 자리에 있는 어른들의 태도다. 직접 간접으로 내 귀에 들려온, 현복이 일기에 대한 어른들의 말을 종합하면, 현복이가 돈을 얼마나 벌었나, 출판사는 수입이 얼마나 되겠다, 하는 것이었다. 이것을 한마디로 논평하면 어른들은 돈밖에 모른다는 것이다. 한 아이의 글이 책으로 되어 많은 사람의 관심을 모았다고 할 때, 그 책이 사회에서 교육에서 과연 얼마만큼 가치가 있는가, 그 책에 써 있는 글의 내용을 우리는 어떻게 받아들여야 하는가, 우리 아이들에게 가르칠 것은 무엇이며, 우리 어른들이 배우고 반성해야 할 것은 무엇인가, 이런 문제를 생각해야 하겠는데, 거의 모든 어른들이 돈과 관련해서 책을 말하고 있으니 참으로 한심하다.

내가 이 책을 몇 분의 문인에게 주었더니 "이런 책이 요즘 유행하는 모양이지요?" "아이들이 쓴 책이 요즘은 잘 팔리는 모양이지요?" 했다. 나는 그런 말을 들을 때마다 큰 모욕을 느꼈다.

아이들이 쓴 책을 내는 것은 아이들이 보도록 하기 위함이지만, 한편 어른들도 좀 읽어서 배우라는 뜻이다. 그런 뜻까지야 모르더라도, 이런 책을 유행 따라 내거나 잘 팔리니까 돈벌이를 위해 내는 것으로 알고 그런 인사만을 태연히 하는 것이니, 이 또한 한심하다.

그러면 아이들은 어떤가? 이 글의 첫머리에서 많은 아이들로부터 재미있게 읽었다는 말을 들었다고 한다. 그 재미있었다는 내용이 어떤 것인지 자세히는 모르지만, 한편 좀 엉뚱한 반응을 보인 경우도 있고, 그것이 어쩌면 제법 널리 나타난 아이들의 반응—더구나 중학생들의 반응일 수 있겠다는 생각이 들어 그 점을 쓰고 싶다.

어느 날 낯선 여중학생이 전화를 걸어 와서 대뜸 이렇게 말했다.

"선생님이 현복이 일기에 대해서 쓰신 것이 좀 맘에 안 들어서요."

참 기특한 아이도 있구나 싶어 반가웠다.

"그래? 어떤 글이 맘에 안 들었냐?"

"현복이 같은 아이가 나온 것이 기적 같다고 하고 반갑다고 하신 건데요, 그런 글 쓰는 아이가 현복이뿐이라 보신 것이 맘에 안 들었어요."

"그래? 난 진정으로 그런 생각이 들어서 썼는데, 너도 글을 잘 쓰는 모양이구나. 어디 쓴 것 있으면 좀 보여 주겠나? 발표하도록 주선해 주지. 얼마나 써 두었나?"

"써 둔 것 없어요."

쓴 것이 없어? 그럼 어째서 현복이 같은 아이가 나온 것이 기적 같다고 한 말을 잘못되었다고 했을까? 나는 전화를 끊고 그 아이가 왜 그런 전화를 걸었을까, 하고 생각해 보았다. 그 아이가 현복이 일기를 읽고 참 잘 썼구나, 훌륭한 생각을 했구나, 하고 감동하기보다는 저보다 글을 잘 쓴 데 대한 패배감, 질투, 시기, 이런 감정이 생겨났던 것 같다. 그렇게밖에는 풀이할 수가 없다. 이것은 하필 그 아이뿐 아니라 오늘날 시험 경쟁으로 모든 아이들을 자기의 경쟁 상대로, 적으로 알고 있는 우리 나라 아이들의 보편된 심리 상태가 아닌가 생각된다. 아이들이 이 지경으로 되도록 한 것이 어른들임은 말할 것도 없다.

5장
:

잘못된
'글짓기 지도'
바로잡기

꾸며 써야
좋은 글이 되는가

●
●

ㅅ씨의 '글짓기 교실'에 대하여

아이들에게 글쓰기 방법을 가르치는 글은 교과서에도 나오
고, 여러 잡지나 신문에도 나오고, 낱권 책으로도 적지 않게 나
와 있다. 도시에는 글짓기를 가르치는 학원도 많아 더러는 그
사업이 번창한다. 이번 방학에는 내가 사는 이 작은 도시의 골
목에도 "일기서 창작까지"라고 쓰인 커다란 걸림막이 걸렸다.
이러다가는 교육을 파는 장사꾼들 때문에 아이들이 모조리 병
들고 말겠다는 생각을 뿌리칠 수 없다. 몇십 년 전부터 전국
곳곳에서 벌이고 있는 글짓기 대회나 백일장 같은 행사도 글
쓰기의 방향과 방법을 가르치는 노릇을 크게 해 왔다.
국내에서 하고 있는 이 모든 교육 방법들이 과연 어떻게 되
어 있는가? 한국글쓰기교육연구회에서 주장하고 있고 실천하
고 있는 삶을 가꾸는 방법과, 학원이나 문예 교실 또는 글짓기

지도서 따위에서 가르치고 있는 방법은 어떻게 다른가? 다르다면 어느 쪽이 옳은가? 이런 문제를 살펴보는 것은 아주 중요한 일이라 생각된다.

사람마다 그 삶이 다르고 생각과 성격이 다르기에 쓰는 글도 개성이 달리 나타날 수밖에 없다. 따라서 글쓰기를 가르치는 방법도 사람마다 꼭 같을 수가 없다. 그러나 아주 기본이 되는 문제에서 그 생각이나 방법이 서로 다르다면 그 다른 점을 분명하게 밝혀야 하겠고, 그래서 어느 쪽이 옳은 길인가 판단해야 한다. 또, 아무리 곁가지로 작게 보이는 부분이라 하더라도 그것이 아이들의 마음과 삶을 병들게 하는 결과를 가져오는 것이라면 결코 지나쳐 버려서는 안 될 것이다.

우리 나라에서 가장 뒤떨어져 있는 분야가 교육이라고 나는 본다. 교육이 뒤떨어진 가장 큰 원인의 하나가 비판이 없고, 비판을 용납하지 않기 때문이다. 아이들 가르치는 일은 그 어느 분야보다도 철저한 비판을 거쳐야 한다. 아무 비판도 없이 마구잡이로 가르쳐서 시행착오로 아이들을 실험의 도구로 삼는 것은 결코 용서할 수 없는 짓이다.

여기 지금부터 여러 가지 잡지나 책에 나오는 글쓰기(글짓기) 지도의 방법을 알아보려고 한다. 그래서 그 방법들이 정말 좋은 글을 쓰는 지도가 되어 있는가, 아이들을 착하고 바르게 키우는 교육이 되어 있는가를 살펴보려고 한다. 검토의 대상이 된 글을 쓴 분들이나 행사를 벌이고 여기에 참여한 분들은, 아이들을 참되게 키워 가는 교육을 연구하는 자리라 생각하여 부디 겸손한 마음으로 함께 문제를 살펴 주었으면 고맙겠다. 물론 내 의견이 잘못되었다면 그것을 지적해 주기 바란다.

월간 〈어린이 문학세계〉에는 ㅅ씨가 '생활문 짓기'라는 제목으로 글짓기 지도란을 맡아 써 놓았는데, 여기서 두어 가지 문제를 살펴보기로 한다.

'글감을 잘 고른다'는 문제를 두고 이 지도에는 먼저 글감의 보기라 하여 다음 세 가지를 들어 놓았다.

① 어제는 우리 분단이 청소 당번이었다. 그런데 누구 하나 청소는 열심히 하지 않고 떠들기만 했다.

② 청소 시간에 청소는 열심히 하지 않고 영철이와 정식이가 서로 싸움을 하였다.

③ 청소 시간에 영철이와 정식이가 싸움을 하다 화분이 넘어지고, 물통이 엎질러져서 교실은 온통 수라장이 되었다. 다행히 선생님께는 들키지 않았지만 왠지 가슴이 두근거렸다.

이렇게 세 가지를 들어 놓고 이 세 가지 글감 가운데 어느 것이 가장 좋은 글감인가를 묻고 있다. 그런 다음에 ①은 평범해서 이야기가 잘 안될 것이고 ②는 사실을 그대로 늘어놓아서 감동을 주지 못할 것이고 ③이라야 누구나 좋은 생활문을 쓸 수 있다고 말했다.

여기서 무엇보다도 먼저 지적하고 싶은 것은, 글감 세 가지를 들어 놓은 것이 사실은 모두 다른 글감이 아니고 어제 있었던 청소 시간의 일, 곧 한 가지 글감을 말만 다르게 세 가지로 적어 놓았다는 것이다. 어제 청소 시간에 ③과 같은 일이 있었다면 누구든지 그 이야기를 쓰게 되는 것이지 ①이나 ②와 같이 쓰는 아이는 아마도 없을 것이다. 또 더러 ①이나 ②와 같이 쓴다고 하더라도 그것은 자기가 겪은 것을 (중요한 일은 놓치고) 너무 간단하게 써서, 곧 자세하게 쓰지 않아서 그렇지 글감을 잘못 고른 문제가 되지는 않는다. 그러니 글감 고르기 지도에서 이런 보기를 든 것은 잘못되었고, 이는 효과가 없는 지도라 생각한다.

그다음에는 "글감이 너무 평범"해서는 안 된다고 한 말도 잘 생각해 보아야 한다. 비범한 글감이라야 좋은 글이 되는 것이 아니고, 비범한 것만 글감으로 하도록 가르치는 것은 잘못이다. 평범한 일상의 일들을 자세히 보고 생각해서 쓰도록 해야 좋은 생활글이 되는 것이다.

또, "사실 그대로만 늘어놓아서 감동을 주지 못할 것 같다"고 한 말도 잘못이다. 사실을 그대로 정직하게 쓰지 않고 거짓을 보태어 쓰게 한다면 아무리 글재주를 열심히 가르쳐도 (그런 재주를 가르치면 가르칠수록) 절대로 감동을 주는 글을 쓸 수 없는 것이 아이들 글의 특성이다.

글감 지도를 이렇게 한 다음 "위와 같이 글감이 좋아, 좋은 생활문이 된 글을 한번 읽어 보도록 하자"고 해서 들어 놓은 글 한 편이 있는데 제목은 '청소 시간'이다. 내가 보기로 이 글은 아주 잘못되었다. 글이 개념의 말로 써졌고, 이야기가 자연스럽지 않아 머리로 만들어 낸 글이 되어 있다. 이 지도자의 가르침대로 그야말로 사실 그대로 늘어놓지 않고, 감동을 줄 수 있도록 이야기를 꾸며 만들어 놓은 글이 되어 아주 불쾌하게 느껴진다.

두 번째로 모두 생각해야 할 것은 "글감은 하나이어야 한다"면서 '내 동생'이란 글을 들어 말해 놓은 것이다. 그 보기글이 길지 않으니 여기 들어 보겠다.

내 동생 유정이가 춥다면서 내 이불 속으로 파고들어 왔다. 내 자리가 아랫목이라 따뜻할 거라며 자꾸자꾸 헤집고 들어왔다.
나는 내 자리에서 밀려나 이불 밖으로 내 몸이 나와 추웠지만 언니라 꾹 참았다.
밤늦게 아빠가 통닭을 사 오셨다. 엄마랑 함께 맛있게 먹었다.
아빠는 맥주 두 병을 드시고는 드렁드렁 코를 고셨다.

이 글은 몇 학년 아이가 썼는지 적혀 있지 않다. 쓴 날짜도 없지만 어느 날의 일기로 쓴 글인 것 같다. 이 보기글에 대한 지도의 말이 다음과 같이 되어 있다.

동생을 사랑하는 언니의 마음이 잘 나타나 있는 썩 잘 쓴 생활문이다.
그러나 뒷부분의 밑줄 그은 곳은 내 동생이라는 글을 쓰고도 높은 점수를 얻지 못했다고 여겨진다.

글감 하나에 한 가지 이야기로만 자세히 표현하는 힘을 기르도
록 해야 하겠다.

"뒷부분의 밑줄 그은 곳"이란 "밤늦게 아빠가……"부터 끝
까지를 말한다. 이 부분이 제목에는 맞지 않는 이야기가 되었
다는 것이다. 그래서 글감('제목'이겠지) 하나에 한 가지 이야기
만 써야 한다고 했다. 이 지도 말이 옳은가?

　제목과 내용이 맞아야 한다는 말은 틀린 말이 아니다. 그러
나 한 가지 이야기만 써야 한다는 말은 잘못되었다. 아이들이
글을 쓰는 것을 보면 (더구나 저학년인 경우) 가령 '내 동생'이란
제목을 쓸 때 처음에 제목을 써 놓고 동생의 이야기를 쓰다가
다음에는 동생이 가지고 놀던 장난감을 사 가지고 온 아버지
이야기를 쓰곤 한다. 또 하루의 일기를 쓸 때 제목을 '강아지'
라 써 놓고 아침에 강아지가 없어져서 찾아다닌 이야기를 쓰
고, 그다음에는 학교 가서 공부한 이야기를, 다음에는 점심시
간 이야기, 다시 집에 와서 골목에서 공놀이한 이야기를 쓴다.
이럴 때 이 글은 제목과 맞지 않으니 맞는 이야기 한 가지만
쓰고 다른 것은 다 지워 버려야 한다고 가르칠 것인가? 아니다.
아이들은 이렇게 자기가 한 일들을 생각해 내어서 시간의 흐름
에 따라 차례차례로 쓰고 싶은 것을 마음껏 쓰도록 하는 것이
좋다. 제목이 안 맞으면 제목을 고쳐야 하는 것이다. 한 가지
제목에 꼭 한 가지 이야기만 써야 하는 것이 아니고, 두 가지도
때로는 세 가지도 쓸 수 있다. 더구나 일기는 그렇다.

저학년뿐 아니라 5, 6학년 학생들도 제목을 정하고 구상을 해서 쓰다가 구상했던 것과는 다른 생각이 나서 쓰고 싶으면 그것을 쓰는 것이 좋고, 다 쓰고 난 다음 제목이 안 맞으면 고치도록 한다. 뒤에 가서 이렇게 고치더라도 맨 처음에 제목을 먼저 정해서 적어 놓기는 해야 한다. 초등학생이 아니라 중고등학생, 아니 어른들이 글을 쓸 때도 이와 같다.

그렇다고 해서 한 가지 제목 안에 될 수 있는 대로 여러 가지 이야기를 쓰는 것이 좋다는 말이 아니다. 5, 6학년이 되면 중심이 있는 글, 가장 쓰고 싶은 것이 무엇인가, 바로 알맹이가 있는 글을 쓰도록 지도할 필요가 있다. 그러나 앞에서 본 '내 동생'이란 글은 이런 글의 중심을 써야 한다는 이야기를 하기 위해서 든 것도 아니고, 글의 초점 이야기를 하는 데 적당한 글도 아니다.

지금 우리 나라 아이들에게 가장 필요하고 중요한 글쓰기 지도의 일반 목표는 아이들에게 쓰고 싶은 것을 마음껏 쓰게 하는 것이다. 글을 쓰다가도 '이것은 제목에 맞지 않으니까 안 써야지' 하는 생각에 매이지 않고 쓰고 싶은 것을 거리낌 없이 쓰게 할 일이다. '이것은 제목에 어울리지 않으니까 쓰지 말아야지' 하는 태도는 '이 이야기는 선생님이 반가워하지 않으니까, 이런 제목은 남들이 비웃을 것 같으니까 쓰지 말자' 그래서 '보기 좋은 것, 자랑거리가 될 만한 것이나 찾아내어 쓰자'고 하는 태도가 되어 버린다.

책에 나온 글을 모방하면
좋은 글이 되는가

●

●

어린이를 위한 작문 지도 '글짓기 동산'에 대하여

사람은 책을 읽어서 세상을 바르게 살아가는 길을 찾고, 어려움을 이겨 내는 힘과 슬기를 얻고, 새로운 지식을 배우게도 된다. 책 읽기보다 더 귀한 공부가 없다. 그러기에 누구나 학교를 졸업하여 세상에 나가 일하며 살아도 책을 아주 안 보는 사람은 없고, 많은 사람들이 평생 책을 벗 삼아 살아가고 있다.

이래서 우리는 아이들에게도 책을 읽으라고 한다. 학교교육의 목표가 앞으로 평생 책을 즐겨 읽으면서 살아가도록 하는 데 있다고 말하기도 한다. 그러나 아무리 책 읽기가 중요하다고 해도 책 읽기 그 자체가 우리들 삶의 목표가 될 수는 없다. 책보다 중요한 것은 사람의 목숨이요, 삶이다. 책을 읽는 목표도 삶을 어떻게 더 바르고 참되고 아름다운 것이 되게 하나 하는 데 있다. 따라서 우리가 만약 책 읽기가 아닌 다른 방법으로 삶을 더욱 참되게 가꾸는 수가 있다면 그 다른 방법을 가져야 하는 것이다.

하지만 지금 보아서는 진리를 찾아 가지는 데 책 읽기보다 나은 길은 별로 없다. 사람들은 텔레비전을 더 좋아하지만, 텔레비전은 사람의 정신을 들뜨게 하고 거짓되게 길들이기도 하여 그 해로움이 크다고 모두가 알고 있다.

그런데 책 읽기가 아무리 귀한 우리의 할 일이 되었다고 하더라도 책이 모든 것을 가르쳐 주는 것은 아니다. 더구나 요즘은 온통 장사꾼들 세상이 되어 온갖 해로운 책들이 쏟아져 나와 어느 것을 읽어야 할지, 어느 책을 읽혀야 옳은지 분간하기도 힘들게 되었다. 책의 공해 시대가 왔다고 말할 수 있다. 더구나 아이들이 읽어야 할 책이 그러하다. 책에 대한 생각을 대충 이쯤 정리해 놓고 글쓰기와 책 읽기의 관계를 말해 보기로 한다.

아이들에게 책 읽기를 권하고 책 읽기 지도를 하는 것은 옳지만, 아이들이 글을 잘 쓰도록 하기 위해 어른들이 써 놓은 글을 읽게 하는 것은 효과가 없을 뿐만 아니라 도리어 글을 못 쓰게 하거나 거짓스런 글재주를 익히는 결과가 된다. 그러니 책 읽기 공부는 그것대로 따로 다른 시간에 해서 세상을 보는 눈을 넓히고 생각을 키우도록 할 것이다. 글을 쓸 때는 어른들 책을 읽어서 쓰게 하지 말고, 같은 마을이나 같은 반 아이들이 쓴 글을 읽도록 하는 것이 도움이 된다.

아이들이 글을 못 쓰는 바보가 되도록 하는 아주 간단한 방법이 있다. 그것은 초등학생이고 중학생이고 아이들 앞에서 훌륭하다는 어른들의 이른바 '명문'을 읽어 주고 '자, 여러분도 이런 글을 써 보시오' 하면 된다. 아이들은 영락없이 기가 죽어서 한 줄도 못 쓸 것이다.

이렇게 나는 다른 자리에서 말한 적이 있다.

그런데 내가 믿고 있는 지도 방법과는 아주 다른 반대의 의견을 가진 분이 있기에 여기 소개하겠다. 〈월간 아동문학〉에 실린 '어린이를 위한 작문 지도 3. 글짓기 동산'이 바로 그것이다. 이 글을 읽는 분들은 두 가지 방법 가운데 어느 것이 바른지 저마다 판단해 주기 바라며, 생각이 있는 분은 아이들에게 이 두 가지 다른 방법을 모두 써서 지도해 보고 그 결과를 알아볼 수도 있을 것이다.

그 '글짓기 동산' 첫머리에는 다음에 들어 보이는 어느 중학교 1학년생이 쓴 '책'이라는 제목의 글이 나온다.

나는 미래를 위해 책을 읽는다. 독서를 하면서 나의 꿈을 찾고 싶다. 가을은 독서의 계절이다. 빨강 노랑 낙엽 위에서 책을 보면서 나의 자세와 행동을 책 속에서 배울 것이다.

어쩌다가 용돈이 생기면 예쁜 색깔들이 들어 있는 책을 살 것이다. 나는 하얀 책 속에 그림이 많이 들어 있는 것을 좋아한다. 만화, 잡지, 소설을 사고 싶다.

나에게 착한 마음과 올바른 행동을 가르치는 책들을 좋아하고 전투와 싸움 또는 무서운 내용의 책을 좋아한다. 우리 집이 도서관이라면 좋겠다. 그러면 독서를 많이 할 수 있겠지. 책꽂이에 가득 넘치는 책을 보면 얼마나 좋을까? 다른 사람이 읽지 않는 것이라도 나는 내가 좋아하는 책들만 둘 것이다. 꿈에서도 도서관을 갖고 싶은 마음이 뛰쳐 나온다.

아침 종달새 소리를 들으며 앞뜰과 뒷동산에서 조용히 책 읽는 것을 좋아한다. 그리고 친구들과 재미있는 책을 소리 없이 조용히 읽기를 좋아한다. 바닷가에서 들리는 파도 소리가 잔잔해질 때 책 읽기를 좋아한다. 나무 위에 올라가서 매미 소리를 들으면서 책을 읽고 싶다.

오솔길을 다니면서 책 보기를 좋아하고 산 위에서 큰 소리를 내면서 책 읽기를 좋아한다.

책 속에 들어 있는 천사의 얼굴처럼 나도 하얀 얼굴을 갖고 싶다.

'글짓기 동산'을 쓴 분은 이 글이 중학교 교과서에 나오는 피천득 선생의 수필 '나의 사랑하는 생활'을 모방한 듯하다고 말하면서 "훌륭한 문인들의 글을 읽고 나면 이 글처럼 남의 글의 형식도 모방하여 자기 것으로 만들 수 있는 겁니다"고 하여 어른들의 글을 모방하여 쓰는 태도를 옳게 보고 있다. 그러나 나는 이런 어른 글 흉내 내기로 시작하는 글쓰기 지도는 아주 잘못이라고 본다. 아이들에게 자기 스스로 보고 듣고 생각한 것, 행한 것을 쓰게 해야 한다. 그래야 살아 있는 글이 된다. 아이들이 쓰는 글과 어른이 쓰는 글의 세계는 아주 다르다. 그것은 아이들의 삶과 어른의 삶이 다르기 때문이다. 아이들이 어른의 글을 읽고 그 글의 형식이나 내용을 본받아 쓰게 되면 자기의 삶이나 마음이 나타날 수가 없다. 재주가 있는 아이들도 자기를 표현하고 창조하는 태도를 잃어버리고, 어른 따라 지식이고 말이고 교묘한 흉내 내기만을 하게 되니 참된 글을 쓸 수 없고, 재주를 부리지 못하는 순진한 아이들은 아예 글을 못 쓰게 되는 것이다.

위에 든 글도 어른들이 쓴 수필을 닮으려고 하다 보니 자기의 삶과는 아주 다른 글, 삶이 없는 거짓스런 미문 투의 글이 되어 버렸는데, 이런 글을 좋은 글이라 보아서는 글짓기고 책 읽기고 제대로 될 수가 없다.

여기서 책 읽기로 글쓰기 지도를 하지 않고, 다만 삶을 정직하게 보고 쓰는 지도를 하여 얻은 글을 다음에 들어 놓는다. 앞의 글과 견주어 보기 바란다.

나머지 공부　황인선 경기 안양 안양동초 4학년

나는 언젠가 산수 시험이 틀려서 나머지 공부를 한 번 한 적이 있다. 그날은 비가 막 쏟아졌다. 그래서 엄마가 동생에게 우산을 갖다 주라고 했는지, 동생이 우산을 가지고 내가 나머지 공부를 하고 있을 때 왔다.

나는 동생에게 빨리 우산을 받고 나머지 공부를 계속하는데 동생이 안 가고 구경하고 있어서, 나는 내 동생에게 왜 빨리 안 가고 있느냐고 막 그랬다. 그러니까 비가 와서 안 간다 해서 그래도 막 가라 하다가, 그럼 복도에서 가만히 있으라 했다. 나는 동생이 내가 나머지 공부 하는 것을 알까 봐 부끄러워서 열심히 문제를 풀어서 선생님에게 가서 줄을 서서 검사를 받은 다음 합격을 하였다.

동생은 복도에 있는지 보이지 않았다. 책가방을 챙기고 복도에 가 보니 거기서 유리창에 손가락으로 낙서하며 놀고 있었다. 동생이랑 같이 집으로 돌아와 옷을 갈아입었다.

앞에 들어 놓은 '책'이란 글과 이 '나머지 공부'를 견주어서 어느 쪽이 진정으로 쓴 글인가. 어느 쪽이 삶이 있는 글인가, 그리고 어느 쪽이 '참 그렇구나' 하고 느낄 수 있는 글인가. 누구든지 곧 판단할 수 있을 것이라 믿는다. 여기서 우리가 분명히 알아야 할 일은, 어른들의 글을 읽혀서 그 글의 형식이나 내용을 본받게 해서는 절대로 이 '나머지 공부' 같은 글을 쓰게 할 수는 없다는 것이다.

불행하게도 우리 나라 거의 모든 초등학생들은 어른들의 글 흉내 내기만을 배우고 있다. 중학생이 되면 아주 어른들의 수필이나 소설, 시 따위를 읽고 문학작품 쓰는 노릇을 가르치기 때문에 더욱 글을 못 쓰게 된다. 그래서 중학생이 자기의 삶을 이야기한 다음과 같은 글은 좀처럼 볼 수 없다. 중학교 3학년이 쓴 '불쌍한 우리 언니'라는 제목의 글을 보기로 하자.

불쌍한 우리 언니 손난숙 충남 보령 대천여중 3학년

나는 우리 언니가 불쌍해 보인다. 우리 집은 식구가 아홉인데 아

들 넷에 딸이 셋이다. 그중에서 우리 큰언니만이 몸이 좀 불편하다. 어려서부터 소아마비를 앓아서 다리가 정상인처럼 좋지가 못하다. 손도 또한 그렇고……. 그렇다고 해서 활동을 못 하는 것은 아니다.

그러나 우리 언니는 얼굴이나 재능이 남보다 뛰어나다. 몇 넌 전 서울에서 학원을 다녀 한국통신기술 1급 자격증을 얻었다. 그것은 우리 식구 모두와 언니의 피나는 노력의 대가였다. 그런데, 그런데…… 언니는 취직이 안 됐다. 몸이 불편하다는 이유로……. 그래서 그냥 집에서 자기 공부를 조금씩 하며 지낸다. 왜 그런 이유로 우리 언니 같은 사람을 받아 주지 않는지, 사회가 원망스럽다. 언니는 초등학교밖에 나오지 않았지만 쉬운 영어, 한문 같은 것들은 거의 안다.

집에서 혼자 공부하는 언니.

우리 사회에는 언니 같은 사람이 많이 있을 줄로 안다. 그런 사람을 위한 제도가 사회에 필요할 것 같다. 집에서 혼자 공부하는 언니를 보며 부모님께서는 무척 괴로와하신다.

나도 언니 못지않게 누구보다 더 나은 지식인이 되려고 노력하고 있다. 언니를 보면서 내 생활을 반성하며 비록 산업체 학교지만 열심히 노력할 것이다.

이런 글도 문학작품 쓰는 흉내를 가르쳐서는 결코 나올 수 없다. 어떤 글을 쓰게 하는 것이 아이들을 사람답게 키우는 참교육인가 생각해 보기 바란다.

왜 느낀 대로 쓰면
안 되는가

●

●

학생의 글 '휴지'를 논한 ㄱ씨의 글에 대하여

〈한국아동문학〉 20집(한국아동문학가협회 엮음)에는 여름 세미
나 주제 논문들이 실려 있는데, 그 첫머리에 '삶의 현실과 문
학의 현실'이란 제목으로 쓴 ㄱ씨의 글이 나온다. 이 글은 우
리 글쓰기회 회원이 지도한 아이들 글 두 편을 들어 논한 부분
이 중요한 내용으로 되어 있다. ㄱ씨는 현재 한국글짓기지도
회의 회장직을 맡고 있으며, 오랫동안 글짓기 지도를 하여 온
분으로 모두 알고 있다. 이런 분이 아이들의 글을 어떻게 보고
있는가 하는 것을 알아보는 것도 아주 필요하겠기에 여기 그
부분을 옮겨 본다.

먼저, 아이의 글부터 보기로 하자.

휴지   김선미 충남 보령 대천여중 3학년

일요일 저녁 집으로 가는 길이었어요. 교문 앞에서 〇선생님께서 "휴지 좀 주워라, 저기 저기 있잖아" 하시잖아요. 그래서 저는 휴지를 찾기 위해 고개를 두리번거렸어요. '휴지를 주우면 선생님 손에 상처라도 생기나, 체면이 손상되나' 하고요. 휴지를 줍기 싫어서 그런 생각을 한 것은 아니어요. 저희들이 주워야 하는 거지요. 휴지를 줍지 않고 그냥 지나친 저희들의 잘못이지요. 저희 학교는 저희가 깨끗이 해야 하니까요. 선생님들이야 저희 학교에서 공부나 가르치시다 다른 학교로 가시면 되지요. 하지만 지금은 대천여자중학교 선생님이시잖아요. 그러니까 선생님께서도 대천여자중학교의 한 일원이기도 하잖아요. 만약 그 선생님께서 그런 정신을 가지고 계셨다면 저보고 고개를 두리번거리게 하여 휴지를 줍게 하였을까요? 다음부터는 이런 선생님들이 안 계셨으면 좋겠다고 생각했어요.

이 글에 대한 ㄱ씨의 의견은 "아이가 어른의 눈치를 계산하지 않고 솔직한 자기 생각을 쓴 용기가 좋다. 그렇지만 이 글을 두고 자기 생각을 숨기지 않고 정직하게 썼기 때문에 좋은 글이라고 하며, 어른들의 잘못된 생활 태도를 지적하고 비판한 점을 칭찬할 수 있을까?" 하는 말로 시작하여 아주 부정하는 생각을 길게 적어 놓았다. 그것을 그대로 옮겨 놓아야 오해가 없을 것 같기에 길지만 모두 늘어놓는다.

선생님들이 아이들을 보고 떨어진 휴지를 주우라고 하는 것은 우리 둘레와 우리 학교는 우리들 스스로가 깨끗이 하는 생활 습관을 길러 주기 위한 교육적인 배려에서일 수도 있고, 특별히 그런 뜻이 아니더라도 학교생활에서는 얼마든지 자연스럽게 이루어지고 있는 일상적인 일이다.

이것을 두고 휴지가 떨어졌으면 아이에게 시키기 전에 선생님이 주우면서 행동으로 모범을 보이는 것이 보다 교육적이라고 할지도 모른다. 그렇게 할 때 보고 있던 아이도 저절로 따라 줍게 될 것이고, 그것이 가장 바람직한 사제동행의 교육 실천이라고 할지도 모른다. 그러나 다른 면에서 생각하면 이 아이의 모습은 달라진다. 선생님이 시킨 일이고 그것이 부당한 일이 아니라면 순종하는 것이 학생으로서 취해야 할 올바른 행동일 것이다. 이것은 권위주의거나 관료적인 태도가 아니다. '휴지를 주워라, 더러워진 둘레를 청소하고 몸을 단정히 가져라, 놀지 말고 집에 일찍 가거라, 어른들 말씀 잘 들어라' 하는 것은 어른으로서 누구나 아이들에게 할 수 있는 말이다. 아이들에게 이런 말을 전혀 하지 않는 어른이 있다면 오히려 이상하다. 그것은 아이의 성장이나 생활에 무관심하여 될 대로 되라는 태도이니, 어른으로 마땅히 해야 할 책임과 임무를 회피하는 일이 된다. 이런 일을 두고 선생님 자신이 '휴지를 주우면 선생님 손에 상처라도 생기나, 체면이 손상되나' 하고 생각한 것은 결코 칭찬할 수 없다. 그것이 비록 순간적인 생각일지라도 생각이 행동을 결정하는 것이니 결코 가볍게 생각해서 넘겨 버릴 문제만은 아닐 것이다. 선생님은 다른 학교로 가면 그만이지만 학교는 저희 학교이니까 휴지는 자신들이 주워야 한다고 아이는 반성하고 있는 듯하지만 그것은 진심이 아니라는 것을 쉽게 알 수 있다. 선생님의 행동이 잘못이라는 강한 반발에서 해 보는 말이다. 우리 학교에서 이런 선생님이 안 계셨으면 좋겠다는 끝 구절에서 그런 속마음을 더욱 잘 알 수 있다.

요사이 아이들은 너무 버릇이 없다고 걱정하는 어른들이 많다. 부모에게 존대어를 쓰지 않고 선생님의 행동을 일부러 삐뚤어진 시각으로 바라보는 아이들도 많다. 그러한 태도에서 어른들의 세계를 비판하는 글을 쓰는 아이들을, 현실을 바르게 보고 있는 그대로 정직하게 표현했으니 참으로 훌륭하다고만 할 수는 없을 것이다.

누구나 남의 잘못을 꼬집어 비판하기는 쉽고 또 그렇게 비판하는 소리는 잘 들리며 쉽게 여러 사람의 공감을 얻는 경우가 많다. 공감이 아니더라도 다른 것보다 주목을 더 받게 된다. 우리는 참으로 오랫동안 사회의 어두운 면이나 소외된 사람들의 이야기를 글로 쓰면 화제가 되고, 현실을 부정하고 비판한 작품이 더 환영을 받는 시대를 살아왔다. 물론 그 원인은 작가에 있는 것이 아니라 사회현상과 정치 풍토에 있다고 할 것이다. 그렇다고 그것을 자주 파헤치는 일은 상처를 키우는 결과가 될 수도 있다는 것을 생각해야 한다.

이솝의 우화에 허물 보따리 이야기가 있다. 사람은 누구나 두 개의 허물 보따리를 메고 다니는데, 한 개는 자기 허물을 담아서 등에 지고, 다른 한 개는 남의 허물을 담아 앞에 안고 다닌다는 것이다. 그렇기 때문에 등에 멘 자기 허물은 보이지 않고 항상 눈앞에는 남의 허물만 보인다는 것이다. 이야기할 상대와 마주 보고 서로 각각 자기 허물은 등에 지고 있기 때문에 상대가 못 보게 숨겨지게 되고 두 사람의 코앞에는 남의 허물 보따리만 펼쳐지게 된다는 것이다. 그렇기 때문에 남의 이야기는 입이 맞고 배가 맞아서 잘하게 된다.

이 아이도 지금 선생님을 비판하는 자신의 허물은 전혀 모르고 있다. 이런 것이 아이들의 현실이라면 우리의 앞날은 결코 밝다고 할 수는 없을 것이다.

얼마 전에 일본의 작문교육연구회 사람들과 만난 일이 있는데 현재 일본 아이들은 학교 선생님을 존경은커녕 비위에 안 맞으면 주먹을 마구 휘두르기 때문에 중고등학교에는 생활지도 교사로 무술 교관들을 채용하고 있다고 했다. 어릴 때부터 어른들의 생활 모습이나 행동 습관을 이렇게 비판하는 아이가 자라면서 힘을 갖게 되면 제 비위에 맞지 않는 어른들을 어떻게 할 것인가 생각해 보자.

남의 글을 두고 말할 때, 흔히 그 어느 한 대문만을 잡아내어 왈가왈부해서 오해를 사는 일이 있기에, 그래서는 안 되겠다고 이렇게 긴 글을 좀 지루한 줄 알면서 다 들었다. 이 글을 읽은 독자들 가운데는 여기 주장한 내용에 공감하는 이도 있을 것이고, 잘못된 생각이라고 보는 분도 있을 것이다. 나는 잘못되었다고 보는 사람이다. 이제부터 내 생각을 적어 보겠다.

전체를 말해서 이 글에 나타난 생각(한 아이의 글을 비판하고 교육을 말하는 태도)은 오늘날 우리 나라의 잘못된 교육─입신출세를 위한 점수 쟁탈 경쟁 교육과 일제 군국주의를 그대로 이어받은 억압 교육의 구조를 옳다고 인정하고 그 방법을 옹호하는 사람들의 편에 서서 하는 말이 되어 있다. 그래서 이 글이 단지 한 아이의 글을 논평한 데에 그치지 않고 오늘날 우리 나라 교육이 민주로 가느냐, 반민주로 가느냐 하는 커다란 문제에서 한 교직자가 어떤 뚜렷한 태도를 표명했다는 점을 놀라워하면서 내 생각을 말하고자 한다.

아이들이란 어른이 시키는 대로 하면 되는 것이지, 어른이 하는 일을 아이들이 이러니저러니 비판해서는 안 된다, 그런 못된 버릇을 들여 놓으면 나중에 어른이 되어서 무엇이든지 제 마음대로 하려고 폭력까지 휘두르게 된다……. 이것이 ㄱ씨가 쓴 글의 요지다.

사실 우리 나라는 오래전부터 폭력의 사회가 되어 있다. 자라나는 아이들도 점점 난폭해져 가고, 청소년들의 범죄가 무섭게 늘어 가고 있다. 그래서 ㄱ씨의 이런 주장이 그럴듯하고, 아이들을 단속해서 꼼짝 못 하게 하고 어른의 명령에 순종만 하도록 키워야 폭력 없는 사회가 될 것 같다. 적어도 교육의 본질과 우리 교육의 실상을 모르는 사람은 대체로 이렇게 생각할 것이다. 실제로 우리 나라의 많은 가정에서는 아이들을 '버릇없는 아이'가 되도록 키우고 있다. 더구나 외동아들, 외동딸이 많아지면서 부모들은 아이들을 제멋대로 놀아나는 아이로 키우는 경향이 뚜렷하다.

그런데 이 '버릇없이 제멋대로 키운 아이'가 곧 '어른들의 잘못을 올바로 느껴 알고 그것을 비판하는 아이'라고 생각해서는 안 된다. 버릇없이 제멋대로 자란 아이는 자기밖에 모르게 되어 있고 따라서 세상일을 바로 보고 판단할 줄 모른다. 사람다운 심성을 가지고 올바른 행동을 할 수 있는 아이라야 제 또래 아이고 어른이고 간에 남의 행동을 순수하게 받아들여 정직하게 판단하는 것이다. 벌거벗은 임금님을 보고 "임금님 벌거벗었네!!" 하고 소리친 아이를 버릇없는 아이라고 자리매김을 하는 어른은 아이들의 세계를 조금도 이해하지 못하는 무지한 어른이 아니면 아이들의 마음을 아주 짓밟아 버리는 어른이라고 할밖에 없다.

아이들이 버릇이 없게 되는 까닭은 부모들이 아이들을 한 사람의 인격을 가진 인간으로 대하지 않고 어른에 딸린 물건으로, 장난감으로 여겨서 기분대로 대하고 키우기 때문이다. ㄱ씨는 아이들이 부모에게 "존대어"를 쓰지 않는다고 걱정했는데, 고등학생이 되어도 아버지라 말할 줄 모르고 아빠라고 말하는 것은 부모의 잘못이지 아이들 잘못이 아니다. 말이고 행동이고 아이들은 어른이 하는 대로 따른다. 어른은 쌍소리고 욕설을 마구 하면서 아이들한테만 "너희들은 고운 말을 써라"고 했을 때 그 말을 듣겠는가? 어른은 온갖 못된 행동 다 하면서 아이들에게는 착한 일 하라고 했을 때 아이들이 착한 사람이 되겠는가? 교육은 몸으로 행동으로 하는 것이지 결코 말로써 할 수 없다. 이것은 너무나 환한 교육의 진리다.

가정에서 부모들의 장난감으로 잘못 길러진 아이들이 학교에 들어가면 더욱 잘못된 교육을 받는다. 가정에서는 제멋대로 놀아나게 하였지만 학교에서는 그와 반대로 철저하게 시키는 대로만 움직이게 한다. 그리고 교사가 이렇게 시키는 것은 아이들의 심리나 개성이나 건강 같은 것을 생각해 볼 마음의 여유조차 없이, 다만 점수 쟁탈을 위한 채찍으로 되어 있거나 겉치레 교육을 위한 지시 명령으로 되어 있다. 아이들의 창조하는 재능은 오직 그들을 자유롭게 풀어놓아 주었을 때만 그 싹이 터 나고 자라날 수 있다. 그런데 우리의 학교교육은 자주성이고 자발성이고 창의성 같은 것은 철저하게 둘러막아 버리고, 다만 지시와 명령으로 아이들을 기계같이 움직이게 하고 있다. 그래서 아이들은 자기의 마음과 삶을 잃어버리고 어른들이나 그 밖에 힘이 있어 보이는 사람이 시키는 대로만 움직이는 슬픈 버릇을 몸에 익히게 되었다.

이것을 두고 군대식 억압 교육을 하고 싶어 하는 어른들은 틀림없이 '집에서는 제멋대로 컸지만 학교에 들어오니 버릇이 잘 들었다'고 할 것이다.

그러나 이런 억압 교육으로 시킴만을 받아 움직이며 자라난 아이들이 어찌 되는가 하는 것이 문제다. 첫째, 이 아이들은 민주 사회를 창조하는 자유와 자주와 창조의 정신을 거의 모두 잃어버린다. 그래서 어른이 되어도 독재자가 정치를 하기에 아주 편리한 국민이 된다. 그야말로 시키는 대로 움직이기만 하는 백성이 되는 것이다. 다음은, 그런 노예근성으로 굳어진 슬픈 어른이 되기 전에 그 마음과 성격이 걷잡기도 힘들게 병들어 버린다. 그 병은 두 가지로 나타나는데, 그 가운데 하나는 자기를 못난 사람으로 여겨 아주 비굴하게 살아가거나, 술, 담배, 마약 들로 목숨을 유지하거나, 더 극단으로는 자살하는 것이다. 또 다른 한 가지는 그 오랫동안 쌓였던 울적한 감정을 밖을 향해 적극으로 폭발시키는 것이다. 청소년들의 폭력과 폭행, 범죄 사건이 급격하게 늘어나는 까닭이 바로 여기에 있다.

ㄱ씨는 일본 아이들 이야기를 했는데, 일본 아이들뿐 아니고 우리 아이들도 만약 억압 교육을 이대로 밀어붙이기만 한다면 머지않아 그렇게 된다. 지시 명령만 하면서 생명을 억압하는 교육에서는 그렇게 되지 않을 수 없다. 일본의 교육이 어느 한 부분만 보면 훌륭하게 이루어지는 데가 더러 있지만, 전체로 보면 옛날의 제국주의로 되돌아가고 있는 것이 너무나 환한 사실로 되어 있다.

이번에는 교사의 자리를 생각해 보자. 아이들 스스로 무엇을 할 수 있도록 하는 민주교육은 조금도 할 줄 모르고, 청소 같은 것을 할 때도 이것 주워라, 저것 치워라 하고 명령만 내리는 것을 교사의 할 일이라 생각하니까 눈앞에서 아이들은 청소를 하는데 교사는 뒷짐 지고 구경하거나 먼 산이나 바라보거나 교사들끼리 잡담이나 하는 것을 당연하게 여긴다. 이것이 우리들 학교교육의 숨김없는 현장 풍경이 아니고 무엇인가? ㄱ씨의 말대로 "선생님이 아이들을 보고 떨어진 휴지를 주우라고 하는 것은" "학교생활에서는 얼마든지 자연스럽게 이루어지고 있는 일상적인 일"로 되어 있는 것이다. '자연스럽게 이루어지고 있는 일상적인 일'로!

여기 슬픈 노예교육을 받은 어른들의 모습이 내 눈에는 환히 보인다. 일제강점기부터 오늘날까지 80년 동안 단 한 번도 민주교육을 받아 보지 못한 어른들은 아이들을 또 자기가 받은 그대로 교육하면서 조금도 그 참모습을 깨달을 줄 모르고 오히려 자기들이 하고 있는 것이 자연스럽게 이루어지고 있는 교육으로 알고 있다. 그래서 선생님이 휴지를 주우라고 했다면 주우면 된다. "선생님이 시킨 일이고 그것이 부당한 일이 아니라면 순종하는 것이 학생으로서 취해야 할 올바른 행동일 것이다"고 하여 명령에 복종하는 것이 학생의 본분이지 명령하는 선생의 행동이 잘못되었다고 말하는 것은(그런 글을 쓰는 것은) 학생으로서 가질 태도가 아니라고 하는, 식민지 또는 파시즘의 교육관이 나타나는 것이다. 심지어 아이들에게 이래라저래라 지시 명령을 내리지 않는 어른은 "아이의 성장이나 생활에 무관심하여 될 대로 되라는 태도"이고 "어른으로 마땅히 해야 할 책임과 임무를 회피하는" 것이라는 어처구니없는 말까지 나오게 되는 것이다.

나는 '휴지'라는 제목의 글이 만약 '교문 앞에서 어느 선생님이 휴지를 주우라고 말했다. 그래서 나는 부지런히 주웠다'고만 썼더라면 중학교 3학년생의 글로서 가치가 없다고 생각한다. 그런 글은 수없이 많은 학생들이 시키는 대로 움직인 것을 똑같이 그대로 쓴, 아무런 개성도 없는 글이기 때문이다. 그런데 그렇게 많은 아이들이 시키는 대로 움직이기만 하였지만 이 아이는 행동만 하지 않고 생각을 했다. 자기를 움직이게 한 사람의 태도에 대한 생각이다. 어쩌면 이 생각은 이 아이뿐 아니고 그 자리에 있었던 거의 모든 아이들이 다 같이 가지고 있었을 것 같다. 그러나 그 생각을 이 아이는 확실히 붙잡았고 그래서 그것을 글로 밝혔다. 이것이 소중하다. 이것저것 다 살피고 다 계산해서 말하고 행동하는 것이 아니라 마음속에 우러난 절실한 느낌과 생각을 솔직하게 나타내는 이것이 귀중하다. 살아 있는 아이의 살아 있는 소리가 이런 것이다. 이것이 바로 어느 아이가 외친 "임금님 벌거벗었네!" 하는 소리다. 어째서 이것이 불순한 생각이고 불온한 태도인가?

만약 교사가 참교육자라면 학생의 이런 비판의 소리에 마땅히 반성해야 한다. 그리고 이런 글을 써 보인 학생을 고맙게 생각해야 한다. 실제로 우리 글쓰기회 회원 가운데는 선생님이 늦잠 자는 것을 비판하는 아이의 글을 학급 문집에 싣고, 또 약속을 못 지킨 선생님을 원망하는 글을 문집에 실어서, 그 아이들 앞에 반성하거나 사과하는 선생님들이 있다. 우리 회원들은 아이들 앞에서 자기의 잘못을 인정하고 사과하는 것을 당연하게 여긴다. 그런데 내가 생각하기에는 늦잠을 자거나 어쩌다 약속을 못 지키는 것보다, 자기는 손가락 하나 까딱 안 하면서 언제나 아이들에게 지시하고 명령만 하는 교사가 더 나쁘다고 본다.

어느 아이가 '장학사가 온다고 하면 왜 선생님들이 벌벌 기나' 하는 내용의 글을 쓴 것을 학급 문집에 실었다. 물론 우리 회원이다. 그런데 그 글 때문에 이 교사는 다른 학교로 쫓겨가게 되었다. 교사를 쫓아낸 학교의 교장은 틀림없이 이렇게 말할 것이다. "그놈들이 청소를 하라면 하는 것이지 왜 아이답지 못하게 어른을 비판하나? 귀한 손님 맞기 위해 청소하는 것이 어째서 나쁜가?" 하고.

'휴지'를 쓴 아이는 선생님이 시킨 일을 하지도 않고 비판한 것도 아니고, 또 학생으로서 해야 할 일을 마땅히 해야 한다고 말하고 있다. 그런데 ㄱ씨는 이 대문을 비판하기를 "휴지는 자신들이 주워야 한다고 아이는 반성하고 있는 듯하지만 그것은 진심이 아니라는 것을 쉽게 알 수 있다"고 너무 경솔하게 잘못된 판단을 하고 있다. 이렇게 진심이 아니라고(따라서 거짓말이라고) '쉽게' 단정한 이유로 "강한 반발에서 해 보는 말"이기 때문이고, "우리 학교에서 이런 선생님이 안 계셨으면 좋겠다"는 말이 있기 때문이라 했다. 무엇이든지 반발해서 하는 말은 진심이 아닌가? 이렇게 되면 무엇이든지 긍정하는 것은 다 진심이고 반대하는 것은 모두 거짓이 된다.

아이가 쓴 글을 순수하게 받아들이지 못하고 처음부터 잘못된 눈으로 보자니 이렇게 되는 것이다. 그런데 ㄱ씨가 '휴지'란 글을 비판하고 나서 "우리는 참으로 오랫동안 사회의 어두운 면이나 소외된 사람들의 이야기를 글로 쓰면 화제가 되고,

현실을 부정하고 비판한 작품이 더 환영을 받는 시대를 살아
왔다"고 하고 "사회현상과 정치 풍토"를 "자주 파헤치는 일은
상처를 키우는 결과가 될 수도 있다"고 말한 데 이르러서는 다
만 놀랄 수밖에 없다. 학생들이 한 해에도 백 명이 넘게 자살
하는 이 땅의 교육 현실에서, 교육 현장의 여러 가지 문제점을
덮어 두어야 교육이 잘될까? 아이들의 괴로움을 모른 척하고
교육이 아름답게 이루어지고 있는 것처럼 꾸며 만든 거짓스런
글을 아이들에게 쓰게 해야 상처가 없어지고 건강하게 자라나
는가? 언제 또 현실을 부정하고 비판하는 글을 그렇게 많이 쓰
게 했던가? 온 나라의 아이들이 교과서의 글을 흉내 내어 쓰도
록 강요당하고 있는 게 현실이 아니고 무엇인가?

　여기서 또 한 가지 말해 둘 것이 있다. 본래 ㄱ씨가 쓴 글은
제목에 나타난 대로 어린이문학을 말하려고 한 글이었다. 그
래서 이렇게 아이의 글을 논한 것도 어린이문학에 대한 생각
을 나타낸 것이라고 보아야 한다. 그런데 우리 어린이문학에
서는 지난 40년 동안 아이들의 현실을 작품에 다루는 것을 한
갓 금기 사항으로 여겨 왔던 것이 사실이다. 현실을 쓰면 동시
도 동화도 안 된다는 것이 거의 모든 어린이 문학인들의 태도
였다. 이런 형편에서 극히 적은 수의, 양심을 가진 작가들이 아
이들의 문제를 다루는 것을 이렇게 당치도 않게 몰아붙인다는
것은 그 속뜻을 이해할 수 없다.

어떤 글이 정말
아이다운 글인가

ㄱ씨가 '휴지'와 견주어 아이답다고 본 글에 대하여 1

지금까지 나는 한 학생이 쓴 정직한 글을 두고 나쁜 뜻으로 비판한 ㄱ씨의 논문이, 아이들을 채찍질하여 길들이려고만 하는 사람들 편의 생각을 그대로 보여 주는 논리임을 살펴 왔는데, 이번에도 그 이야기를 계속하고 싶다.

ㄱ씨는 '휴지'라는 글이 좋지 못하다고 길게 비난한 다음 이번에는 그 글과는 달리 자기가 아주 바람직하게 썼다고 보는 글을 한 편 들어 놓고는 "학교를 위하는 마음이 나타나 있는 다음의 글은 어떤가? 앞의 글과 견주어 보자. 그리고 어느 것이 정말 아이다운 글인가를 생각해 보자"고 하였다. ㄱ씨가 신이 나서 들어 놓은 그 글을 보기로 하자.

학교를 위해서 초 6학년

오늘은 개교기념일 곧 학교의 생일이다.

어제부터 좋아하던 동생은 개교기념일이라는 것이 도대체 무슨 날인지도 모르고 밖에서 친구들과 놀고 있다.

그저 일요일도 아닌데 노니까 좋아하는 표정인 듯싶다.

그런 동생을 바라보니 나의 1학년 때의 일이 머릿속에 생생하게 떠오른다.

그날도 개교기념일. 나는 처음 맞는 이날이 무슨 날인지도 모르고 또 개교기념일의 뜻 하나 모르면서 학교에 가질 않아서 좋아했던 그때의 동생과 똑같은 모습을 생각해 보고 또 생각해 보았다.

그런 일을 생각해 보면 그때 왜 그리 멍청했는지 우습기도 하다.

또 그런 생각을 하다 보니 내가 학교를 위해 무슨 일을 했는지 하고 반성해 본다.

매일 학교에서 말썽만 부려 선생님께서 걱정을 하게 만들었다.

그래서 개구쟁이란 말을 자주 듣는 나였다.

그러고 보니 지난 5년을 아무리 생각해도 학교를 위해 일한 일 같은 것이 생각나지 않는다.

새삼 고개가 저절로 숙여진다.

그리고 지난 5년을 왜 그렇게 보냈나 후회를 한다.

하지만 지나가 버린 5년이 나를 기다리지 않을 것이 분명하다.

앞으로 남은 1년을 어떻게 보내느냐 하고 생각해 본다.

나도 이젠 모범을 보여야 할 어엿한 최고 학년으로서 맡은 책임을 다하고 모든 일에 최선을 다하겠다.

그렇게 될 때 정말 내가 원하는 학교 아니 학생들이 원하는 학교로서 더 나아가면 학교 발전에 크나큰 도움이 될 것이다.

ㄱ씨는 이 글을 두고 앞에서 든 '휴지'와 견주어서 "어느 것이 정말 아이다운 글인가" 하고 물었다. '휴지'는 아이답지 않은 글이고, 이 '학교를 위해서'는 참으로 아이다운 글이라고 믿고 한 말이다. 여기서 나는 너무 어처구니가 없다는 생각이 들고, ㄱ씨가 아이들의 글을 이렇게 모르는가 놀라지 않을 수 없다. 정말 어느 글이 아이다운 글인가?

나는 이 '학교를 위해서'라는 글이 도무지 아이가 쓴 것 같지 않다. 어른이 대신 써 준 글 같다. 물론 그릇된 교육을 하는 어른이다. 이 글 어디에 아이다운 느낌이나 생각이 있는가? 아이다운 삶의 표현이 있는가?

6학년 아이가 1학년 동생이 개교기념일의 뜻도 모르고 놀고만 있다고 해서, 나도 1학년 때는 저렇게 멍청했구나 싶어 웃음이 나왔다는 것은 거짓말이다. 이런 거짓말을 아이들이 쓰게 되는 것은 이런 거짓말을 쓰도록 가르치는 선생님이 있기 때문이고, 이런 거짓말을 좋아하는 교육 관료들이 있기 때문이다.

개교기념일의 뜻도 모르고 놀기만 하는 1학년 아이야말로 아이답다. 만약 그 어린아이가 개교기념일이 무슨 날인가 생각해서 '학교를 위해' 무엇을 하고 싶어 한다면 그것은 벌써 아이가 아니다. 아이가 아이로 되어 있지 않다면 그건 병신이다. 병신 만드는 교육을 하고 싶어 미쳐 있는 어른들!

"내가 학교를 위해 무슨 일을 했는지 하고 반성해 본다"고 한 말도 거짓말이 아니면 비참하게 길든 아이가 쓴 말이다. 대관절 '학교를 위해서'라니, 이게 무슨 말인가? 어떻게 하는 것이 학교를 위하는 것일까? 아이들은 아이답게 놀고 공부하는 것이 학교를 위하고 나라를 위하는 일이다. 휴지가 떨어진 것을 주워 쓰레기통에 갖다 놓고, 휴지를 함부로 버리는 아이를 원망스럽게 여기는 것도 아이다운 태도지만, 선생님들이 뒷짐지고 서서 아이들에게만 휴지를 주우라고 명령하는 것을 보고 언짢게 여기는 것도 아이다운 마음이다. 선생님들이 담배꽁초를 아무 데나 버려도, 술에 취해 괴상한 헛소리를 해도 선생님이니까 그럴 수 있다고 생각하고, 그래서 무엇이든지 시키는 대로만 하고, 학교 이름 빛내는 것밖에 할 줄 모르는 아이는 이미 아이가 아니다. 점수만 따려고, 우등생만 되려고 계산만 하는 어른이다.

"지난 5년을 아무리 생각해도 학교를 위해 일한 일 같은 것이 생각나지 않는다"고 하여 "새삼 고개가 저절로 숙여진다"고 쓴 것도 거짓말이다. 선생님께 잘 보이려고, '글짓기상'이라도 타려고 이 아이는 얼마나 근사한 거짓말을 꾸며 놓았는가?

마지막에 가서 "나도 이젠 모범을 보여야 할 어엿한 최고 학년으로서……" 하고 끝까지 써 놓은 말은, 아이들에게 지시 명령만 내리는 군대식 교육 방법을 단 한 가지 기술로 소중히 여기는 관료 교원들이 언제나 버릇처럼 토해 내고 있는 말을 그대로 흉내 낸 것이다. 다만 말이 어수선할 뿐이지.

'학교를 위해서'라는 글 다음에 또 ㄱ씨가 들어 놓은 글은 '나막신과 미투리'라는 옛이야기다. 나막신과 미투리를 파는 두 아들을 가진 할머니가 있었는데, 해가 나면 나막신이 안 팔릴까 걱정이고, 비가 오면 미투리가 안 팔릴까 걱정을 했다. 그래서 할머니는 근심이 끊어질 날이 없었다. 이것을 알게 된 스님이, 그러지 말고 생각을 바꿔 보라고 일러 주었다. 해가 나면 미투리가 잘 팔려 즐겁고, 비가 오면 나막신이 잘 팔려 기쁘지 않느냐고 했다. 할머니는 스님이 시키는 대로 생각을 바꾸었다. 그러니까 늘 마음이 기쁘고 웃게 되었다는 것이다.

"세상에는 어디나 음지가 있고, 또 음지가 있게 된 것은 양지가 존재하기 때문이란 것을 누구나 인정할 것이다. 그런데도 음지의 춥고 어두움을 외면할 수 없다면서 그쪽을 보고 너무 암울하다고 비통해하는 경우가 많다."

이것이 ㄱ씨가 '나막신과 미투리' 이야기를 내놓은 뜻이다.

'나막신과 미투리' 이야기는 똑같은 일을 두고 슬퍼하는 수도 있고 기뻐할 수도 있으니 기왕이면 기뻐하자, 세상을 즐겁게 살자고 하는 가르침을 주는 이야기다. 이 이야기에는 진리가 들어 있는 듯이 보인다. 그러나 이 진리는 할머니 쪽에서 보았을 때만 진리이지(해가 나든지 비가 오든지, 두 아들 가운데 하나는 돈을 벌 테니까), 아들 쪽에서는 진리가 아니다. 만약 장마가 졌다면 미투리 장사를 하는 아들은 밥조차 굶어야 할지 모르니 결코 기쁠 수 없다. 가뭄이 계속되면 나막신을 파는 아들 식구들이 밥을 굶을지도 모른다. 할머니야 어느 쪽이든지 장사가 잘되는 아들한테 가 있으면 걱정 없겠지만, 두 아들의 처지는 그렇지 않다. 이럴 때 할머니는 자기 몸만 생각하기보다 장사가 잘 안 되어 굶주리는 아들을 생각하는 것이 훨씬 더 사람답다. 자기 한 몸만 생각하는 낙천주의 진리는 이래서 거짓이 된다.

"음지의 춥고 어두움을 외면할 수 없다면서 그쪽을 보고 너무 암울하다고 비통해하는 경우가 많다"고 했는데, '음지' 쪽을 보고 걱정하려고 하지 않는다면 사람의 사회와 역사가 어찌 되겠는가? 정치도 교육도 문학도 종교도 학문도 '음지' 곧 사람의 불행을 없애기 위해 있는 것이다. 불행한 사람들을 보기 싫다고 외면하고서 자기만 기분 좋게 살아간다면 그게 무엇이 되겠는가?

오늘날 우리 교육은 남이야 어찌 되든지 나만 점수 많이 따서 남의 위에 올라가야 되겠다는 생각만 하도록 어른들이 아이들을 채찍질하고 있다. 서로 빼앗고 서로 미워하고 적이 되게 하는 교육에서 다만 어른들이 시키는 대로만 해야 하고, 글을 써도 어두운 이야기는 쓰지 말고 비판도 하지 말고 거짓스런 자랑거리, 밝고 고운 이야기만 꾸며 내어야 한다면 이게 바로 아이들 목을 조르는 살인 교육이 아니고 무엇인가? "그늘을 보지 말자는 것이 아니다. 그늘과 함께 양지도 보도록 하자는 것이다"고 했지만, ㄱ씨의 논리는 그늘을 보지 말고 양지만 보자는 말로 한결같이 되어 있다.

왜 솔직하게
못 쓰게 하나

ㄱ씨가 '휴지'와 견주어 아이답다고 본 글에 대하여 2

여기서 ㄱ씨가 든 학생들의 글 가운데서 마지막 것을 보기로 한다. 이번에는 시를 들어 놓았다.

골병 제조기   이근무 부산 대양중 1학년

아침이면
만원인 버스 안

이리 치고 저리 치고
이리 갔다 저리 갔다
갈피를 못 잡는다.

이건 정말

골병 제조기 아닌가?

언제쯤

편한 버스 타 볼까?

– 학급 문집 〈절영도〉 (1983)

이 글에 대해서 ㄱ씨는 다음과 같이 비판해 놓았다.

이 글은 매일 만원 버스에 시달려야 하는 자신의 처지를 매우 비참하게 생각하며 하루빨리 그런 생활에서 벗어나고 싶은 강한 욕구를 나타내고 있다. 그렇지 않고 재미로 써 본 것이라면 이건 참으로 한심한 말장난에 불과하다.

나도 매일 출퇴근 때 만원 버스를 탄다. 그렇지만 버스가 너무 복잡해서 골병이 들겠다는 생각은 해 본 적이 없다. 더구나 버스가 골병 제조기라니 이 아이는 참으로 기발한 생각을 했고 거기에 알맞은 재미있는 낱말을 찾아냈다. 그 말을 제목으로 내세운 것으로 봐서도 아이가 '골병 제조기'라는 낱말을 얼마나 소중히 생각하는가를 알 수 있고 그런 생각이 이 글의 주제가 되고 있다.

나는 어느 사보에 수필 청탁을 받고 만원 버스를 타는 재미를 쓴 일이 있다. 제각기 다른 직업을 가진 각계의 사람들이 살과 살을 맞대고 흔들거리며 한 덩어리가 되어 갈 수 있는 것은 가장 인간적인 삶의 즐거움일 수 있다. 저마다 땀 젖은 어깨에 하루의 멍

에를 지고 침을 튀기며 하루의 생활을 이야기하는 사람들 사이에 끼어서 가다가 보면 그들의 모습이 내 자신이고, 내 모습이 또한 그들일 수도 있다는 생각이 들 때가 있다. 골병 제조기가 된 만원 버스를 그토록 타기 싫다면 이 아이는 폐쇄된 좁은 공간에 스스로를 가두고, 거리를 걷거나 만원 버스를 탄 서민들을 바라보면서 스스로 자만과 우월감에 취해 보는 마이카족을 선망한단 말인가.

이 글에 나타난 의견을 두 가지로 요약할 수 있다. 그 하나는 만원 버스를 타고 살과 살이 닿으면서 한 덩어리가 되어 가는 것을 재미로, 즐거움으로 느낄 수도 있을 터인데, 왜 하필 이렇게 자신의 처지를 비참하게 생각하는 글을 썼는가, 하는 것이고, 또 하나는 이 시는 한심스런 말장난이라고 본 것이다.
　그런데 내 생각은 아주 다르다. 버스로 통학하는 학생이나 출퇴근하는 사람들 가운데 ㄱ씨같이 수양을 많이 쌓아서 만원 버스 타는 것을 즐겁게 생각하는 사람도 있겠고, 그렇지 않은 사람도 있을 것이다. 좀 더 정확하게 말한다면 만원 버스를 타고 다니는 이들은 어른이고 아이고 간에 어느 때는 고통스러워 짜증을 내다가도 또 어느 순간에는 ㄱ씨같이 생각하면서 살아가는 것이다. 이것이 보통의 소시민들이 가지는 삶에 대한 감정이다. 어디 꼭 ㄱ씨같이 그렇게 도인이 되어 사는 사람이 많겠는가? 만원 버스 안에서 떠밀려 어디 들이받히거나 발이라도 밟히면 누구나 불행한 마음이 든다. 그래 대체로 말해서 만원 버스를 타는 것은 고통스럽다. 그것은 부인할 수 없다. 앞의 시를 쓴 학생은 이런 고통스런 쪽을 강조해서 썼을 뿐이다. 기쁨이나 재미를 강조해서 쓰는 글이 있을 수 있듯이 고통을 강조해서 쓴 글도 얼마든지 있을 수 있고 있어야 한다. 어째서 꼭 기분 좋은 것이나 거룩한 생각을 한 것 같은 시는 써도 되는데, 고통스런 마음을 쓰면 안 되는가? 그래서 그런 마음을 글로 쓰면 "스스로 자만과 우월감에 취해 보는 마이카족을 선망"하는 불순한 시가 되는가? 내 생각에는 보통의 사람들이 흔히 고통스럽게 여기는 만원 버스를 타는 것을 도리어 재미있고 즐거운 일로만 여긴다고 하는 그 점잖은 수필가들이야말로 문제가 되는 글쟁이들이라 본다.

사실은 같은 만원 버스라도 그 정도가 또 문제다. ㄱ씨같이 유연하게 즐기면서 다니는 그 정도의 만원 버스도 있겠지만, 도무지 그런 마음의 여유를 가질 수가 없는 그야말로 초만원의 버스가 얼마나 많은가? 나는 지난날 시골에서 살 때 아침마다 더구나 장날 아침 중학생들이 버스를 타고 학교에 가는 것을 보고, 아니 그런 차를 나 자신 많이 타 보고, 바로 그것이 지옥이라는 것을 체험으로 알고 있다. 이런 시골 중학생들이 타는 초만원의 장날 버스와, 요즘 서울 사람들이 출퇴근 때 타야 하는 초만원의 전철과 어느 것이 더 타기가 괴로울까? 며칠 전에는 전철의 유리창이 깨져 사람이 퉁겨 나왔다고 하는데, 내가 알기로 초만원의 서울 전철보다 시골 장날의 버스가 더 지옥이다. 그것은 고통이라는 말을 쓸 정도가 아니라 팔다리가 부러지거나 깔려 죽거나 할 위험을 무릅쓰고 타는—정말 목숨을 걸고 탄다고 해야 알맞은 표현이 된다—그런 버스를 타고 다니는 학생들에게 "살과 살을 맞대고 흔들거리며……" 하는 여유 있는 생활과 태도를 요구하는 어른이 있다면 그 사람이 교육자든 정치가든 뭔가 잘못되어도 아주 크게 잘못되었다는 생각을 안 할 수 없다.

물론 앞에서 들어 놓은 '골병 제조기'란 작품은 시로서 잘된 것은 아니다. "이리 치고 저리 치고/ 이리 갔다 저리 갔다/ 갈피를 못 잡는다"고 했는데, 이것은 대강의 거친 설명이지 뚜렷한 모양을 보여 주는 말이 될 수 없다. 그러니까 ㄱ씨같이 비판하는 말이 나오게 되는 것이다. 그러나 이 시가 "말장난"이라고 하는 것은 잘못된 말이요, 지나친 생각이다. 말장난은 이런 단순하고 직설로 표현하는 글이 아니고, 공연히 말을 꾸미고 복잡하게 만들어 근사한 '문학적' 문장처럼 내보이려고 하는 글이다. 이런 말재주를 부리는 사람일수록 단순하고 소박한 아이들의 글을 아무 가치가 없는 글로 보고, 때로는 어떤 적대하는 마음을 가지기도 한다. 이 '골병 제조기'는 말장난이 아니라 약간 불려서 한 말이라 보아야 옳다.

이 시에서 칭찬할 점은, 아이들이 겪는 일상의 일과 그 일에서 느낀 괴로움을 솔직하게 쓰려고 한 태도다.

아이들이 글을 쓰는 태도를 보면 가령 '버스'라는 제목으로 쓰게 해도 아침저녁 저들이 타고 다니는 그 버스 이야기는 잘 쓰지 않는다. 현실을 피하는 것이다. 나는 여러 해 전 어느 지방 도시에서 백일장 행사가 있었을 때, 중고등학생들의 글쓰기 제목을 '버스'라고 정해 준 적이 있다. 그때 써낸 학생들의 글을 보고 놀랐다. 자기가 날마다 타고 다니는 버스 이야기를 쓴 학생은 한 사람도 없었다. 책에서 읽은 버스 이야기, 어렸을 때 버스를 타고 외갓집에 갔던 이야기, 뭐 이런 것뿐이었다. 어렸을 때 이야기를 쓴 글은 외갓집에 가서 외할머니 만나고, 감 따 먹고 한 이야기였고 버스를 탔다는 말은 겨우 한마디밖에 써 있지 않았다. 책의 이야기를 쓰든, 어렸을 때 이야기를 쓰든, 그것은 분명히 지금 자기가 살아가고 있는 일, 곧 현실을 안 쓰려고 피하는 태도다. 오늘 아침에도 틀림없이 거의 모든 아이들이 버스를 탔을 것인데, 그 생생한 체험은 아무리 감동할 만한 일이라도 괴로운 이야기라 글이 안 되고, 남들이 흔히 쓸 것 같은 글을 써야 한다고 생각하는 것이 거의 모든 아이들의 태도가 되어 있다. 이 비틀어진 마음, 아이들답지 않은 생각, 이것은 아이들이 아주 어렸을 때부터 사정없이 마구 주입당한 교과서 때문이다. 그리고 아이들의 순수한 마음을 짓밟고 병든 생각을 쑤셔 넣기만 한 선생님들 때문이고, 교과서에 실리는 교재 같은 것을 동시나 동화라 하여 쓰는 문인들 때문이다.

'골병 제조기'는 이런 아이들의 잘못된 글쓰기 풍조에서 볼 때, 자기의 삶을 외면하지 않고 글감으로 쓰려고 한 작품으로서 먼저 긍정할 수 있다. 물론 비판해 주어야 할 말, 지도해야 할 것을 잊어서도 안 된다.

아이들이 쓴 글은 그 아이들이 살아가는 현실과 받고 있는 교육과 쓰고 있는 글의 실상 들을 두루 살펴서 칭찬할 것은 칭찬하고 모자라거나 잘못된 점은 일러 주고 해야 한다. 그렇게 하지 않고 아이들의 현실과 삶을 아주 없이 보고, 잘못된 교육으로 길든 버릇도 모르고, 더구나 어른들이 자기중심의 눈으로 함부로 비판하게 되면 아이들의 창조하는 재능과 생기를 싹부터 죽이는 결과가 된다.

아이들 글은
책으로 낼 가치가 없는가

●

●

이○○ 씨의 '어린이 글 책 내기 유행 현상'을 중심으로

아이들의 글을 책으로 내는 뜻

지난날에 아이들이 읽었던 책은 거의 모두 어른들이 쓴 것이었다. 아이들 스스로 쓴 글을 책으로 낸다는 것이 옛날에는 생각할 수도 없었지만, 오늘날에는 가끔 있는 일로 되었다. 앞으로는 더 많이 나오게 되리라. 아이들도 글을 써서 책을 낼수 있다! 아이들로 봐서 이보다 신나는 일이 없을 터이다. 아이들이 쓴 책이 많이 나올수록 그 아이들은 훌륭한 교육을 받아 참되게 자라났다고 보아야 하겠다. 이렇게 아이들이 자라난 데는 문학과 교육 양쪽에서 그 역사를 살필 수 있다.

먼저 문학 쪽인데, 18세기 중간에 유럽 한쪽에서 생겨난 현대의 어린이문학은 그 뒤 유럽과 미국의 개별 국가에 영향을 주어, 19세기에 들어서자 아동문학이라는 갈래가 뚜렷하게 잡

혔고, 아이들은 문학작품을 읽으면서 자라나게 되었다. 우리 나라에는 그로부터 백 년이나 늦게 일본을 거쳐 '아동문학'이 들어왔다.

아이들이 문학작품을 읽는다는 것은 문학으로 교육을 받는다는 것이지만, 이것은 물론 학교에서 하는 교육과 다르다. 아이들은 문학작품 속에서 새로운 지식과 슬기를 얻을 뿐 아니라, 재미있는 이야기에 감동 감화를 받아 저도 모르게 사람다운 삶을 몸으로 익힌다. 그리고 또 거기 쓰인 자기 나라의 말을 배우고 표현법을 배운다. 이래서 문학작품을 읽으며 자라난 아이들은 그 생각이 깊어지고 표현도 잘하게 되어 더러는 그들 스스로 글을 쓰게도 된다. 이렇게 해서 《안네 프랑크의 일기》가 나오고, 도요타 마사코의 《작문 교실》이 써졌다. 또 신현복의 《현복이의 일기》가 나왔다. 이원수, 윤석중 같은 분들이 동요·동시를 쓰기 시작한 것도 15세 전후의 소년 시절이었고, 그런 때 썼던 작품이 훌륭한 문학작품으로 남아 있는 것이다.

그런데 이와 같이 아이들이 문학의 영향을 받아 쓴 글이 많은 사람들에게 읽히고, 그것이 문학작품으로 뒤에까지 남게 되는 경우는 어느 나라를 막론하고 아주 드물며, 어쩌다가 있는 특수한 경우다. 그래서 나는 기회 있을 때마다 문학 교육이 작품 감상이란 본래의 목표에 충실하여야 하며, 결코 어른이 쓴 문학작품을 가지고 아이들이 글을 쓰고 싶어 하도록 지도하는 데 이용하지 말아야 한다고 주장하였던 것이다. (문학작품을 모방하는 졸렬한 방법으로 글을 쓰게 할 때 아이들은 글쓰기를 어렵게 생각하고, 못 쓰게 된다.)

따라서 아이들에게 글을 쓰게 하는 지도는 어디까지나 같은 아이들이 쓴 글을 읽혀서 글쓰기와 삶에 대한 자신을 가지게 하고, 자기표현의 마음을 일으키도록 해야 한다. 옛날에는 아이들이 글을 쓰는 일이 거의 있을 수 없었지만, 오늘날같이 한글로 교과서를 배우는 아이들은 글자를 익히기만 하면 누구든지 자기의 삶과 생각을 글로 쓸 수 있게 되었다. 그런데도 현재 우리 아이들은 글쓰기를 어려워하고 싫어하고 또 어른스런 글을 흉내 내고 거짓글을 쓰고 있다. 이것은 글쓰기를 잘못 가르치고 있기 때문이다. 여기에 정직하게 쓴 글, 진실한 태도로 쓴 글을 많은 아이들에게 보여 줄 필요가 있다. 그래서 가끔 훌륭한 선생님의 지도를 받은 아이들이 보고 듣고 한 것을 정직하게 쓴 글, 세상을 바르게 살아가려고 애쓴 마음이 나타난 글, 풍부한 감성과 개성이 살아 있는 글, 어떤 특수한 아이만을 지도한 것이 아니라 한 교실의 모든 아이들이 참되게 자라나도록 하는 교육의 과정에서 글이 써졌을 때, 이런 아이들의 글은 그 학급 아이들만 읽을 것이 아니라 책으로 만들어 수많은 아이들에게 읽히는 것이 얼마나 귀하고 뜻있는 일이겠는가.

학급 문집을 내는 뜻

약 10년 전에 나는 아이들 글을 모아 책 두 권을 낸 바 있다. 《일하는 아이들》(1978)과 《우리도 크면 농부가 되겠지》(1979)이다. 그것은 농촌의 아이들이 그들의 삶과 마음을 그들의 말로 생생하게 쓴, 우리 나라에서 처음으로 나온 아이들의 문집이라고 할 수 있다. 그 책들 자체는 한 학급 아이들의 글을 모두 빠짐없이 수록한 책은 아니지만, 여러 해 동안 등사판으로 낸 여러 권의 학급 문집에서 가려내어 모아 엮었던 것이다.

그 뒤 창작과비평사에서 낸 네 권의 문집(《우리 반 순덕이》(1984) 《이사 가던 날》(1984) 《나도 쓸모 있을걸》(1984) 《웃음이 터지는 교실》(1987))은 아이들을 바르고 참되게 키워 가려는 전국 곳곳의 교육자들이 지도한 아이들의 글을 모은 책들이었고, 1987년에 펴낸 다음 다섯 권의 문집은 아주 '학급 문집'이라고 책 표지에 밝혀 놓은 것이다.

- 《들꽃》- 주중식 지도(경남 거창 샛별초등학교)
- 《물또래》- 임길택 지도(강원 정선 여량초등학교 봉정분교)
- 《해 뜨는 교실》- 백영현 지도(부산 감전초등학교)
- 《꿈이 있는 교실》- 유인성 지도(서울 문창초등학교)
- 《큰길로 가겠다》- 이호철 지도(경북 울진 온정초등학교)

앞에서도 말했지만 학급 문집이란 것은 몇몇 아이들에게 별난 글쓰기 손재주를 가르쳐 상 타고 이름 내고 한 것을 자랑삼기 위해서 내는 문집이 아니다. 한 교실에서 공부하는 모든 아이들이(한 사람도 빠짐없이) 정직하고 참된 글을 쓰는 가운데 넉넉한 사람다운 마음을 가지고 바르게 살아가도록 하는 교육의 과정에서 얻은 글을 모은 책이다. 이런 학급 문집은 교육 현장에서 참된 실천을 방해하는 온갖 장애물과 싸우면서 고뇌하는, 자기를 희생하는 노력이 없이는 결코 이루어질 수 없다. 그러니 교육의 성과를 올렸다는 것을 내보이기 위해 현상 모집당선 작품 같은 것을 모아 낸 글 모음이나, 잘사는 부모들이자기 자녀들의 일기나 '동시' 같은 글들을 모아 호화판으로 낸책들과는 도무지 견주어서 이야기할 수 없는 것이다.

이런 학급 문집을 교사나 부모들이 보게 되면 아이들을 어떻게 가르치고 어떻게 키워야 하는가, 하는 문제에 대해 큰 깨달음을 얻을 것이다. 아이들이 학급 문집을 읽게 되면 자기들삶의 문제를 생각하고, 글이란 이렇게 우리가 날마다 살아가는 이야기를 쓰면 되는구나, 우리들 나날의 삶, 내가 평소 가지고 있는 생각과 느낌, 이런 것이 정말 가치가 있는 것이구나, 하고 깨닫게 될 것이다. 이 얼마나 중요한 가르침인가. 글쓰기는 이 때문에 하는 것이고, 아이들의 글 모음—학급 문집은 이래서 가치가 있는 것이다.

아이들 글과 책에 대한 오해

대체로 어른들은 아이들의 글을 너무 모르고 있다. 아이들의 글을 읽지도 않는다. 덮어놓고 아이들을 얕보고, 아이들의 글을 보잘것없는 것으로 여긴다. 하긴 우리 나라 아이들이 잘못된 가르침을 받아 온갖 들뜬 말재주와 거짓스런 글 꾸미기를 '글짓기'라 '문예 작품'이라 하여 쓰는 것이 전반의 풍조가 되어 왔으니 그럴 만도 하다. 그러니 어쩌다가 올바른 교육 실천으로 써진 아이들의 글이나 문집이 나와도 그것을 어떻게 알아보겠는가? 지금까지 아이들의 글과 문집에 대해 좀 번거롭게 쓴 까닭이 이 때문이다.

그런데 지난 〈방송통신대학보〉에 실린 이○○ 씨의 글 '어린이 글 책 내기 유행 현상'은 아이들의 책에 관심을 보여 주었다는 점에서 아주 반갑고 고마웠다. 하지만 나는 그 글을 읽고 크게 실망했다. 다른 분도 아닌 '출판평론가'가 아이들의 글과 책과 교육에 대해 이렇게 이해가 없이 글을 쓸 수 있는가 싶어 놀랐다. 이제부터 이○○ 씨의 글에서 잘못된 점을 지적해 보겠다. 그 글에서 몇 가지 주장한 것을 요약하면 다음과 같다.

- 최근 어린이 글 모음 책이 집중적으로 간행되고 있다.
- 그중에는 특별한 반응을 보여 주는 책도 있다.
- 그러나 그 밖의 책들은 무의미하고 유행 따라 내는 책 팔기 현상이다.
- 외국 아이들이 쓴 글에 비교하면 아주 수준이 낮다. 수준 높은 글이 나와야 한다.

이 네 가지 주장에 대해 생각해 보기로 한다.

첫째, "최근 어린이 글들을 엮은 책들이 집중적으로 나오는 현상이 있다"고 시작한 말 다음에는 "올해 들어서 나온 책들의 제목만 보아도《꿈이 있는 교실》《우리 모두 손잡고》《내 마음 꽃이 되어》《큰길로 가겠다》《물또래》《해 뜨는 교실》《들꽃》《꿈이 크는 나무》들을 들 수 있다"고 하여 책 이름을 밝혀 놓았다. '집중적으로 나오는 현상'이라고 했으니 다른 책들보다 더 많이 나왔다는 말이겠는데, 이 여덟 권(뒤에 다시 든 두 권을 합하면 열 권)을 가지고 집중적으로 나왔다고 할 수 있을까? 별로 안 나오다가 여러 권이 한꺼번에 나왔으니 이런 말을 하는지 몰라도, 아이들이 읽는 책이라면 달마다 평균 육칠백 종이 쏟아져 나온다고 하지 않는가. (1987년 5월 5일자 〈한국일보〉 6면 참조.)

그런데 이 씨가 든 책들 가운데서《우리 모두 손잡고》는 아이들의 글을 모은 책이 아니다. 어른들의 문학작품을 모은 책이다. 아이들이 쓴 짧은 감상문들이 책 뒤쪽에 조금 있기는 하지만 그것은 어디까지나 어른들이 쓴 작품집이다. 왜 이런 책까지 아이들 글 모음 책 속에 넣었을까? 이것은 주중식 씨가 지적한 것처럼 이분이 이 책들을 조금도 읽지 않고 다만 책 이름만 보고 짐작해서 썼기 때문일까? 이분의 글 가운데 "올해 들어서 나온 책들의 제목만 보아도……" 하고 썼으니 말이다. 대관절 책을 읽지도 않고 책 이름만 보고 그 내용을 논란하는 글을 어떻게 쓸 수 있는가? 설마 그렇지야 않겠지.

특별한 반응을 보였다는 책

이 씨가 열거해서 언급한 아홉 권의 책 가운데서(《우리 모두 손잡고》는 아이들 글 모음이 아니니 아예 제외하고) 다섯 권은 글쓰기로 아이들을 참된 인간으로 키워 가려는 교육자들이 지도한 학급 문집이고, 한 권(《현복이의 일기》)은 개인의 문집이지만 마찬가지로 글쓰기 교육의 성과로 얻은 것이다.

그러나 나머지 세 권(《내 마음 꽃이 되어》《꿈이 크는 나무》《하루가 모인 잔치》)은 나도 모르는 책이라, 이 책들이 어떤 아이, 또는 아이들의 글을 모은 책인가를 알아보기 위해 서울 시내 여러 책방에서 찾아보았지만 세 권 가운데 겨우 한 권(《하루가 모인 잔치》)밖에 구할 수 없었다. 어느 대형 서점에 물어보았더니 《내 마음 꽃이 되어》《꿈이 크는 나무》두 권은 시중 책방에 나온 일이 없다고 했다. 그래서 아마 그 두 권의 책은 자비출판으로 내어 같은 학교의 아이들에게 나눠 주는 정도로 한 것이 아닌가 짐작되었다. 그래서 내가 여기서 이야기하는 것도 책방에 진열해서 정상으로 팔고 있는 다섯 권의 학급 문집과 《현복이의 일기》, 그리고 《하루가 모인 잔치》(초등학교 2학년생이 한 해 동안 쓴 일기 모음)에 대해서다.

이 씨는 앞에서 열거한 책들 가운데 "특별한 반응을 보이고 있는 것도 있다. 《현복이의 일기》와 《하루가 모인 잔치》는 지난 두 달 새 재판을 찍는 성공까지 보였다. 그저 간행을 하는 추세가 집중적인 것만이 아니라 독자의 반응까지도 유발시킬 수 있을 만큼 성황을 이루는 현상이라 할 수 있다"고 하였다. 그리고는 이렇게 좋은 반응을 보이고 있는 두 권의 책들 말고는 별로 그 뜻을 찾아볼 수 없고, 모두 가치가 없는 책이라 말하고 있다. 이렇게 성공한 출판물이라고 해서 이 씨가 증거로

든 것이 두 달 사이에 재판을 냈다는 것이다. 그 내용이 어떤 것이어서 독자들이 즐겨 읽었을 것이란 말이 아니고, 다만 재판이 됐으니 성공이고 좋은 책이라니, 책을 비판하는 자세가 이래도 괜찮을까?

이 두 권 가운데《현복이의 일기》에 대해서는 처음부터 내가 관여했기에 나는 그 책의 내용을 잘 알고 있으며, 거기에 대한 글도 몇 편 썼다. 그런데《하루가 모인 잔치》는《현복이의 일기》와는 많이 다르다. 두 아이의 글이 다 같은 일기글인데, 글을 쓴 태도, 자라난 환경, 글을 엮은 속뜻 같은 것이 아주 달라 대조가 된다. 이것을 똑같이 보고 똑같은 종류의 일기글이라고 하여 잘 썼다느니 못 썼다느니 하는 것은 잘못이다. 물론 한 아이는 2학년이고, 한 아이는 6학년이니까 나이와 학년에 따른 글과 생활의 차이는 있다. 그래서 여기《하루가 모인 잔치》의 글과 학급 문집《꿈이 있는 교실》안에 있는, 같은 2학년생들의 글('제3부 해바라기 아이들')을 견주어 보기로 한다.

잠자리   서울 서울대 사대부속초 2학년

약수터에 잡아 온 잠자리들, 주사기에 알콜을 넣어서 몸에 주사를 쭉 넣었다. 등에도 배에도 알콜을 넣었더니, 물이 날개 사이로 흘러내렸다.

불쌍하게 보였다. 그렇지만 썩어서 콜콜 냄새가 나는 것보다는 좋을 것 같다.

'두고두고 잠자리 모습을 볼 수 있겠지.'

방학이 끝나면 학교에 가지고 가서, 반 친구들에게 보여 주고 싶다.

잠자리야! 깨끗이 반듯하게 말라 주렴.

-《하루가 모인 잔치》

아기 가재 서울 문창초 2학년

엄마는 동생과 시장을 가서서 동생에게 아기 가재 한 마리를 사 주셨다. 집에 돌아오자 동생이 동네 아이들에게 자랑을 했다.

나는 가재가 불쌍했다. 왜 그러냐 하면 가재는 물속에 넣어야 하는데 들고 다녀서 다 죽어 가기 때문이다.

나는 아기 가재가 죽을까 봐 안심이 되지 않았다.

'오늘 밤은 가재가 죽지 않도록 기도를 해야지.' (1983. 6. 10.)

- 학급 문집《꿈이 있는 교실》

같은 동물을 제목으로 쓴 글 한 편씩을 뽑아 본 것이다. 이 두 편을 견주어서 느낄 수 있는 것은 잠자리나 가재와 같은 생명을 가진 것을 대하는 두 아이의 태도가 다른 점이다. 이렇게 두 아이가 살아가는 태도가 다른 것은 바로 이 아이들을 지도한 교육자의 교육관, 교육 태도가 달랐기 때문이다. 나는 여기서 '잠자리'를 쓴 아이를 지도한 교사가 잘못되었고, 《하루가 모인 잔치》라는 책이 보잘것없다고 말하려는 것이 아니다. 다만 이 아이는 아직 모든 사물을 자기중심으로밖에 생각하지 못하는 세계에서 안주하고 있는 데 견주어 '아기 가재'를 쓴 아이는 자기와 함께 남을 생각하고 있으며, 사물을 보는 눈이 넓고 깊다. 이 아이뿐 아니라 이 아이가 있는 학급의 모든 아이들이 그렇다는 것을 그 학급 문집에서 확인할 수 있다. 이 아이가 공부하는 학급에서는 어떻게 하면 모두가 착하고 바르게 살아갈 수 있을까, 하는 문제를 두고 끊임없이 공부를 하고 있는 것이다.

거듭하는 말이지만, 학급 문집은 이래서 귀한 뜻이 있다. 그런데 어째서 이런 아이들의 글 모음이 두 달 사이에 재판이 안 되었다고 아무 가치가 없는 책이라 할 수 있는가? 내가 하고 싶은 말이 바로 이것이다.

그 밖의 책은 모두 무의미하고 유행 따라 낸 책이라는 말

앞에서 학급 문집 《꿈이 있는 교실》 가운데 나오는 2학년생들의 글을 이야기했지만, 그 책 뒤표지에 광고 삼아 실어 놓은 글 '하늘에서 재면 내가 더 크지'라는 글 한 편만 보았던들 이 ○○ 씨가 아무 가치도 없는 책들이라고 함부로 말했겠는가 생각하니, 짐작대로 이분이 책을 읽지도 않고 경솔한 평문을 썼구나 싶다. 이제 다른 학급 문집이 어떤 아이들의 글로 엮여 있는가 한 편씩만 아무것이나 잡히는 대로 인용해 보자.

연탄 배달 박경애 부산 감전초 6학년

아빠가 공장에 가고 없을 때

엄마하고 연탄 배달을 한다.
시커먼 리어카에
시커먼 연탄을 싣고 배달한다.

반 아이들을 보면
숨기도 하고
못 본 척하기도 한다.

친구들이 '깜디, 깜디' 하면서
놀리는 소리가 귀에 들리는 것 같다.

아파트 3층 계단에 앉아
엄마 얼굴을 보니 시커멓다.
아마 내 얼굴도 엄마 얼굴 같을 거다.
엄마 얼굴을 보고 있으니
우습기도 하고 슬프기도 하다.
– 학급 문집《해 뜨는 교실》

이 학급 문집에는 아이들이 자기 집의 일뿐 아니라 이웃집
의 일도 걱정하면서 세상을 참되게 살아가려는 마음이 잘 나
타나 있다.

신식 놀이　이선영 경남 거창 샛별초 5학년

회화부에서 그림을 다 그리고 5-1반 뒤 빈터에서 신식 놀이를
하였다. 신식 놀이는 오늘 혜정이가 발명한 것이다.

방에 귀신방, 과수원, 목욕탕, 변소가 있는데, 귀신방에 가면 50
번 만에 그 방에서 나와야 한다. 그리고 무서워서 고함을 질러야
한다. 과수원에서는 과일을 따는 흉내를 내야 한다. 목욕탕에서
는 그림으로 그린 비누, 샴푸, 빗, 타올을 손을 대면서 씻는 흉
내, 닦는 흉내를 내야 한다. 변소에서는 오줌 누는 흉내, 똥 누
는 흉내를 내야 한다.

우리는 한참 재미있게 했다. 경숙이는 귀신방에서 2번이나 죽었
다. 혜정이는 소문을 내지 말라고 하였다. (1984. 11. 14.)

– 학급 문집《들꽃》

이 책에는 긴 글도 있고 짧은 글도 있고 시도 있는데, 그리
길지 않은 것을 들었다. 잠시 쉬는 시간에도 아이들이 이렇게
재미있는 놀이를 한다. 더구나 새로운 놀이를 지어내어서 하
다니, 참으로 '들꽃' 같은 아이들이구나 싶다. 나는 이《들꽃》
뒤표지에 이런 소개말을 썼다.

이《들꽃》을 읽으면 우리 나라에서 가장 건강하고 행복하게 자
라나는 아이들이 바로 여기 있구나, 하는 생각이 듭니다. 이 아
이들의 글은 거짓을 꾸며 보이거나 얕은 웃음을 파는 모든 어른
들을 부끄럽게 할 것입니다.

아이들이 먹고 입고 말하고 생각하고 행동하는 모든 삶을 그야말로 순수하게 키우면서 참된 민주 학급을 만들어 가고 있는 것이 《들꽃》이 보여 주는 놀라운 교육의 열매다.

베틀   김형영 강원 정선 봉정분교 5학년

"베틀다리 네 다리요
나그네 다리 두 다리요……."
엄마는 노래를 흥얼흥얼
나는 엄마 옆에 앉아
베 짜는 것을 구경한다.
그러다가 엄마가 나가시면
나도 한번 짜 보고 싶어
베틀 자리에 앉으면
가슴은 오돌오돌 떨리고
그새 엄마가 들어와 꾸중하신다.
— 학급 문집 《물또래》

이것은 강원도 산골의 한 분교장 아이들 글을 모은 《물또래》 속의 한 편이다. 이 산골 아이들의 부모들은 아직도 옛날같이 베틀로 베를 짜는 일을 하면서 가난하게 살지만, 이 학급 문집에 나타난 아이들은 일하면서 정을 나누며 즐겁게 살아가고 있다. 훌륭한 교육자가 이 아이들을 그렇게 지도하고 있는 것이다. 이 책에는 앞에 든 작품보다 더 감동할 만한 글이 얼마든지 있다.

추위 권미란 경북 울진 온정초 3학년

땅도 얼었다.
바알간 손에
책가방 들고 간다.
발도 얼었는지
걸음이 잘 안 걸어진다.
오른손에 책가방 쥐고
왼손 녹이고,
왼손에 책가방 쥐고
오른손 녹이고……. (1985. 12. 19.)
– 학급 문집 《큰길로 가겠다》

경북 온정초등학교 3학년 학생 모두의 시와 산문을 모은 《큰길로 가겠다》에서 눈에 띈 대로 옮겨 본 것이다. 이 책에는 우리 나라 어린이시에서 뛰어난 작품이라고 보이는 '아기' '할아버지'와 같은 시 여러 편이 실려 있다. 이런 훌륭한 작품을 쓸 수 있게 하는 것이, 온갖 거짓글을 쓰도록 강요받는 교육 환경 속에서 결코 예사로운 노릇이 아니란 것을 알고 있는 어른들이 얼마나 될까? 우리가 모두 그런 교육을 할 수는 없다고 하더라도 교육의 역사에서 반드시 기록되어야 할 이런 훌륭한 교육자들의 업적을 도리어 인정하지도 않으려 한다면, 도대체 이 나라 어느 구석에 정의가 서겠는가?

외국 아이들의 글에 비교한 일

그러나 이 씨의 글에서 내가 가장 놀라고 한심하게 여긴 것은 다음과 같은 외국 아이들의 글을 인용해 보인 대문이다.

따라서 어느 한 책이 공중적으로 간행될 때는 그 나름대로 공중적 가치를 염두에 두어야만 출판의 책임을 다한다는 점이 이 출판 현상에서는 지금 간과되고 있음을 알 수 있다.

어린이 글들은 어느 나라에서나 내고 있다. 하지만 그 가치와 수준을 지킨다는 점에 유념하고 있음이 중요하다. 예컨대 《하느님 힘내세요》(원제는 《하느님에게 보내는 아이들의 편지》)와 같은 경우 이 책이 나와도 좋을 이유를 이 책에 담긴 어느 글 한 편만을 읽어서도 곧 인정할 수 있게 된다.

하느님에게. 만일 다른 사람이 아무도 몰라준다면 착한 일을 한다는 게 무슨 소용이 있나요. - 마크

하느님에게. 저는 오는 금요일 이전에 세익스피어가 어떤 사람인지 알아야 해요. - 멜리사

하느님에게. 당신은 부자인가요. 아니면 그냥 유명할 뿐인가요. - 스티븐

하느님에게. 당신의 책을 읽었는데요. 마음에 들어요. 어디서 그런 아이디어를 얻었나요. – 존

하느님에게. 저는 모든 지도자들의 사진을 갖고 있는데 하느님 당신 것만 없어요. – 노만

이러한 예문을 물론 어느 수준을 말하는 기준으로 옮기는 것은 아니다. 그러나 현재 반응을 얻고 있는 어린이 글들의 어느 페이지에서건, 섬광적 상상력이나 세상 바라보기의 감수성들이 옮기고 싶을 만큼 찾아지지는 않는다는 점이 사실이고 이는 곧 어린이 글들을 책으로까지 내는 데 있어 정선된 작업의 기준이 아직은 없다는 것을 증거하는 것이기도 하다.

이것을 요약하면, 적어도 아이들의 글이라면 이런 외국 아이들의 글 수준은 되어야 책으로 낼 가치가 있는 것인데, 현재 나와 있는 우리 아이들의 글 모음 책은 (반응이 좋은 책도) 어느 한 페이지를 봐도 읽을 만한 글이 없다는 것이다.

나는 지금까지 40여 년 동안 우리 나라 아이들의 글을 읽어 왔고, 지금도 날마다 아이들의 글을 읽으면서 지낸다. 정직하게 쓴 아이들의 글에는 우리가 배울 것이 너무나 많다. 나와 같이 아이들의 글을 읽으면서 살아가는 교육자들이 이 나라에는 얼마나 많은지 모른다. 그 교육자들은 아이들에게 글을 쓰게 하면서 인간 교육을 하고 있는 것이다. 그런데 앞에서 이 씨가 보여 주고 있는 외국 아이들의 글이 어째서 그토록 수준

이 높은 글인지 나는 조금도 이해가 안 간다. 그런 글이 우리 아이들에게 무엇을 주겠는가? 아이들의 삶을 가꾸는 교육에서 볼 때 거의 한 푼의 가치도 없어 보이는 서양 아이들의 글을 가지고 우리 아이들 글쓰기의 표준으로 삼는다는 것은 천만부당한 노릇이다. 거기 무슨 "섬광적 상상력이나 세상 바라보기의 감수성"이란 것이 있단 말인가!

이 씨가 우리 아이들의 책은 어느 한 페이지에도 읽을 만한 글이 없다고 했는데, 여기 가장 평범해 보이는 글 한 편을 들어 얘기해 보기로 한다. 《물또래》의 맨 첫머리에 나온, 산골 아이의 시다.

당번 김영진 강원 정선 봉정분교 5학년

당번을 하러 일찍 학교에 오면
아이들이 하나도 없다.
나 혼자 당번을 다 하면
아이들이 온다.
내 짝도 온다.
내가 당번 다 해 놨어 하면
나는 왠지 모르게
기분이 좋다.
– 학급 문집 《물또래》

아마 이 씨가 이 작품을 읽었다고 해도 "섬광적 상상력이나 감수성"이 없는 글이라 시시하다고 보았을 것이 틀림없겠지만, 나는 이런 글이 이 씨가 들어 보인 서양 아이들의 글보다 열 배 백 배 낫고 가치가 있다고 확신한다.

더구나 다음과 같은 어린이시는 참으로 감동스럽다.

아버지 정영자 경북 울진 온정초 3학년

심부름 가는데 보니
아버지는 그 추운 데서
나무를 줍고 있었다.
장갑도 안 찌고 손을 비비면서
나무를 줍는다.
아버지요 춥니더
집에 가시더.
알았다 한다.
심부름 갔다가 뛰어가니
야야, 넘어질라 한다. (1985. 12. 9.)
– 학급 문집 《큰길로 가겠다》
＊찌고: 끼고. ＊춥니더: 춥습니다. ＊가시더: 가세요.

우리 나라에도 이런 훌륭한 시를 쓰는 아이가 있다는 것, 이런 아이들을 키우면서 함께 괴로워하는 교육자가 있다는 것은 얼마나 자랑스런 일이고 마음 든든한 일인가! 그런데 이런 글을 모은 책들이 "공중적 가치"를 염두에 두지 않고 낸 책들이라고 한다. "섬광적 상상력"이니 "세상 바라보기의 감수성"이란 것이 도대체 무엇이고 어디에다 써먹는 것인가? 아이들은 보고 듣고 느낀 것을 그대로 쓸 뿐이고, 그렇게 쓰면 다 되는 것이지 결코 "섬광적 상상력"으로 쓰는 것이 아니다. 다만 정직하게 쓴 글이 둔감한 어떤 어른들에게는 그렇게 보이는지 모른다.

한때 '하느님께 보내는 편지'를 아이들에게 쓰게 하는 것이 유행했다. 그런 제목의 글을 쓰게 하는 것이 반드시 잘못되었다는 것은 아니다. 그러나 대체로 그것은 이 나라에서 속이 좀 빈 교직자들이나, 교육을 이용해서 장삿속을 차리는 사람들이 그런 글을 쓰게 하여 별난 아이들의 글처럼 내보였는데, 그것이 대부분 외국 아이들의 글을 흉내 내게 하는 짓이었던 것은 말할 것도 없다. 그것은 마치 자기 이웃에 사는 가난한 사람은 멸시하면서, 어딘가 먼 곳에 있을 듯한 '불우한 사람'을 위해 이웃 돕기 성금을 낸다든가, '집 없는 어린이에게' 하는 식의 편지를 쓰게 하는 노릇과 별로 다르지 않다.

다시, 아이들의 책을 내는 뜻

이○○ 씨는 여러 해 전 창비아동문고에서 아이들 글 모음 책 네 권이 나왔을 때도 서평을 쓰면서, 그런 아이들의 글은 아이들이 읽을 것이 아니라 어른들이 읽어야 한다고 썼던 것이 확실하게 기억나는데, 이번에도 이 점을 또 강조해 놓았다. 그때의 그 책들이 "시골 어린이들의 삶의 어려움을 표현한 것들로서 어린이 독자들을 위한 것이라기보다는 오히려 성인들의 관심에 문제를 제기하는 명백한 지향을 가진 것들"이라는 이야기였다. (그런데 최근에 나온 아이들 글에는 그런 삶의 어려움을 표현한 내용도 없으니 아무것도 아니란 것이다.)

여기서 나는, 아이들의 글과 그 글들을 책으로 내는 일에 대해 이해가 아예 근원에서부터 없다는 사실을 지적하지 않을 수 없다. 아이들의 글은 어른들도 읽어야 하고, 읽으면 배우고 깨닫게 되는 것이 많다는 말은 앞에서 한 바와 같다. 그러나 아이들의 글은 역시 아이들이 읽어야 하고, 아이들이 읽기를 바라서 책으로 만드는 것이다. 그런데 삶의 어려움을 쓴 아이들의 글은 왜 같은 아이들이 읽어서 안 되는가? 어째서 "저는 오는 금요일 이전에 세익스피어가 어떤 사람인지 알아야 해요" 하는 서양 아이가 쓴 하느님에게 보내는 편지란 것은 우리 나라 아이들이 읽을 가치가 있고, 같은 우리 나라 산골 아이들이 쓴 밭매는 이야기, 설거지한 느낌을 쓴 시, 학교 가서 매 맞은 이야기를 쓴 글은 읽어서 안 되는가? 이런 글들을 읽도록 해야 아이들은 사람다운 마음을 가지게 되고, 그래서 참사람을 기르는 교육이 되는 것이다. 이런 글을 읽어야 아이들은 온갖 어려움 속에서도 자기를 잃지 않고 건강하게 자라나게 되는 것이다.

아이들의 글은 교육자와 부모도 읽어야 하겠지만 그 누구보다도 먼저 같은 아이들이 읽어야 하고, 아이들이 읽어 주기를 바라서 온갖 어려움을 무릅쓰고 책을 내는 것이다. 결코 유행을 따라 돈벌이를 위해서 아이들의 글을 책으로 내는 것이 아니다. 만약에 앞으로 아이들의 글을 돈벌이 수단으로 이용하려는 어른들이 나온다면, 그런 사람은 아이들과 교육의 이름으로 마땅히 규탄해야 할 것이다.

왜 정직한 글쓰기를
가로막는가

●
●

아이들이 쓴 글을 보는 문교부의 태도에 대하여

국어교육은 모든 교과 교육의 뿌리

우리 말은 우리 겨레의 피요, 목숨이다. 그러기에 우리는 아이들 교육에서 그 어느 교과보다도 우리의 말과 글을 올바로 가르치는 데 더 힘을 들여야 한다. 우리의 말과 글을 가르친다는 것은 단순히 교과서를 읽고 쓰고 외우게 하는 것이 아니다. 우리 말 속에 들어 있는 겨레의 느낌과 생각과 삶을 가르치는 것이고, 그런 것을 머리로써가 아니라 마음으로, 몸으로 받아들이고 지녀 가지도록 한다. 다시 말하면, 사전에 나오는 죽은 말이 아니라 살아 있는 말을 삶 속에서 제 것으로 삼도록 해야 하는 것이다. 이래서 국어교육은 모든 교과 교육의 뿌리가 되고 밑둥이 된다. 우리 글쓰기교육연구회가 글쓰기로 삶을 가꾸는 일을 목표로 삼고 있는 것도 이 때문이다.

그런데 지난 수십 년 동안 문교부(* 지금의 교육부)는 국어교육을 교과서와 공문서 지시로 형식을 따르는 통제된 말과 글을 외우고 쓰게 하는 데만 힘을 기울여 왔다. 초등학교에서부터 아이들에게 자유롭게 자기들의 삶을 말하게 하는 교육은 도무지 할 수 없는 상황을 만들어 놓고는, 어른들의 말을 외어서 목에 핏대를 올려 고함을 지르게 하는 웅변만은 장려해 왔다. 우리 나라 사람들같이 남의 말을 들을 줄 모르고 토론할 줄 모르는 국민은 다른 어느 나라에도 없을 것이라 생각하는데, 이것은 완전히 잘못된 교육을 받았기 때문이다. 글짓기는 철저하게 어른들의 글을 흉내 내도록 가르친다. 얼마 전부터는 어린아이들에게 영어를 가르치도록 하고 있다. 이래서 가뜩이나 우리 말이 남의 나라 말과 글의 해독을 입어 엉망이 되어 있는 것을, 이제는 초등학생 때부터 배우게 되는 영어 때문에 아주 어릴 때부터 우리 말을 버리고 짓밟도록 하고 있는 것이다.

지금 우리의 학교교육에서 아이들에게 이성을 일깨워 주고 겨레의 마음을 심어 주는 참된 국어교육은 아주 간 곳 없이 되어 버렸다. 이것은 도덕교육과 정신교육이 아주 죽어 버리고, 다만 지식 암기와 기술 익히는 훈련만이 비참한 경쟁을 통하여 강행되고 있는 반인간, 반생명, 반민족의 교육 사정과 잘 맞물려 있는 것이라 하겠다.

이 글은 국어교육 전반을 말하려고 하는 것이 아니고, 글쓰기 교육 문제를 최근 문교부가 발행한 작은 책자(《교육용 도서 왜곡 비판 사례 분석》) 뒤쪽에 나온 글을 중심으로 말하려고 한다.

이 책의 뒤쪽 '기타'란에는 한국글쓰기교육연구회가 엮은 중고등학생들의 글 모음《밥 먹으며 시계 보고 시계 보며 또 먹고》에 들어 있는 학생들의 글과 그 글을 지도한 방향이 "학교생활을 비판하고 사회현실을 비판하는" "편향된 시각에서" 쓴 글이고, 그런 잘못된 글을 쓰게 한 "위험성이 있는 교육"이라는 '검토 의견'을 내놓고 있어, 이미 전국의 교사들이 읽었을 그 책의 잘못을, 글쓰기로 참된 인간 교육을 하려고 하는 우리로서는 도무지 그냥 둘 수 없는 것이다.

여기 참고로 덧붙여 둘 것은, 그 책자의 문장이 한문 글자투성이로 되어 있는 점이다. 아이들이 한글로 써 놓은 글도 한문 글자로 바꾸어 인용해 놓았다. '책 이름'이란 말조차 '冊名'으로 써 놓았고, '中高等學生들의 글 모음집'이라 해 놓았다. '글 모음'이 아니면 '문집'이라 할 것이지, 책 표지에 적혀 있는 것을 보고도 '글 모음집'이라니, 이렇게 무식한 사람들이 교육행정을 한다는 것이 다만 개탄스러울 뿐이다.

아이들의 정직한 말을 불순한 비판이라고 겁주는 어른들

중고등학생 글 모음《밥 먹으며 시계 보고 시계 보며 또 먹고》를 비판한 이 책자는 학생들의 시에서 학교생활을 비판했다는 대문을 다섯 군데, 사회 현실을 비판했다는 대문을 다섯 군데 들었고, 농촌 아이들의 산문에서는 농촌 현실을 비판했다는 대문을 세 군데, 학교생활을 비판했다는 대문을 네 군데 들어 놓았다. 그리고 도시 아이들의 산문에서는 사회 현실을 비판했다는 대문을 네 군데, 학교생활을 비판했다는 대문을 두 군데 들었다. 이렇게 뽑아낸 글들을 전국의 교사들에게 읽힌 것이다.

여기서 먼저 지적하지 않을 수 없는 것은, 시든지 산문이든지 그 글을 감상하거나 비판할 때는 글 전체를 읽도록 해야 하는 것이지, 어떻게 글의 한 부분만을 뽑아내어 '이것이 잘못된 글'이라고 비난할 수 있는가, 하는 것이다. 이것은 상식 밖의 짓이다. 여러 해 전 텔레비전과 신문마다 내가 쓴 동시의 한 구절을 뽑아내어 불온한 생각을 아이들에게 퍼뜨리는 것이라고 악의에 넘친 보도를 하던 일이 생각난다. 어째서 그런 역사가 이제 또다시 되풀이되는가 싶다. 이번에는 문교부가 나서서 이런 짓을 하고 있는 것이 그때와 다를 뿐이다.

다음은, 이렇게 모두 스물세 군데나 지적해서 문제 삼고 있는 것이 모두 학교의 생활이나 사회의 현실을 비판했다고 해서다. 그 비판이라는 것이 어떤 것인지 뒤에 가서 들어 보이겠지만, 어떤 비판이든지 비판이라는 것은 학생에게 허용할 수 없는, 금지된 슬기의 움직임이라고 보는 것이 문교부의 태도임이 확실하다. 아무리 생각해도 이것은 달리 말할 수가 없는, 도무지 웃기는 노릇이다. 학생들에게 잡동사니 지식을 외우게 하고, 거짓 생각을 머리에 쑤셔 넣는 일에만 미쳐 있으면서 세상을 바로 보지 못하게 그 눈과 귀를 막고 입도 틀어막아 아이들을 아주 바보로 만들고 있는 독재 정권이 생판으로 하는 교육이라면 모르지만 말이다.

안데르센의 동화에 나오듯이 "임금님 벌거벗었네!" 하고 외친 아이는 무슨 비판을 하려고 해서 한 말이 아니다. 그 아이는 그저 눈에 보이는 것을 그대로 말했을 뿐이다. 이와 같이 순진한 아이들이 그 눈에 비친 것을 그대로 쓴 글은 결과에서 어른 사회를 비판하는 글이 되기가 예사이며, 이럴 때 어른들은 이런 아이들의 글을 읽고 반성하고 배워야 한다. 그래서 아이들을 고맙게 생각해야 한다. 그런데 "임금님 벌거벗었네!" 하는 아이가 불순한 생각에 물이 든 아이라고 하고, 그런 아이를 그렇게 물들게 한 '의식화' 교사를 조심하라고 하다니 이게 무슨 짓인가?

참 불행하게도 이 나라에는 벌거벗은 임금님을 보고 훌륭한 옷을 입었다고 가르치라는 교육행정을 억지로 하고 있다. 그래서 자기의 감정이고 세상의 일이고 정직하게 말하고 쓰기만 하면 '비판'을 한다고 해서 야단맞고, 그 아이들을 그렇게 가르쳤다고 해서 좌경 교사다 용공 교사다 몰리는 판이다. 시로 말하자면 엘리엇 같은 사람도 "시는 비평이다"고 말했다. 중고등학생의 시뿐 아니라 초등학생들의 시도 그 나름대로 가진 슬기의 바탕이 없이는 시가 될 수 없게 되어 있는 것이 우리가 사는 현대사회가 아닌가 말이다.

아이들은 아프다, 괴롭다는 말도 할 수 없는가?

그러면 여기서 어떤 대문을 불온하다고 했는가 살펴보기로 한다. 지면 관계로 스물세 군데를 그것이 들어 있는 본문들과 함께 다 들어 보일 수는 도무지 없기에, 처음부터 차례로 몇 편만 보기로 하겠다. 이렇게 몇 편만 보아도 그 밖의 것들이 어떤 내용을 지적한 것인지 충분히 짐작할 수 있을 것이라고 믿기 때문이다.

맨 처음, 학교생활을 비판한 시라고 하여 다섯 가지를 들어 놓은 것 가운데서도 맨 앞의 구절이 다음과 같다.

學校 時間은 더럽게 긴데
잠자는 時間은 왜 이리 짧을까.

이것만 보면 이 글을 쓴 아이가 공부하기 싫어하고, 잠만 자고 싶어 하는 게으른 아이같이 느껴진다. 이 구절이 든 시 전문을 다음에 들어 본다. 바로 이 책의 이름이 된 제목의 시가 이 책 첫머리에 나오는 것이다.

밥 먹으며 시계 보고 시계 보며 또 먹고

강원 춘천 우석중 2학년 2반 공동 창작시

아침이면 항상 어머니 목소리가
탁상시계처럼 정확하게 나의 이름을 부르신다.
"○○야! 일어나라. 밥 먹고 학교 가야지."
어머니는 참 일찍 일어나신다.
늦게 주무시나 일찍 주무시나 항상.

조금만 더 자고 싶다. 억지로 일어날려면
꼭 불쌍한 사람 같다.
나는 더 자고 싶어 이불을 뒤집어쓴다.

아침부터 걱정거리가 참 많다. 돈 걱정, 숙제 걱정.
숙제는 학교 가서도 할 수 있는데
돈은 집에서 타 가야 하니까 미안하다.
"○○야! 빨리 일어나 밥 먹어" 하면
잠에 못 이겨 "나 밥 안 먹어요" 한다.

학교 시간은 더럽게 긴데
잠자는 시간은 왜 이리 짧을까.
학교가 잠자는 곳이면 좋겠다.
책상이 침대라면 좋겠다.

간신히 일어나 시계를 보고 한숨을 쉰다.
세수를 하면서 밥을 먹을까 말까
밥을 먹으면 차가 가 버리고 밥을 안 먹으면 차를 탈 수 있는데
밥을 먹으면서 시계를 보고 시계를 보면서 또 먹고 시계를 보고

밥 먹다 생각나는 것, 책가방 챙겨야지.
오늘은 시간표가 매우 길다.
가방을 챙기면서 생각한다, 영어 시간과 수학 시간이

없어졌으면 좋겠다.
책가방이 도시락 가방만 했으면 좋겠다.

옷 입고 가방 메고 어머니께 돈 타기
가방 메고 돈 탄다고 어머니께 꾸중 듣기
나는 손과 발이 안 보이게 움직인다.
밥을 먹고 버스 타러 뛰어가는 내 발이
아마 버스보다 더 빠를 것이다.

중고등학생들이 아침부터 시간에 쫓기면서 살아가는 삶이
잘 나타난 시다. 이렇게 바쁘고 정신없이 살아가는 아이들이
그들의 삶을 시로 써서 확인하고, 그 삶의 문제를 생각해 본다
는 것은 얼마나 소중한 일이겠는가? 그런데 이렇게 아이들이
자기들의 삶을 쓰는 것이 "학교생활을 비판"하는 것이 되기
에 아무리 쓰고 싶어도 쓰지 말아야 하는 것일까? 그래서 삶이
없는 엉뚱한 공상을 즐기게 하든지, 방 안에 앉아 빈 말재주나
즐기고 있는 시인의 흉내를 내도록 해야 바람직한 작문 교육
이 될까?

나는 그렇게 볼 수 없다. 자기의 삶을 덮어 두고 책 속에 나
오는 남의 나라 아이들의 이야기 같은 것을 쓰는 학생은 그 마
음이 병들어 있는 것이고, 현실을 도피하는 것이다. 아이들은
현실을 순간마다 온몸으로 살아가는 존재다. 이런 아이들이
현실을 도피한다는 것은 너무나 비참하다. 잘못된 환경과 교

육으로 현실을 도피하는 아이들은 자기의 삶과 자기의 말이 아닌 남의 삶과 남의 말로 거짓된 표현을 하는 곡예를 익혀서 그 마음이 점점 더 깊이 병든다. 그러나 자기의 삶을 정직하게 쓰고, 자기의 아픔과 괴로움을 속 시원히 털어놓는 아이들은 그것만으로도 몸과 마음의 건강을 유지할 수 있다. 사람이 그 가슴속에 쌓인 답답함을 털어놓는 것은 마치 숨을 쉬는 것과 같다. 생명은 이렇게 해서 자기표현으로 자라나는 것이다. 표현은 손재주가 아니라 숨 쉬는 행위다.

다음은 두 번째로 들어 놓은 구절이다.

學校에 가는 길은 지옥으로 가는 길
선생님들은 저승사자 되어 우리를 기다리신다.

이 구절이 든 시를 들어 본다.

무거운 가방 메고 뭐하러 오는지(1)

강원 춘천 우석중 2학년 2반 공동 창작시

나는 등굣길이 불안하다.
오늘도 한 대도 안 맞고 무사히 지낼 수 있을까?.

잠도 깨지 않고 오는 길
지각하지 않으려고 밥 굶고 오는 길

시험 못 봐 매 맞으러 오는 길
지루한 자율 학습 하러 가는 길
감옥 같은 곳 가는 길

겉만 학교 같고 속은 그렇지 않다.
무거운 가방 어깨에 메고
힘없이 땀 흘리며 뭐하러 오는지
정말 모르겠다.

아무 일 없이 학교를 다닌다는 것이 신기하다.
학교에 오는 것은 무엇 때문일까
아무리 안 오려 해도 어쩔 수 없어 등교하는 것
참 이상하다.
그래도 집보다 편하다. 어머니의 잔소리를 안 듣고
친구들과 함께 있어서 그럴까?
혼나도 같이 혼나고 맞아도 같이 맞으니까.

학교에 가는 길은 지옥으로 가는 길
선생님들은 저승사자 되어 우리를 기다리신다.

여기 써 있는 말들이 잘못되었고 거짓된 말일까? 우리 나라
중고등학생들이 이 시를 읽는다면 아마도 백이면 백 모두가
'그것 참 속 시원하게 잘 썼다'고 할 것이다. 그것은 이 시가

현실과 그 현실에서 우러난 느낌을 잘 말해 놓았기 때문이다. 그리고 어떤 시를 읽고 '속이 후련하다'는 느낌을 받았다면 그 시는 읽는 이들에게 기쁨을 주고 위로와 용기를 준 것이다. 더구나 점수 쟁탈 공부에 시달려 지칠 대로 지치고 찌들려 있는 아이들의 가슴을 후련하게 해 줄 수 있는 글이라면 얼마나 귀한 것일까? 이런 귀한 글을 어른들이 써 보이지 못하고 아이들이 스스로 쓰게 된 것을 진정 반갑고 기쁘게 여겨야 옳다. 그것이 바로 교육자의 마음이다. 그런데 이와 같이 꽉 막혀 있는 마음을 틔워 주고 즐거움을 주는 시가, 써서는 안 되는 위험한 시로 지적되고 있으니 어찌 된 일인가?

아이들을 도무지 견딜 수 없도록 억누르고 있는 잘못된 교육의 질서는 반성하려고 하지 않고, 그런 교육에서 고통을 받으면서 몸부림치는 아이들의 그 몸짓이 보기 싫고 그 신음 소리가 듣기 싫다고 몸짓이고 소리고 못 하게 하는 것은 어쩌자는 것인가? 그만 죽어 버리라고 하는 것밖에 될 것이 무엇인가? 이것은 도시의 가난한 노점상들이 보기 싫다고 강제로 철거하는 시책과 다름이 있는가? 아니 노점상 철거보다 더 나쁘다. 상대가 아이들이기 때문이다. 교육 현실의 중압에 견디다 못해 죽어 간 어느 아이가 남긴 다음과 같은 글도 교육행정을 하는 이들은 틀림없이 읽었을 터인데, 어떤 마음으로 받아들였는지 궁금하다.

난 1등 같은 것은 싫은데…… 앉아서 공부만 하는 그런 학생은

싫은데, 난 꿈이 따로 있는데, 난 친구가 필요한데…… 이 모든
것은 우리 엄마가 싫어하는 것이지.

나에게 항시 수단과 방법을 가리지 말고 이기라고 하는 분, 항상
나에게 친구와 사귀지 말라고 슬픈 말만 하시는 분, 그분이 날
15년 동안 키워 준 사랑스런 엄마.

너무나 모순이다, 모순. 세상은 경쟁! 공부! 공부! 아니 대학!
대학! 순수한 공부를 위해서 하는 공부가 아닌, 멋들어진 사각
모를 위해 잘나지도 않은 졸업장이라는 쪽지 하나 타고 고개 들
고 다니라고 하는 공부.

공부만 해서 행복한 건 아니잖아? 이 사회에 봉사, 가난하고 불
쌍한 사람을 위해 조금이라도 도움을 주면 그것이 보람 있고 행
복한 거잖아. 꼭 돈 벌고, 명예가 많은 것이 행복한 게 아니잖
아. 나만 그렇게 살면 뭘 해? 나만 편안하면 뭘 해? 매일 경쟁!
공부밖에 모르는 엄마, 그 밑에서 썩어 들어가는 내 심장을 한번
생각해 보았습니까?

난 로봇도 아니고 인형도 아니고, 돌멩이처럼 감정도 없는 물건
도 아니다. 밟히다 밟히다 내 소중한 내 삶의 인생관이나 가치관
까지 밟혀 버릴 땐, 난 그 이상 참지 못하고 떤다.

하지만 우리 엄마이기 때문에…… 아, 차라리 미워지면 좋으련
만, 난 악의 구렁텅이로 빠져들어 가는 엄마를 구해야만 한다.
내 동생도 방황에서 꺼내 줘야 한다. 난 그것을 해야만 해, 그
치?

…… 난 나의 죽음이 결코 남에게 슬픔만 주리라고 생각지 않

아. 그것만 주는 헛된 것이라면, 난 가지 않을 거야. 비록 겉으로는 슬픔을 줄지는 몰라도, 난 그것보다 더 큰 것을 줄 자신을 가지고 그것을 신에게 기도한다.

이미 널리 알려진 이 글을 굳이 여기 또 옮겨 보는 것은, 죽어 간 이 아이의 처절한 외침을 아직도 이 땅의 거의 모든 어른들은 귀를 틀어막고 들을 생각을 안 하고 있기 때문이고, 그래서 죽은 이 아이와 또 이 아이와 같은 무수히 죽어 간 아이들의 넋이 이 땅 위를 떠돌아다니면서 아이들을 살리라고 외치고 있기 때문이다. 그래서 이 글은, 앞으로도 우리의 아이들이 제대로 참사람 되는 교육을 받을 때까지 백 번이고 천 번이고 되풀이해서, 진짜 우리 백성들의 교육헌장같이 읽고 또 읽어서 우리 모두의 정신을 가다듬어야 한다고 본다.

이 아이의 어머니는 딸을 잃고 비로소 자기가 딸을 죽인 살인자임을 깨달았는지 모른다. 그러나 이 글을 읽은 거의 모든 어른들—부모와 교육자들, 교육학자와 행정가들, 정치인과 종교인과 예술가와 언론인들은 '참 불행한 아이다. 그러나 난 그 아이의 죽음과 상관이 없다'고 생각했을 것 같아 마음이 안 놓인다. 더구나 문교부 관리들은 '이건 현실을 비판한 좋지 못한 글이다. 이 아이는 죽더라도 이런 글만은 쓰지 말고 죽어야 했는데, 현실을 비뚤어진 눈으로 본 것은 아마도 이 아이를 의식화한 교사가 있기 때문일 거야' 이렇게 보았을 것 같아 정말 우울해진다. 그렇지 않고서야 어째서 "무거운 가방 메고" "힘

없이 땀 흘리며 뭐하러" 학교에 오는지 모르겠다고 하는 시조
차 지레 겁을 먹고 현실 비판을 한다면서 못 쓰게 하는가? 죽
은 아이의 이 유서가 바로 교육행정을 하는 이들에게 주는 글
이라고 풀이할 능력이 없는 사람이라면 이 나라의 교육행정을
맡을 자격이 없다고 나는 본다.

가난한 삶을 쓰는 것도 현실 비판이고 불온한 태도라는 견해

다음에는 사회 현실을 비판한 시라 해서 지적한 것이, "어
머니,/ 당신은…… 한결같이 찢겨진 삶을 꿰매어 오셨습니다"
란 구절이다. 이 말 어디가 문제란 말인가? 찢어진 옷을 꿰매
어 입는 가난한 삶은 아예 글로 써서는 안 된다는 것인데, 어
디 이 시의 전문을 보기로 하자.

어머니 엄경석 강원 속초 속초고 2학년

어머니,
당신은 고기 가시에 찔리어 뭉툭해진 손가락 끝으로
삶을 꿰매어 오셨습니다.
그물 살에 자국이 나고 거칠은 손가락 마디마디에 지나간 세월
의 눈물을 간직한 채
한결같이 찢겨진 삶을 꿰매어 오셨습니다.

당신께서는 고생 모르고 자란 자식새끼 편안한 잠자리에서 꿈이

나 꿀 시간에

　차가운 새벽 공기를 마시며 정성으로 아버님의 그림자를 밟으셨습니다.

　자식새끼 반찬 투정으로 당신의 가슴을 아프게 할 때
　당신께서는 신 김치에 물에 말은 찬밥으로 점심을 하셨습니다.

　어두운 겨울날 당신께서는 멋있는 설악산의 그림자 밑에서
　매서운 겨울바람과 손가락 마디마디 뼛속까지 스며드는 추위와 싸우며
　삶을 위한 노동을 해 오셨습니다.

　당신의 어두운 그림자가 저녁노을에 물들은 바닷물을 덮을 때
　이제 삶의 진실에 눈을 뜬 자식새끼는 당신의 무거운 웃음에 눈물 감춥니다.

　어머니,
　당신께서 남기시는 삶의 흔적은 어떤 미사여구로도 미화되어서는 안 될 바닷사람들의 삶의 진실입니다.

　여기서 문교부가 사회 현실을 비판한 것이라고 해서 문제 삼고 있는 대문을 다시 찾아보게 되는데, 결국 "고기 가시에 찔리어 뭉툭해진 손가락"이라든가 "찢겨진 삶을 꿰매어"란 말

들이 궁색한 삶을 내보이는 것이라 싫다는 태도인 것이다. 이쯤 되면 이런 문제를 왈가왈부로 논의한다는 짓이 서글퍼진다. 가난한 사람들, 땀 흘려 일하는 사람들을 도시의 거리에서뿐 아니라 아이들의 마음속에서도 아주 싹쓸이로 없애 버리고 싶어 하는 이런 사람답지 않은 거칠고 사나운 짓거리가, 교육의 역사에서 일찍이 어느 한 곳에서라도 있었는지 묻고 싶다.

권세와 재물을 많이 가진 이들은 그들대로 감정이 있고 생각이 있고 삶이 있을 터이지만, 가난한 사람들은 또 그들대로 삶이 있고 마음의 세계가 있다. 어느 쪽이 더 사람답고 건강한가는 접어 두기로 하자. 다만 가진 사람의 세계만 인정하고 땀 흘려 일하는 서민들이나 가난한 사람들의 삶과 마음을 부정하여 그것을 표현할 수도 없게 막아 버리면 어떻게 되겠는가? 자기표현의 길이 꽉 막혔을 때 목숨은 터져 버린다. 이것이 사람이다. 그러기에 지난날 식민지 시대에 우리 민족을 아주 말살해 버리기로 작정했던 포악한 일본 제국주의도 우리 시인이 "빼앗긴 들에도 봄은 오는가" 하고 노래하는 것을 그대로 두었던 것이다. 그런데 언제부터인가 이 나라의 문교부는 가난한 서민의 아이들이 삶의 이야기를 순진하게 쓰는 것을 세상을 부정해서 보고 비판하는 것이라 해서 꺼리고 경계하여 교과서에서 아주 남의 나라 아이들이나 쓰는 글을 흉내 내게 하더니, 이제는 삶을 정직하게 쓰지도 못하게 윽박지르고 있다. 이것은 정치권력이 도덕에서 얼마나 타락되었는가를 말해 주는 것밖에 아무것도 아니다. 왜냐하면, 이 땅에 자본주의를 건전하게 유지하기 위해서도 땀 흘리며 일하는 사람들이 건강하게 살아가는 세계를 마련해야 하는 것이 절대로 필요한 조건으로 되어 있기 때문이다.

'검토 의견'에 나타난 잘못

마지막으로 '검토 의견'이라 해서 세 가지를 들어 놓은 것을 살피기로 한다. 그 첫째는 글쓰기 교육으로 학생들에게 길러 주어야 할 능력이라고 해서 다음과 같이 들어 놓았다.

• 글을 쓰는 목적, 대상, 상황에 맞는 내용을 생성해 낼 수 있는 능력
• 생성해 낸 내용을 글의 짜임에 맞게 조직할 수 있는 능력
• 생성하고 조직한 내용을 적합한 언어로 표현할 수 있는 능력

아이들에게 길러 주어야 할 능력이란 것을 이렇게 세 가지로 크게 분류해 놓고는 글 모음(《밥 먹으며 시계 보고 시계 보며 또 먹고》)을 편찬한 사람들이 "글쓰기 교육의 목표를 특정한 내용의 생성에만 국한시키고 있"다고 했다.

여기서 무엇보다도 문제가 되는 것은 문교부가 학생들에게 길러 주어야 한다고 해서 들어 놓은 이 세 가지 능력이다. 이것들은 아이들이 글을 쓸 때 익혀 가져야 할 능력이 결코 될 수 없다. 아이들이 글을 쓸 때 먼저 어떤 목적과 대상과 상황

을 설정해 놓고, 거기에 맞는 내용을 "생성해 내"고, 그다음 그 내용을 글의 짜임에 맞게 조직하고, 다시 그 조직한 내용을 적당한 말로 표현하게 되는가? 어느 아이가 글을 쓸 때 이런 차례로 쓰겠는가? 문인들도 이런 차례로 글을 쓰지는 않는다. 이것은 어떤 포악한 독재 권력이 다스리는 나라에서나 하는, 아이들을 꼭두각시로 만들고 사람을 모조리 허수아비로 만드는 비참한 교육이다. 만약 학생들에게 이런 꼴로 글쓰기를 가르친다면 그 결과가 어찌 되겠는가? 내가 다른 것은 몰라도 이일에 대해서는 아주 딱 잘라 말할 수 있다. 그렇게 해서 글을 쓰도록 가르쳐서는 백 년을 가도 단 한 편의 살아 있는 글―사람의 마음을 움직일 수 있는 글도 결코 써질 수 없다고 말이다. 그리고 그런 교육을 받은 모든 아이들의 삶과 마음이 병들게 되는 것은 말할 것도 없다.

아이들은 자기가 보고 듣고 일한 것을 그대로 정직하게 쓴다. 그래서 정직하고 착한 마음을 길러 가고, 세상을 바로 알고 바르게 살아가게 되는 것이다. 보지도 않고 듣지도 않고 겪지도 않은 일, 진정으로 생각하지도 않은 것―곧 자기의 삶이 아닌 것을 어떤 목적으로 '생성해 내는' 따위의 글은 아이들이 쓸 수가 없고, 쓰게 할 수도 없다. 아이들이 쓰는 글은 쓰고 싶어 하는 내용, 곧 보고 듣고 일하고 놀고 생각한 체험의 사실이 먼저 있는 것이지, 관념이나 목적이 앞서는 것이 결단코 아니다.

그런데 이 '검토 의견'은 우리가 하고 있는 교육을 도리어

"글쓰기 교육의 목표를 특정한 내용의 생성에만 국한시키고 있"다고 말한다. 이것은 우리가 엮어 낸 아이들의 글 모음 책 머리말에 써 놓은 내 글을 두고 하는 말인 듯, '검토 의견' 앞에 "편찬자의 의도"라 하여 그 머리말의 한 부분을 따 옮겨 놓았다. 이것 또한 앞뒤의 이어짐을 무시하고 뽑아낸 부분인데 다음과 같다.

'家庭과 學校의 生活뿐 아니라 會社 全般, 나라 全體에 대한 생각을 넓혀 가야 하며, 물질 만능의 會社와 어른들의 거짓스런 온갖 삶에 대한 批判, 입신출세식 敎育이 무엇을 가져다주는가에 대한 깨달음, 統一이 되지 않으면 우리 겨레가 살아갈 수 없는 까닭, 公害와 核武器의 問題, 戰爭과 平和의 問題, 삶과 죽음에 대한 물음 등이 글쓰기 거리의 알맹이가 되어야' 한다고 主張하고 있음.

남의 글을 인용할 때는 원문을 그대로 옮겨 보여야 하지, 이렇게 한문 글자투성이로 고쳐 적어 놓고, 한두 군데는 틀리게 옮겨 보이는 속뜻이 어디에 있는가? 그리고 인용문 앞에 적어 놓은 말 "편찬자는 올바른 삶의 실천을 위하여"도 일부러 오해를 더하도록 한 계산된 말이라 느껴진다. 나는 그 머리말에서 좋은 글을 쓰기 위해 그와 같이 글 쓸거리를 넓혀 가야 한다고 했지, 이렇게 바로 '삶의 실천을 위해' 글 쓸거리를 넓혀야 한다고는 말하지 않았고, 그런 비약하는 말을 할 턱도 없다.

그리고 또 나는 '편찬자'도 아니다. 나는 단지 그 책의 머리말을 썼을 뿐이다. 그 책을 누가 엮었는가 하는 것은 책 표지에도 환히 밝혀져 있다.

이제 그 인용문의 내용인데, 나는 중고등학생들의 글감을 그렇게 넓혀 가야 한다고 했지만, 그것은 현실을 무시한 지나친 욕심이라고 덧붙여 말하기도 했다. 그러나 이렇게 쓸거리를 넓혀 가는 일은, 만약 아이들의 교육이 정상으로 된다면 반드시 그렇게 해야 할 것이다. 그리고 이것은 얼마나 폭넓은 세계인가? 이것을 두고 "특정한 내용의 생성에만 국한시키고 있"는 것이라니 당치도 않은 말이다.

다음 두 번째의 의견은, 글쓰기 교육에서 "내용을 생성해 내는 훈련은 대단히 중요한 것"이라고 했다. 대관절 내용을 생성한다는 것이 무엇인가? 앞에서도 말했지만 삶을 있는 그대로 정직하게 쓰는 것이 아니고, 어떤 목적에 따라 그 무엇을 '생성해' 낸다는 것은 그야말로 의심스럽기 짝이 없는 '내용'이다. 그것이 무엇인지 문교부는 좀 환히 밝혀 주었으면 싶다. 그것이 아이들에게 거짓된 생각을 주입하는 것이거나 아이들의 이성을 잠재우는 것이라면 결코 용납할 수 없는 일이다. 이 두 번째 의견에서는 또 '생성하는' 내용이 "중고등학생들의 수준에 어울리는 것"이어야 한다면서 《밥 먹으며 시계 보고 시계 보며 또 먹고》를 엮은 사람들이 "학교생활을 비판하고 회사 현실을 비판하는 내용만이 가치로운 내용이라고 생각하고 있"다고 해 놓았다. 이것도 아주 잘못 보고 있다. 이 책에는 아이들의 삶이 될 수 있는 대로 여러 가지로 나타날 수 있도록 애써서 글을 모았다는 것을 책을 읽은 사람이면 누구나 알 것이다. 다만 솔직하게 쓴 글들이 흔히 어른들의 사회를 비판한 것으로 되어 있는 것은 당연하다고 보아야 한다.

세 번째로, 우리가 주장하고 있는 교육이 "학생들에게 진정한 의미에서의 작문 능력은 길러 주지 못하고, 대다수 학생들의 수준 및 요구에 걸맞지 않게 학교생활 및 회사 현실을 편향된 시각에서만 인식하는 습관 및 태도를 길러 줄 위험성이 있"다고 한 것이다. 이 지적에 대해서는 지금까지 거듭 말했기에 더 보탤 필요를 느끼지 않는다. 다만, 우리가 언제나 주장하는 '본 대로 들은 대로 한 대로 정직하게' 쓰는 글쓰기와, 문교부가 강조하는 어떤 "목적"에 맞는 "내용"을 "생성"해 내어 "글의 짜임에 맞게 조직"하게 하고 그 "조직한 내용을 적합한 언어로 표현할 수 있게" 하는 것과 견주어서 그 어느 쪽이 더 학생들의 수준에 맞는 지도인가를 묻고 싶다. 문교부가 내놓은 교육 방법은 수십 년 동안 글을 써 왔고 글쓰기를 가르쳤다는 내가 읽어도 도무지 알 수 없는 괴상한 교육 방법이다. 또 자기의 삶을 정직하게 쓰고, 사회의 모든 일을 있는 그대로 보면서 생각을 넓혀 가는 글쓰기와, 삶을 쓰지 않고 비판도 못 하고, 그래서 결국은 남의 글을 흉내 내는 것밖에 안 되는 그 "목적"에 맞는 "내용"을 "생성"하는 작문 교육과 견주어서, 어느 쪽이 "편향된 시각에서만" 세상을 보게 하는 교육이 되는가?

문교부가 주장하는 작문 교육과 우리가 주장하는 글쓰기 교육이 다른 점은 아주 명백하다. 문교부의 작문 교육은 삶을 등지고, 어른들의 관념(이것이 아이들에게는 거짓스런 생각으로 된다)을 흉내 내고 머리로 만들어 내게 하는 교육이지만, 우리가 하는 글쓰기 교육은 사실을 쓰게 하고 진실을 쓰게 하는 교육이다. 문교부의 것은 사람을 병들게 하는 교육이지만, 우리가 하는 것은 생명을 키워 가는 교육이다. 생명을 짓밟는 교육이 언제 이 땅에서 사라질까?

병든 어른은
아이들의 말을 모른다

말과 글이 다른 점을 생각해 본다. 그리고 아이들이 쓰는 말과 어른들이 쓰는 말이 얼마나 다른가, 아이들이 쓰는 글과 어른들이 쓰는 글은 어느 정도 다를까, 하고 생각해 본다.

다른 나라의 경우는 그렇게 차이가 심하지 않을 것 같은데, 우리 나라는 말과 글이 너무 다르다. 같은 말과 글이라도 어른의 그것과 아이의 그것이 또 너무 다르다. 이것은 중국글 때문이고 중국글자말 때문이다. 어른들이 보는 신문을 아이들이 읽지도 못하는 나라는 우리 나라뿐일 것이다.

말을 하고 글을 쓰는 단계를 다음과 같이 네 단계로 나누어 생각해 본다.

1단계	• 깨끗한 입말로 살아가는 때. • 부모한테서 배운 말로 살아가는 때. • 아주 쉬운 우리 말, 깨끗한 우리 말을 한다.

2단계	• 1단계의 말을 바탕으로 하여 학교에서 글 읽기와 글쓰기를 배워 자기표현을 하게 되는 때. • 의무교육을 받은 이들이 읽고 쓸 수 있는 글 생활을 하는 시기.
3단계	• 중국글자말이 많이 들어 있는 말을 하고 싶어 하는 때. • 좀 어렵게 쓰는 글에 빠지기 시작하는 때.
4단계	• 남의 나라 말투와 말법이 많이 든 글과 말을 예사로 쓰는 때.

우리 나라 사람들은 거의 모두 이 4단계를 거치는 말글 생활을 하고 있다고 본다. 이 가운데서 1단계에서 2단계로 옮겨 가는 것은 정상이라고 본다. 아무리 말과 글이 하나로 되어야 한다고 하더라도 완전히 같을 수는 없기 때문이다. 그런데 3단계로 가는 것은 바람직하지 못하다. 바람직하지 못하지만 우리 말글의 역사로 보아 어느 정도는 어쩔 수 없다는 생각도 든다. 다만 4단계로 넘어가지는 말아야 하는데, 지금 글을 쓰는 거의 모든 어른들이 이 단계로 빠져들어 가 우리 백성들의 말과 글 전체를 아주 어지럽혀 놓고 있다.

위의 4단계를 다시 색으로 나타내어 본다.

	초등학생 때까지	중학생 때부터
말	1단계(노랑)	3단계(빨강)
글	2단계(주황)	4단계(보라)

우리가 말을 할 때나 글을 쓸 때, 그것을 들어 주고 읽어 주는 상대가 아이든 어른이든 될 수 있는 대로 쉬운 우리 말을 쓰는 것이 좋다. 그러니 1단계의 말이 모든 말글의 바탕이 되고 또 이상이 되어야 한다. 더구나 아이들을 상대로 하는 말과 글이 쉬운 우리 말이 되어야 함은 다시 말할 필요도 없다. 그런데 지금 우리 어른들이 쓰는 글은 어떤가? 4단계의 병든 말글이 3단계의 말을 아주 지배하고, 2단계의 말까지 억지로 끌어가고 있다. 그래서 온통 우리 말글이 혼란에 빠지고 병들어 있다.

글을 쉬운 말로 쓰는 것을 자랑스럽게 여겨야 할 터인데 도리어 부끄럽게 여긴다. 그리고 아이들이 읽을 수 있게 써 놓은 글은 가치가 없는 글이라 생각한다. 우리 나라에서 어린이문학이 푸대접받고 발전하지 못하는 까닭이 이런 데도 있는 것이다. 아이를 참되게 키워 가는 교육이 안 되는 까닭도 마찬가지다.

시인이나 소설가들도 아이들이 읽을 글은 좀처럼 쓰지 않는다. 그 까닭은 쉽게 읽히는 글은 가치가 없다고 생각하거나, 아니면 언제나 어려운 글만 써서 아예 쉬운 말로는 글을 쓸 수 없게 되어 있는 때문이다.

이래서 아이들이 읽도록 되어 있는 여러 가지 인쇄물의 글들이 그 아이들이 읽을 수도 없는 글로 써져 나오는 것이다.

다음은 유치원이나 초등학교 1, 2학년 아이들이 보거나 읽도록 되어 있는 어느 신문에 나온 글이다.

노엘, 율이라고도 부르는 크리스마스는 먼 옛날 북유럽의 겨울
축제에서 유래되었다.

이것은 '크리스마스의 기원'이라는 제목으로 시작된 글의
첫머리다. 기원이니 유래니 하는 말도 어린아이들에게 하는
말이 아니지만, 대관절 크리스마스의 역사를 이런 말로 아이
들에게 가르칠 필요가 있는가?

흰 눈이 소복히 쌓인 겨울밤을 아름답게 수놓을 크리스마스 소
품 만들기 대회를 열었습니다. 누가 누가 예쁘게, 누가 누가 빨
리 만들까요? 신나게 노래 부르며 어서 만들어요.

이 글에서 먼저 무엇보다도 문제가 되는 말이 "소품"이다.
이런 말을 아이들에게 가르쳐야 할까?
또 '소품'이란 말은 '작은 물건' '변변치 못한 물건'이라는
뜻이다. 아이들은 자기 손으로 만든 작품을 아주 귀한 것으로
여긴다. 또 그렇게 귀하게 여기도록 해 주어야 교육이 된다. 그
런데 그런 작품을 아주 보잘것없는 물건으로 보아서 '소품'이
라고 이름을 붙이다니, 이래서 무슨 교육이 되겠는가?
그리고 아이들이 무엇을 만들 때는 거기에 온 마음을 기울
인다. 그런데 누가 누가 빨리 만드나 하고 빨리 만드는 경쟁을
붙이고, 어서 만들라고 재촉하고 있으니 이게 무슨 짓인가?

달려라 어린이 캠페인

이것은 어른들의 손을 잡고 길을 가자는 '교통안전'을 위한
운동을 하려고 한 글의 제목이다. "캠페인"이라는 말을 아이
들에게 가르쳐야 할까?

지난해에는 몇 건의 화물 트럭에 의한 어린이 교통사고를 목격
했습니다. 차는 과속을 하지 않았고, 운전자는 사방을 살폈지만
작은 어린이는 운전자의 눈 안에 들어오지 않았습니다.

• 몇 건의…… 목격했습니다. → 화물 트럭이 일으킨 몇 가
지 교통사고를 바로 보았습니다.
• 과속을 하지 않았고 → 지나친 속도로 달리지 않았고, 과
속으로 달리지 않았고.
• 운전자 → 운전기사.
• 운전자의 눈 안에 들어오지 않았습니다. → 운전기사의 눈
에 보이지 않았습니다.
그런데 이 글은 문장보다도 내용이 더 큰 문제다. 운전기사
가 차를 천천히 운전하면서 "사방을 살폈지만" 아이가 너무
작아서 보이지 않아 사고가 났다고 했다. 그래서 아이들이 좀
크게 보이도록 어른들의 손을 잡고 다니는 '캠페인'을 벌인다
니 기가 막힌다.

사고 발생 상황을 살펴보면 사망자의 80% 이상이 보행자로 여아에 비해 남아의 사망률이 2배가량 높았다.

- 사고 발생 상황 → 사고가 일어난 형편.
- 사망자 → 죽은 사람.
- 보행자 → 걸어 다닌 사람.
- 여아 → 여자아이들.
- 비해 → 견주어.
- 남아의 사망률 → 남자아이들이 죽은 비율.

이 글은 '어린이 교통안전 이대로 안 된다'라는 제목으로 나온 글의 한 대문이다. 어른들이 읽으라고 쓴 글이겠지만, 어른들이 읽더라도 이렇게 써서는 안 된다.

어린이들의 통원은 90% 이상이 도보로 이루어지는데 하곳길인 오후 2~3시에 사고가 특히 많이 발생한다.

- 통원 → 유치원(유아원) 다니기.

'통학'이란 말을 따라 "통원"이라는 말을 쓴 모양인데, 이런 말은 없다.

- 도보로 이루어지는데 → 걸어 다니는데.
- 하곳길 → 집으로 가는 길.
- 발생했다. → 일어났다.

텔레비전은 참 재밌어요.

• 재밌어요. → 재미있어요.

이 글은 어린이가 읽도록 되어 있는 큰 글자로 나온 글이다. 글을 읽기 시작한 어린이들에게는 낱말을 줄인 꼴로 써 보여서는 안 된다.

텔레비전을 매일 한 시간씩만 봅니다.

• 매일 → 날마다.

부모들은 아이들에게 순수한 우리 말을 가르칠 의무가 있다. 부모를 대신해서 말을 가르치는 유치원·유아원 교사도 마찬가지다.

매년 유치원에는 호기심에 반짝거리는 눈망울을 하고 새로운 유아들이 들어온다.

• 매년 → 해마다.
• 반짝거리는 눈망울을 하고 → 눈망울을 반짝거리고.
• 유아 → 어린이.

이 글은 어느 유치원 교사가 쓴 글의 한 대문이다. 이 대문 전체를 고쳐 썼으면 싶다. '해마다 3월이면 유치원에는 무엇을 알고 싶어 눈망울을 반짝거리는 어린이들이 들어온다'와 같이.

인동이는 개인적으로 이야기를 나눠 보면 다른 아이들보다 과학적이고 논리적인 사고를 가진 아이였으나 대그룹 활동 시간에는 꼭 이탈을 하여 수업을 방해하는 것이었다.

- 개인적으로 → 개별로. 따로.
- 나눠 보면 → 해 보면.
- 과학적이고 논리적인 사고를 가진 아이 → 똑똑한 아이.

유치원 어린이가 무슨 "과학적이고 논리적인" 생각을 한다는 말인가?

- 대그룹 → 큰 무리. 큰 모임.

어린아이들에게 우리 말을 가르치지 않고 이렇게 중국글자말과 서양말을 범벅으로 해 놓은 말을 가르친다면 큰 죄를 짓는 것이라고 보아야 한다.

- 이탈을 하여 → 벗어나서.
- 수업 → 활동. 놀이.

유치원에서도 '수업'이라는 말을 쓰는지 모르지만, 초등학교나 중고등학교에서도 학생들을 중심으로 말할 때는 '공부'라든지 '학습'이라고 말해야 한다. 유치원에서는 교사 중심으로 말해야 할 경우에도 '수업'이라는 말은 맞지 않다.

병든 어른들의 말이
아이들에게 번져 간다

지금 우리 어른들이 쓰는 말은 너무 많이 병들었다. 이 병든 말은 그대로 고스란히 아이들에게 옮겨 가고 있는데, 그 가운데 몇 가지 예를 들어 보자.

가 보니 고사리가 아까 전의 장소보다는 많은 것 같았다. 나는 거기에서 목이 말라 어머니께서 떠 오신 물을 먹었다. 이상하게 물을 먹고 나니 몸이 곤지라왔다. 그래서 길가에 와서 옷을 벗어 던지고 막 울었다. (초 5학년)

이것은 '고사리 꺾기'라는 글에서 따온 한 구절이다. 이 글에서 "장소"라는 말을 썼는데, 아이들이 쓰는 말로서는 '자리'나 '곳'이라야 한다. '장소'는 어른들의 말이요, 더구나 글에서 많이 쓰는 말이다. 옛날부터 같은 값이면 어려운 말, 유식한 말을 쓰려고 하여 깨끗한 우리 말을 버리고 중국글자말이나 서

양말을 써 온 어른들의 잘못된 말버릇을 지금도 고치지 못하고 있다. 그래서 '곳'이나 '자리'라고 말하면 될 것을 '장소'라고 쓰고, '때'라고 쓰면 될 것을 '시일' '시'라고 쓰고, '쓴다'면 될 것을 '사용한다'로 쓴다. 이래서 고사리 꺾으러 갔던 이야기를 쓰는 산골 아이들까지 '장소'란 말을 쓰게 된 것이다.

다음은 "많은 것 같았다"가 문제다. 이 글에서는 '많았다'로 써야 할 것인데 이렇게 흐릿한 표현으로 '많은 것 같다'라고 쓴 것은, 이것 또한 어른들의 좋지 못한 말버릇에 물들었기 때문이다. 바로 눈앞에 있는 것을 보고 분명하게 말해야 될 경우에도 '…… 것 같아요' 하는 말버릇이 어른들 사이에 유행처럼 번진 지 오래되어, 이제는 아이들조차 이렇게 쓰게 되었다.

"곤지라왔다"는 말은 재미있다. 사전에도 없고, 유식한 어른들은 도무지 쓸 것 같지 않은 이런 말을 우리는 소중하게 여겨야 한다.

교실이 무지 춥다. 오늘 선생님이 우리보러 난로라고 했다. 50개의 난로라고 했다.
우리는 알겠다고 했다. 우리는 모두 웃었다.
앞문은 바람이, 너무 찬바람이 많이 들어온다고 사용하지 말랬다. 우리는 알겠다고 했다. (초 1학년)

이 글 가운데 "우리보러"라는 말이 있어 이게 어찌 된 말인가 하고 한참 생각하다가 "보러"라는 말이 '보고'를 잘못 쓴

것이겠지 짐작했다. 그러다가 같은 반에서 쓴 또 다른 아이의
글에 이 '보러'가 나왔다.

　지연이 언니와 은숙이 언니와 나물을 캐러 갔다. 그런데 어느 오
　빠가 강아지보러 소리를 쳤다.……

　그래서 아하, 이 말은 잘못 옮겨 적은 것이 아니고 사투리구
나, 하고 깨달았다.
　사투리는 소중하게 여겨야 한다. 그러나 어떤 사투리가 다
른 말과 그 뜻이 뒤섞여 글을 읽는 데 혼란을 일으킬 때는 좀
생각해 봐야 하겠다. 더구나 이 '보러'의 경우는 '보고'라는, 어
린애들도 누구든지 쓰기 쉬운 말이 있으니 굳이 '보러'를 쓰게
할 까닭이 없다고 본다. 또 발표하는 글에서 꼭 그 말을 살리
고 싶으면 그 말 바로 다음에 묶음표를 해서 '보고'라고 적어
두는 것이 좋겠다.
　이 보기글에서도 "사용하지 말랬다"는 말이 나온다. 선생님
이 '앞문은 사용하지 마라'고 말해 왔기 때문에 이렇게 아이들
의 말이 유식해져 버려 '사용'이란 말을 쓴 것이다.

　오늘 집에 가서 공부를 하였다. 그런데 공부만 하니까 승경질이
　났다.…… (초 1학년)

　여기 "승경질"이라 했는데, 이것은 말할 것도 없이 '신경질'

을 이렇게 쓴 것이다. '신경질'을 왜 '승경질'이라 썼을까? 사람들이 말하는 것을 들으면 '신경질'보다 '승경질'로 소리 내는 사람이 많다. 이 아이도 그렇게 많이 듣고 저도 그렇게 말하니 말하는 대로 썼을 것이다.

여기서 '신경질'을 '승경질'로 썼다고 해서 따지려 하는 것이 아니다. 문제는 '신경질'이고 '승경질'이고 이 말을 너무 많이 쓰는 데 있다. 어른들은 걸핏하면 '신경질 난다'고 한다. '속상하다'든지 '화난다'든지 '분하다'든지 '원망스럽다'든지 하는 말을 써야 할 자리에 모조리 '신경질 난다'로 쓴다. '신경쓴다'는 말을 마구 쓰는 것도 마찬가지다. 이래서 아이들의 말도 어른스럽게 되고, 재미없고 들뜬 경향으로 흘러갈 수밖에 없다.

> 할아버지께서 돌아가셨을 때 나는 엉엉 울었다. 지금도 기억 속에 남는다.⋯⋯ (초 1학년)

이 글에 나오는 "기억 속에"는 초등학교 1학년 아이가 쓸 말이 아니다. 어른들이 '기억'이라는 말을 많이 쓰고, 안 써도 될 자리에, '생각'이라는 말을 써도 될 자리에 자꾸 '기억'이라고 쓰니까 아이들도 따라 쓰는 것이다. 이 글에서 "기억 속에 남는다"는 '생각난다'로 써야 자기의 말이 된다.

> 우리 엄마 코는

가만히 있으면 깨끗하다.

일을 하면 우리 엄마 코는 스커머스가 된다.

우리 엄마 코는 스커머스가 되면 똥같이 스커머진다. (초 4학년)

"스커머스"란 무슨 말인가? "스커머진다"는 말이 나오니 곧 알 수 있다. 요즘은 하도 영어를 마구잡이로 써서 우리 말이 온통 영어투성이가 되다 보니 아이들도 이렇게 우리 말을 서양 말투로 만들어 익살스럽게 말하고 있는 것이다. 우리 말에 대한 아무런 깨달음도 없이 남의 말을 마구 섞어 쓰는 것도 어른들이 본을 보여 주고 있다. '서울랜드' 같이.

안평 창고 옆과 길옆에는 모두 쌀이 쌓여 있었다. 오늘은 많은 아저씨들이 쌀을 매상했다. 그런데, 오늘 아빠도 쌀을 매상했다. (초 4학년)

여기 나온 "매상"이라는 말을 생각해 본다. 이 말은 일본 사람들이 쓰던 중국글자말이다. 중국글자로 '買上'이라면 물건을 샀다는 말이고 '賣上'이라면 물건을 팔았다는 말이 된다. 이 중국글자말들을 일본 사람들은 자기 나라 말로 각각 다르게 '사들임' '팔아넘김'의 뜻으로 읽는다. 그런데 우리는 중국글자 소리를 그대로 흉내 내어서, 사는 것도 파는 것도 똑같이 '매상'이라 한다. 이것이 얼마나 잘못되었는가? 어째서 '판다'는 말과 '산다'는 말이 다르게 있는데도 이런 우리 말을 안 쓰

고 중국글자말을 써서 똑같이 '매상'이라고 하는가? 더구나 그
것은 일본 사람들이 쓰던 말 아닌가?

여기서 더더욱 잘못된 것은 이 '매상'이라는 말을, 일반 상
품을 팔고 샀을 때보다 관청에서 농민들의 양곡을 사들였을
때 더 많이 쓰고 있어서, 이제는 '매상'이라면 농민들의 곡식
을 정부에서 사들이는 것을 가리키는 말로 모두가 알게 되었
다. 이것은 중국글자말과 일본말을 관청에서 보존하고 퍼뜨리
고 있는 수많은 보기 가운데 하나가 된다. 관청에서 중국글자
말과 일본말을 청산하지 못하고 있는 것은 행정 그 자체가 민
주의 길과는 아주 반대가 되는, 일제 식민지 때의 방식을 그대
로 이어받아서 하기 때문이다. 그래서 이 '매상'이라는 말에는
일본 사람들이 쓰던 말에서 또 하나 더 욕된 뜻이 붙는다. 곧
농민들이 지어 거둔 곡식을 관청에 '팔아 올린다'는 뜻이다.
'매상'의 '상'은 관청에 올려 바친다는 뜻이 되어 버렸다. 이것
은 분명히 분단의 비극이 낳은 종살이 말이라 하겠다.

무심히 쓰고 있는 아이들의 말 한마디에도 부끄러운 우리
어른들의 모습이 드러난다. 우리 말을 도로 찾고 우리 얼을 살
려야 하겠다.